Sangre de horchata

Luisa Castro

Sangre de horchata

ALFAGUARA

Papel certificado por el Forest Stewardship Council®

Primera edición: marzo de 2023

Printed in Spain – Impreso en España

ISBN: 978-84-204-6401-5
Depósito legal: B-738-2023

Compuesto en Arca Edinet, S. L.
Impreso en Unigraf, Móstoles (Madrid)

AL 64015

1

Las veces que me encontraba con él siempre había el mismo equívoco. Yo creía firmemente en él. Mi fe era ciega. Mi confianza, absoluta. Era mi necesidad lo que yo proyectaba en aquel hombre de hombros caídos, un hombre con las manos en los bolsillos, pero en unos bolsillos de traje caro, bien arrugado, como descuidado de ponerlo a diario y no cambiarlo innecesariamente porque con su sola presencia y su seguridad interior él podía permitirse ir así.

En cualquier sitio, en nuestra casa o en la calle, nada más vernos nos alegrábamos, pero nuestra alegría duraba poco, era espasmódica, y al instante él seguía su camino sin mirarme. Parecía que iba a abrazarme, pero no lo hacía, y con la misma espontaneidad sus ojos transitaban de una efusividad incontinente a una mirada de tranquilidad lenta, casi de morfinómano. Y yo caía en aquel hoyo. ¿Cuánto tiempo?

Aprendí enseguida a controlarlo. Mi sangre de horchata se remonta, creo, a aquellos primeros encuentros con Víctor.

Mi madre, por otra parte, vegetaba o flotaba en las instancias del alma, como Plotino. Para mi padre y para mí, cuanto más lejos estuviera, mejor. Aquella lejanía inspiraba en nosotros una devoción cada vez mayor, en absoluto anhelante o nostálgica. Nos gustaba verla allí, dando quiebros en el cielo, como una cometa. Pero esa no es ahora la cuestión. Ni me acordaba ya de cuando mi padre y ella habían dejado de vivir juntos ni creía que alguna vez hubiera sido posible tal hazaña.

Cada cierto tiempo ella nos llamaba. O lo que quedaba de ella. Ring, ring, el teléfono sonaba. Era difícil escucharla y no caer dormida en el minuto uno, aunque yo intentaba prestarle toda la atención del mundo. Tenía la impresión de que mi escucha era la única prueba de su existencia. «¿Cómo estáis, preciosa?», decía aquella voz sin pronunciar mi nombre. «¿Bien? ¿Estáis bien?». «Bien, bien», respondía yo. Pero mi madre, o quien quiera que fuese la dueña de aquella voz, después de soltar alguna frase de circunstancias enseguida se apresuraba a despedirse: «Ah, pero qué contrariedad —decía—, otro día os llamo, que hoy no se oye bien».

¿Que no se oía bien? Claro que se oía bien. Pero algo pasaba en aquellas comunicaciones telefónicas que nos perturbaba a ambas: silencios estremecidos, un fondo de cadenas al terminar sus frases, como de fantasmas arrastrándose al fondo. ¿Quién la tenía presa en aquella cárcel de algodones? Pues a juzgar por el tono de sus palabras el lugar desde el que hablaba de cárcel tenía poco. Parecía más bien un lugar confortable, o sumamente relajante, al menos. Sonaba aquella voz, si debo ser más precisa, a algo muy espiritual, como si mi madre viviese en un eterno *spa*, un lugar reservado a personas desvinculadas del mundo. Si había otras madres en esa sauna burbujeante, otros padres y madres con hijos a los que llamaban, no lo sé. Pero alguien debía de recomendarle a ella en aquellas estancias que el contacto con sus hijos, aunque solo fuera telefónico, debía mantenerse.

Y tampoco yo tenía de qué quejarme. Vivíamos en un palacio. Aunque nuestra casa se había incendiado varias veces, todavía conservaba su fisonomía modernista. Algunos aseguraban que la causante de los incendios podría haber sido, en tiempos no tan remotos, aquella mujer de la que teníamos tan buena opinión ahora que estaba lejos, pero que, al parecer, en una época que yo identificaba con mi fecha de nacimiento, sufría severos ataques de histeria. La humareda de los incendios había llegado, según las sirvientas, a nuestras cunitas. Nadie me confirmó tal cosa, pero yo suponía que a mi madre la habían encerrado en un sanatorio para enfermos mentales.

Nosotros somos mi hermano y yo. Los hermanos Alba.

Según Amelia, la cocinera, fue Víctor quien inició los trámites para darla por loca. ¿Era un buen abogado Víctor? Debía de serlo. Mi padre le estaba muy agradecido por aquellos trámites y le había encargado la gestión de nuestro patrimonio. Y, sinceramente, nadie la echaba de menos. No se mencionaba en mi casa su nombre. A aquella mujer que nos llamaba de vez en cuando yo le decía *mamá*, simplemente *mamá*, y con eso cubríamos expediente. De buscar a las asistentas, de pagarles, elegir nuestros colegios, y de hacer salir a bolsa nuestras acciones se encargaba Víctor. Qué vida hacía ella, con quién estaba casada ahora, qué hijos tenía, si es que los tenía, o si se pasaba el día drogada con ansiolíticos eran todas posibilidades abiertas. Y mejor que permanecieran así. Pedirle una foto suya, escudriñar por la casa algún recuerdo de aquel pasado remoto, habría alterado nuestra relación espiritista. Y, acerca de las razones de su marcha, me parecía una fantasía tan grande que fuera ella la incendiaria de Villa Alba que me inclinaba más por las explicaciones historicistas de mi padre.

Según él, aquellos incendios involucraban a varias generaciones porque el chamuscado de nuestra fachada era todo menos reciente. Con gran orgullo nos explicaba que los ataques procedían de los anarquistas de 1909, porque nuestro bisabuelo había salido en defensa del rey en la revuelta de las fábricas. Y si te fijabas veías agujeros de balas en el dintel de la puerta. Pistola Star. Calibre 7,65. Pero nosotros, ya digo, vivíamos allí la mar de tranquilos. Y, en fin, desde que mi madre cogió el portante y se fue lo único que recuerdo es un confortable ir y venir de sirvientas.

Nuestra casa, eso sí, era la comidilla de mis amigas. Las invitaba a dormir conmigo los fines de semana, y todas salían despavoridas al día siguiente inventándose fábulas que corrían por el colegio como la pólvora. Éramos populares los hermanos Alba, sí. Y, en definitiva, alrededor había un jardín.

Víctor, el abogado de papá, vivía en la ciudad, y pasaba a visitarnos los viernes por la tarde. Yo lo veía llegar con su moto, que dejaba aparcada en la acera de enfrente —jamás la metía en nuestro recinto—, y corría a abrirle. Mi padre me había enseñado a agradar a los extraños, y más aún a los próximos. Nuestro plan era dejarlos con la boca abierta, extasiados ante el espectáculo de mi belleza y virtud. Tal vez este autorretrato sea poco verosímil, y un tanto decimonónico, pero había esa complicidad entre nosotros. ¿Cuándo aprendí a complacerlo? No me acuerdo. Desde siempre me veo representando ante él el papel de un ángel de la Renaixença. Tenía dos buenos ejemplos en los que mirarme, el uno, mi madre la incendiaria, y el otro, mi abuela y su retrato al óleo que colgaba de la pared. Así que cuando aquella voz fantasmal nos llamaba yo le decía *mamá*, «hola, mamá», pero era como si llamara la *nanny* desde Puerto Rico. Con la superposición de *nannies* que vino luego para mí, su figura se confunde ahora con las caras y la materia blanda y acogedora de las sucesivas mujeres que me criaron. Por supuesto que agradecía sus llamadas dos o tres veces al año y enseguida corría al zepelín de mi padre para retransmitirle sus saludos. «Ha llamado mamá», le decía. «¿Ah, sí? ¿Qué ha dicho?». «Nada, que cómo estamos». «Ah, qué gran madre tu madre», contestaba él, a quien nada agradaba más que aquella sensación de «continuidad».

Pero de mi hermano aún no he hablado lo suficiente. Ricardo me llevaba siete años, y aunque nadie me lo aseguró siempre tuve la sospecha de que no éramos hijos de la misma madre. Tenía indicios de esta sospecha. La voz de mi madre, cuando llamaba, nunca preguntaba por él. Las alusiones a mi hermano venían siempre del lado de mi padre. Y de Víctor, claro, porque había muchos asuntos en nuestra familia que nos concernían a ambos, un patrimonio con el que debíamos irnos familiarizando. «Para cuando papá falte», esa era la otra frase mítica en casa.

¿Cuándo iba a *faltar* mi padre? La pregunta esencial, la que rige mi infancia. Y mi padre allí en su silla de ruedas, cada vez más achacoso tras el accidente. De las consecuencias de aquel trompazo volviendo él con mi madre de Francia, Ricardo y yo sabíamos poco. Teníamos entonces dos y nueve años, y por suerte no íbamos con ellos. Lo que yo podía intuir por las informaciones parciales que recibía sobre este asunto es que a raíz de aquel accidente mi madre cambió rotundamente. Se le agrió el carácter, o tal vez se sumió en una depresión. Total, que debieron decidir que era mejor separarse, y a estas alturas yo también puedo afirmarlo. Acostumbrados como estábamos a vivir sin ella, cualquier aparición suya hubiese alterado mucho más nuestras vidas que la *falta* de papá. Aunque no se nos ocultaba que cualquier día mi padre la palmaría, aquellos augurios, enunciados por él o por Víctor con total imparcialidad, y hasta con alegría, lejos de suponer una amenaza para nosotros, habían ido cobrando en nuestros oídos tintes de promesa. «Vais a quedar muy bien», repetía mi padre haciendo sus cálculos desde la silla. Su sonrisa, de hecho, hacía suponer que también él quedaría bien, superdescansado.

¿Cómo sería la vida sin él? De una manera muy gradual, casi imperceptible, llegué a imaginar a partir de mis diez años que aquel lugar al que él pensaba irse era la muerte. A veces me sorprendía organizando aquel plan. ¿Con quién me casaría yo entonces? ¿Y qué haría con el jardín, y la casa? ¿Le quitaría la mugre de los incendios? Por supuesto, con mi madre no contaba para esta tarea, ella siempre ausente de los temas económicos.

De ahí que empezara a escribir este diario desde bien pequeña. Escribir me proporcionaba la grata sensación de estar colaborando con mi padre en aquellos preparativos al tiempo que despejaba la *ansiedad de la separación*. Aquella era una frase que mi padre usaba mucho, buen lector de Freud. «Qué suerte tenéis con este padre», nos decía Víctor; «y contigo», podría haber añadido yo, si él hubiera sabido el lugar privilegiado que ocupaba en mi cuaderno. Pero lo último que haría Víctor sería hurgar en mis páginas. Tampoco a mi padre, cuando se acercaba a mi cuarto y me veía enfrascada en aquellas hojas donde yo decidía si me casaría con el jardinero o con el abogado, se le ocurría interrumpirme. Como si adivinara mis pensamientos, se limitaba a decir, desde la puerta:

—Adorable, adorable...

Todo en nuestra casa era adorable. Aquel mensaje flotaba en el aire que respirábamos y entre los abetos de nuestro jardín. Y puedo decir sin temor a equivocarme que éramos felices. Incluido Víctor, que, cada viernes, no dejaba de expresar aquella alegría instantánea al verme, como un enamoramiento que por decoro debiera luego, enseguida, reprimir. No digo que fuera una idea, la de casarme con él, tan loca. Sin duda yo lo identificaba como al dechado de virtudes que mi padre quería para mí, alguien que no viniera a comerse nuestro patrimonio, sino que lo incrementara. Y, si comprendía bien aquellos signos de arrobo y distanciamiento que Víctor ejecutaba ante mí, la cosa iba por buen camino.

De él me gustaba todo. Los atributos que en mi padre hacía tiempo estaban en retirada se desplegaban en él cada vez que aparcaba la moto delante de nuestra acera. Una vez de pie en el jardín, sus movimientos dentro del traje, mientras caminaba hacia nuestra puerta, me invitaban a echarme a sus brazos cada viernes. Pero en lugar de eso yo me preparaba para el abismo. Víctor giraría la cara inmediatamente.

En definitiva, que cada viernes, en vez de irme con mis amigas a las Ramblas, yo lo esperaba como un clavo en casa. Él venía a vernos. Y allí nos quedábamos los tres, mi padre, Víctor y yo, esperando a que mi hermano se sumara al té. Porque esta era otra convención en nuestras reuniones: fingir que Ricardo llegaría, cuando todos sabíamos que no iba a aparecer.

Pero hubo un día de primavera en que Víctor llegó, dejó su moto aparcada en la acera, como siempre, y después de darme dos efusivos besos y ejecutar a continuación aquella especie de repudio o distanciamiento ante mí, cuando ya su paraguas reposaba en el paragüero y su gabardina en el perchero, fue directo a la sala donde estaba mi padre y dijo con gran empaque:

—¿Cómo te encuentras, Julio? Tienes buena cara. Ya se nota que en esta casa ha llegado la primavera.

Víctor siempre hacía observaciones así, como de médico o de botánico. Y lo cierto es que el jardín estaba espléndido aquella tarde, a pesar de la lluvia. Él era un hombre precavido, lleno de *ítems*. Yo lo había visto bajarse de la moto, sacarse su casco con metódica parsimonia y luego desplegar ante mí su miniparaguas con una saña que me pareció excesiva. Después atravesó el jardín. Era primavera, sí, y yo cumplía dieciséis años. Pero cuando oí aquella frase —«ya se nota que en esta casa ha llegado la primavera»—, en ese mismo momento en algún lugar recóndito de mi organismo noté como un calambre subiendo por mi cuerpo y, sin poder remediarlo, me encendí toda. Y, nada más encenderme yo como un semáforo, también Víctor se puso rojo, y a continuación mi padre, con su piel macilenta tan poco dada al rubor, se encendió también de repente.

—Sí, ¡la primavera, faltabas tú para que la primavera sea completa. ¿Qué te sirve mi hija, Víctor? ¿Quieres un whisky?

Por suerte Amelia, nuestra asistenta, apareció en escena y los colores de nuestras caras se sosegaron. Y, mientras ella vertía con verdadera flema el líquido ámbar en la copa de Víctor, observé cómo él, en una de esas transiciones inesperadas, se puso blanco, y luego verde, hasta que finalmente sus ojos, que a veces brillaban como dos estrellas, de pronto se quedaron muertos mirando caer líquido en las copas. Deduje que algo triste le pasaba por la cabeza. Pero él, recomponiéndose, no dio pie a la lástima, metió sus largos dedos en el maletín que siempre llevaba consigo y extrajo con decisión un montón de papeles.

—Aquí lo tienes, he hecho los deberes —le dijo a mi padre. Y miró a la puerta del *hall* como suponiendo que mi hermano entraría en algún momento, cuando todos sabíamos que eso era imposible—. ¿Pero no va a estar aquí Ricardo? —siguió—. Hoy era importante que también estuviera él, bueno, luego se lo contáis... —dijo, y, mientras hojeaba el dosier que había sobre la mesa, añadió—: He investigado todo el historial de Leonardo como me has pedido y aquí lo tienes. Bastaría con conocerlo como lo conoces para saber que nadie puede haber mejor que él como «tutor».

¿Tutor? Era la primera vez que yo oía aquella palabra. No hizo falta que nadie me explicara el significado de la palabra «tutor» para entender que en aquel justo momento comenzaba la ingeniería del traspaso de la autoridad paterna a una serie de cabezas eminentes.

—Increíble, increíble que haya hecho tantas cosas este hombre —dijo mi padre repasando el dosier—. Buen trabajo, Víctor. La verdad es que no esperaba que te esmeraras tanto.

Nuestro abogado recibió aquellos parabienes como verdaderas pedradas. Noté que se doblaba un poco.

—¿Es que Víctor se va? —pregunté de pronto—. ¿Nos va a dejar?

—No, nena. Víctor no se va —sonrió mi padre, dándome unos cachetes en la mejilla—. Solo que ahora tendréis también a Leonardo.

¿Quién era ese Leonardo? ¿Y qué papel iba a jugar en nuestras vidas? Mientras yo trataba de imaginarme a este nuevo ser que entraría en casa, noté como la imagen de Víctor se achicaba en mi mente hasta casi adquirir las dimensiones de un pigmeo. Me dieron ganas de levantarme e ir a lavarme los dientes. Un lavado de dientes siempre me resitúa. Pero aguanté como pude la bochornosa escena, y a una velocidad de vértigo, mientras Víctor me miraba como si yo fuera su último cartucho, me aferré con uñas y dientes al nombre de Leonardo.

Un nombre prometedor, augusto. Tal vez no era tan malo una renovación en el equipo de gestión paterno. Y quizás soy injusta ahora en mis apreciaciones, pero lo que pude observar esa tarde en la mirada de Víctor tampoco me animó mucho. Había en sus ojos un rescoldo inquietante, y, aunque la lluvia no lo había tocado, todo él parecía empapado en un fluido oscuro. Y mientras relataba a la fuerza las virtudes de nuestro tutor, sonriéndome con aquel afecto turbio, en ese mismo instante, y puedo decir que sin contemplaciones, el hombre con el que había soñado desde mi infancia pasó en un segundo a las catacumbas de mis aspiraciones en lo que a cariño y reconocimiento interpersonal se refiere.

—¿Pero se va o no se va? —insistí, más que nada por mantener las formas.

—No, cariño, Víctor no se va. Solo que ahora tendréis también a Leonardo. Es la persona que os tutelará cuando yo no esté.

Bien. Me quedó claro. Y mientras ellos cotejaban las cualidades de nuestro tutor, mientras calibraban con total objetividad lo que perderíamos y lo que ganaríamos con la elección del nuevo —porque se habían barajado otros candidatos, según entendí, seres a los que yo jamás había visto y cuyos nombres no me decían nada—, permanecí quieta, expectante. Pero la cara de aquel hombre que había poblado todas mis fantasías fue poco a poco petrificándose. Cualquier pregunta de mi parte, cualquier movimiento del aire, agrietaría el yeso de su rostro. Y lo percibía ahora como un tío inseguro, y un tanto lastimoso, alguien que hasta era posible que se hubiera hecho alguna clase de ilusión conmigo. Tal vez él y yo juntos en un futuro, en nuestro palacio chamuscado. ¿Y para eso se había tomado la molestia de interponer tantas distancias? Con seguridad Víctor estaba amortizado.

—Sí, esta es la buena elección —seguía mi padre—, no lo habría pensado nunca, ¿ves?, pero ahora que lo dices... —Y así estuvo un buen rato, dándole a entender a nuestro aún abogado que la luminosa idea de contratar a Leonardo había sido suya—. Sí, sin duda es lo que necesito, pero quería oírlo de ti. Bueno, pues eso era todo lo que quería saber —le dijo finalmente, despachándolo con la más bonachona de sus sonrisas, y luego se dirigió a mí—: Belén, ¿tendrás la bondad de acompañar a Víctor hasta la puerta?

Y eso fue lo que hice. Lo acompañé hasta la puerta y allí le entregué gustosamente sus bártulos: la gabardina y el miniparaguas que nuestro aún abogado se resistió a coger. Parecía de pronto no saber dónde tenía las manos.

2

Esa misma noche soñé con el tutor. Sé que los sueños tienen un poder hipnótico, nos preparan, pero las conversaciones que tuve con mi padre los días siguientes a aquel anuncio me hicieron echar el freno. A él no le parecía exactamente moral que yo me deshiciera de Víctor tan rápidamente. Aunque le hacía gracia mi expectación ante el nuevo fichaje, se empleó mucho en mentalizarme bien para que nada de aquel entusiasmo mío se notara. Había dedicado un par de tardes a hacerme comprender cabalmente la innecesaria ofensa que supondría para Víctor que yo recibiese a Leonardo con alharacas. Son personas, decía mi padre, seres humanos, cuando hablaba de los que trabajaban para nosotros.

Leonardo llegó por fin a nuestra casa un día de mayo, dos semanas después de su estrepitoso anuncio. Cuando corrí a abrirle la puerta, después de prepararme para no parecer una loca desbocada, enseguida vi ante mí a una torre de dos metros.

Yo sabía por mi padre que se conocían de siempre. Que ese siempre no me incluyera, ¿debía verlo como una traición? Algo así pasó por mi interior cuando vi aquella columna humana plantada en nuestra puerta. Mi amiga Cintia decía que lo más probable era que mi padre y el tutor no se conocieran. Los tutores solían ser anónimos, figuras legales que llegaban a las familias después de un estricto filtro de expertos. Pero los hermanos Alba éramos todo menos carne de reformatorio. Aquello no me cuadraba. Eran historias, las de Cintia, un poco trasnochadas. Lo que estaba claro es que el aspecto de nuestro tutor no hubiera pasado un examen detenido de ningún tribunal. Aquel tocho de hombre se me pareció mucho, así a simple vista, al portero de Pachá.

—Hola, adelante —le dije, tomando mis precauciones, y lo invité a pasar.

El tal Leonardo ni me miró. Entró sin protocolo alguno bajando la cerviz como quien accede a una cueva, luego dio dos pasos hasta plantarse en medio del *hall* y miró finalmente al techo, con los brazos en jarras. Los recordaba más altos, dijo, con voz de cazalla. Todo él olía a sudado. Era posible que hubiera pasado la noche de juerga o subido a un andamio. Así me lo pareció cuando se paró a reconocer el grosor de las paredes con los nudillos. De un solo vistazo lo reconoció todo, el salón que se extendía al fondo, la galería que daba al jardín...

Yo, al parecer, era lo único nuevo para él. Después de aquel repaso exhaustivo a nuestro entorno me miró como se mira a un mueble.

—Hola. ¿Qué tal? ¿Cómo va eso? —dijo secamente.

—Bien, bien. Muchas gracias —contesté yo—. ¿Desea tomar algo?

Fue lo primero que se me ocurrió, tratarlo de usted. Mi padre se desternilló en su silla.

—¡Aquí está el señor Tutor! Estamos todos nerviosos con su visita, señor Tutor. ¿Qué quiere el señor?

—Pues lo que tenga el señor, soy de buen conformar. —Leonardo le rio el chiste.

Corrí a la cocina abochornada. Me faltaba saber qué poderes legales tendría Leonardo, pero si había que fiarse de las apariencias los ejercería sin temblar.

Lo cierto es que mi padre sabía mucho más de Leonardo que yo. Nuestro tutor había sido instructor del INEF. Había trabajado como misionero en Etiopía. Y por sorprendente que pareciese había publicado un libro sobre cine, eso creí entender. Pero si algún detalle emocionaba a mi padre era la formación de Leonardo en teología.

Ahora, a la vuelta de los años, cuando este diario empieza a tomar forma, me doy cuenta de que esa fue la principal lección de mi padre, la de no adelantarnos jamás información alguna sobre los otros. Eso a la postre acabaría impidiendo que las relaciones fluyeran. Las apariencias, decía, las apariencias y los prejuicios son lo peor.

Así que mientras Leonardo se sacaba su mugroso abrigo, una parka medio raída de color mostaza, y descubría sus pectorales, corrí a buscar una Coca-Cola. Mi padre accionó el botón de su zepelín y salió tras de mí zumbando como una hormiga. A Amelia la teníamos avisada de que esperara en la cocina. Cuando volví con la Coca-Cola Leonardo y yo nos quedamos solos en la sala un instante. Lo vi sacar del bolsillo de su pantalón un paquete de Winston.

—¿Fumas? —me preguntó, ante mi cara atónita.

Lo vi encender con delectación su cigarrillo y echar el humo al techo. Cuando mi padre volvió de la cocina yo ya le había alcanzado un cenicero. Por el modo en que hacía volutas con el humo, nuestro tutor parecía venido del mismo arroyo. Esto le va a gustar a mi hermano, pensé, tratando de positivarlo. Incluso a mí me gustó, para qué negarlo. A lo mejor un sujeto así hacía carrera de Ricardo. Cuando Amelia llegó con el whisky, Leonardo estaba ya abriendo un libro que yo había depositado aquella mañana sobre la mesa. Lo había preparado todo a conciencia. No quería que el tutor tuviera de nosotros una primera impresión falsa. Bajo ningún concepto debía pensar que éramos un par de tarugos. Lo que mi padre le hubiera contado y la tarea que él iba a ejercer sobre nuestra educación todavía me eran detalles desconocidos, pero mientras tanto yo iba dejando miguitas por la casa por si a nuestro tutor le servían para saber con quién iba a vérselas. Aquel libro abierto sobre la mesita acabó en sus manos.

—Vaya, vaya, aquí se lee a Platón —dijo y leyó al azar la primera frase que le vino a la boca—: «Donde reina el amor, sobran las leyes», sí, sí, ja, ja...

La frase de Platón quedó flotando en la sala con un aire amenazador. Amelia sirvió los whiskies y se fue de allí con su risita apestosa. Por qué no hemos sido capaces de inculcar a Amelia un mínimo de educación ante las visitas es otro de los misterios de nuestra casa. Siendo como era mi padre un diez en

19

cortesía yo no entendía por qué nos salían tan zoquetes los sirvientes. Me había acostumbrado a soportar aquella zafiedad reinante, apenas disimulada de Amelia, como el producto más logrado de una de las virtudes de mi padre que consistía en dejar ser a cada uno lo que era en toda su extensión. Jamás él hubiera intervenido para corregirla, y por supuesto no lo hacía con mi hermano. Todo lo más que uno debía hacer ante aquellas muestras de barbarie era sobrellevarlas con disimulo. *Caso omiso*, se llamaba.

—Sí, ¡es Platón! —contesté yo fervorosamente—. Mañana tengo el examen de la tercera evaluación. Si quieres podemos repasar juntos. Platón y los presocráticos.

Leonardo se me quedó mirando, como dudando si contestarme o no. Luego se concentró en la conversación con mi padre, que se había embalado ya por unos derroteros muy otros. Con gran excitación empezó a preguntarle a Leonardo por toda clase de detalles sobre conocidos y amigos de antaño. Gente con la que no se veían desde hacía mucho. Antiguos profesores. Amigos del colegio. Solo con pronunciar sus nombres mi padre se desternillaba, aunque no vi que Leonardo se divirtiera tanto. Era más bien mi padre el que disfrutaba, quien sacaba los temas y quien era más punzante, como si el cometido de Leonardo fuera el de dar curso a aquellos electrizantes ataques de risa. Frente a él, nuestro tutor se limitaba a darle cuerda. A veces participaba de los cotilleos, pero otras veces permanecía ausente, callado, mirándome de hito en hito. Ahora puedo decir, sin temor a equivocarme, que la mirada de Leonardo era una mirada de hostilidad, y que mi padre no se diera cuenta debo ponerlo en el capítulo de la confianza y la seguridad en sí mismo. No había jamás en su carácter la menor muestra de suspicacia o de temor ante los otros. Y no debía de haberla tampoco en el nuestro. Aquellas explosiones de picardía y su inclinación al cotilleo eran, por otra parte, la prueba evidente de que estimaba a su interlocutor. Más que con Víctor, se lo veía ante Leonardo a sus anchas. El tutor de pronto se reía y de pronto se quedaba serio. Pero su cara ya cambió radicalmente cuando en aquella sarta de nombres, encadenados sin compasión, mi padre, llorando de risa, mencionó a alguien con una especie de furor místico.

—Jajajajaja. ¿Así que no has vuelto a ver a los Domènech? Ya sabía yo que tú nunca podrías progresar ahí. Demasiado talento el tuyo. ¡Te avisé! ¡Te lo dije!

No sabía de quiénes hablaban, pero aquello no pareció sentarle bien a nuestro tutor. Mi padre, saltándose todas las líneas rojas, se había embalado a criticar a los Domènech con los que al parecer Leonardo había tenido alguna relación en el pasado. Vi la cara que ponía. Entendí que Leonardo trabajaba a domicilio. Y de pronto mi padre se volvió hacia él dándole una palmadita de ánimo en el muslo.

—Aquí vas a estar bien —le dijo—, pero ven, ven, que te enseño tu cuarto.

Mi padre se puso entonces a la cabeza de aquella expedición. Leonardo fue el último en levantarse. Parecía cansado, renqueante. Es posible que se arrepintiera de haber cruzado nuestra puerta, y no se lo eché en cara. Caminábamos él y yo en paralelo, por el pasillo. No pretendía ser un estorbo para él sino abrirle paso, pero Leonardo no se mostró muy dispuesto a seguirme. No quería quedarse atrás, avanzaba continuamente hasta alinearse conmigo. Sin darme cuenta me encontré compitiendo con él en una especie de carrera. Tropecé varias veces con su bolsa de deporte, una de la marca Adidas en la que imaginé que llevaría un par de mudas, pero, llevara lo que llevase, los golpes que recibí en las canillas todavía me duelen. Aquello era un buen aviso.

Fuera lo que fuese lo que llevaba en la bolsa, Leonardo se instaló en casa. El cuarto que le preparamos estaba al fondo, en la parte norte del jardín. Yo no sabía por qué tenía que vivir con nosotros, pero la idea debo decir que me encantaba. No invitábamos nunca a nadie salvo a las amigas del colegio algún viernes, así que aquel huésped suponía una ilusión extra para Ricardo y para mí. La llegada de Leonardo, además, venía a establecer alguna clase de vínculo con los tiempos en que nuestra casa era un activo centro de reunión, incluidos los Domènech, al parecer invitados por mi abuela. También por allí, a comienzos del siglo XX, se pasaba a comer el gran Gaudí, que apreciaba como nadie la cocina de Villa Alba. Y, remontándonos a la Edad Media, cuando los papas de Roma y Aviñón venían a Barcelona, solían hacer noche en nuestros cuartos. También papá había tenido preceptores domésticos en su infancia. Fámulos, los llamaba, cuando quería reírse. Así que Leonardo cubriría esa función. Nos ayudaría con los deberes.

Su cuarto era una pequeña estancia en la zona de servicio, junto al de Amelia. Yo le había colocado en la mesita de noche un capullo de rosa dentro de un jarrón. Pensé que Leonardo lo apreciaría, pero en aquel momento él no tuvo ojos más que para el suelo, otra vez calibrando o midiendo la solidez de los materiales. Luego lo vi que dejaba caer con gran estruendo su bolsa de deporte sobre las baldosas y de allí extrajo sin el menor esfuerzo dos pesas de treinta kilos.

—Muchas gracias, el cuarto está muy bien —dijo de un modo un tanto protocolario—. Pero ahora creo que voy a descansar, si no os importa. ¿Podemos empezar con el trabajo mañana?

—Sí, claro, claro. No hay prisa. ¿Pero no quieres cenar algo antes?

Vi correr a mi padre a la cocina y desplegar ante Leonardo toda una retahíla de propuestas culinarias. Platos que yo no sé de dónde salían, se los había encargado a Amelia de la tienda de precocinados, detalles que me sorprendieron porque no es solo que mi padre jamás se ocupara de nuestra alimentación, sino que su propio autoabastecimiento le importaba poco. Viéndolo traer y llevar manjares de la cocina me daba cuenta de que se había dedicado todo el día a visitar los más lujosos *delicatessen*. Leonardo, mientras tanto, no prestaba atención a ninguna de sus propuestas y después de declinarlas todas, cuando mi padre se cansó de ir y venir con veinte platos diferentes, nuestro tutor nos miró desalentado y nos cerró la puerta en las narices.

De aquellos primeros días recuerdo fogonazos así, impresiones que fui anotando pulcramente en mi diario. Ahora que ya no tengo el diario e intento recrearlo me doy cuenta y me asombro de las ínfulas de adulta que yo gastaba entonces. Pero de alguna manera hay que empezar a tirar del hilo. Modificar del todo el estilo de aquellas notas sería un infanticidio. Me esforzaba entonces en parecer una chica normal, pero ni mi infancia ni mi adolescencia fueron normales, para qué negarlo. ¿Estaba yo orgullosa de aquella anomalía? Una va creciendo, y reconocer ahora que hubiera preferido otra familia, otro contexto, me resulta ingrato. Esa misma tarde, cuando llegó el tutor, sucedió por ejemplo algo que quiero contar aquí, y que entonces me resistí a anotar, obsesionada como estaba en olvidar el trance.

El asunto es que mi padre se retiró a su habitación después de dejar a Leonardo descansando. Yo aún tenía la esperanza de que el tutor no empatase la siesta con la noche. Habría sido mejor dejarlo dormir porque lo que me dijo Leonardo después de su siesta y que no me atrevo aún a reproducir fue una de sus primeras lecciones.

A mis amigas tampoco les conté nada. Después de pasarme la tarde rajando de él por teléfono, no me atrevía ahora a acusarlo. Pero ha pasado ya el tiempo suficiente, y lo recuerdo con total nitidez.

El caso es que después de que Leonardo despertara de su siesta me hice la encontradiza con él. Lo pillé en la cocina preparándose un sándwich. Amelia también revoloteaba por allí.

—¿Quieres que te lo caliente en la sandwichera? —me ofrecí para ayudarle.

La sandwichera era lo único que conservábamos de mi madre. Debo detenerme en este objeto porque ha sido importante en nuestras vidas. Aquel trasto estaba chamuscado al igual que nuestra fachada, pero seguía funcionando milagrosamente. Amelia estaba empeñada en retirarlo y mi padre lo rescataba cada cierto tiempo de la basura.

—¡Vaya, una sandwichera! —exclamó Leonardo—. Calentémoslo, claro. Hace mucho que no veo un aparato así.

Aprecié que se fijara en nuestro objeto *vintage*. Y, mientras yo introducía el sándwich de Leonardo en las negras fauces de nuestro pasado, nos quedamos los dos mirando chisporrotear el queso.

—¿Y qué tal la siesta? ¿Has podido descansar? —le pregunté, a ver si Amelia aprendía un poco.

Leonardo me miró con su cara de zorro, y de repente dijo:

—Es una de las cosas importantes de la vida. De las más importantes, diría yo. Comer caliente. Tanto *take away, take away*... A ver si lo recordáis cada vez que tengáis tentaciones de huir. Porque ¿tú cuándo te vas a ir? ¿Cuándo piensas abandonar a tu padre?

Me quedé estupefacta con la pregunta. ¿Quería yo marcharme de mi casa? Jamás se me había ocurrido semejante cosa.

—Bueno, Ricardo sale bastante de juerga —le dije—, pero somos bastante caseros, no te creas. Al menos yo.

En ese momento saqué el sándwich de la sandwichera con sumo cuidado, pero Leonardo me miró desafiante.

—Bueno, eso se verá —dijo, pegándole un bocado al sándwich—, ya se verá si son juergas o no lo que se corre tu hermano. Y tú ahí tan modosita. Tú, como tu madre, te irás muy pronto. Tu padre está severamente afectado por eso. Lo sabes, ¿no?

Aquello me dejó sin habla. Reaccioné a la defensiva.

—¿Y qué culpa tengo yo de que mi madre se haya largado?

—Ah, no lo sé, a mí qué me preguntas. Esas cosas se heredan. No solo la pasta, te advierto.

Qué fuerte. Aquel tipo me había obligado a negar a mi madre nada más llegar. ¿Y aquel era el tutor que iba a vivir con nosotros?

—¿Y tú de qué conoces a mi madre, si se puede saber? —intenté arreglarlo.

—De nada —dijo el muy imbécil—, todo lo que sé es que tu madre ha querido matarlo. Como Lady Macbeth. ¿Has leído a Shakespeare?

Soporté allí solita aquella escena de vulgar acoso, pero me rehíce:

—He leído algo, sí. No soy una experta que digamos, pero eso que insinúas es un poco fuerte, ¿no?

—Bueno —siguió él tan tranquilo—, matarlo o abandonarlo, que es lo mismo. Pero ya veo que no estás al tanto. Mejor para ti.

Y lo vi reír con la boca llena de pan Bimbo. Yo, con mi ortodoncia impecable, pronuncié entonces la frase que él esperaba oír.

—Pues yo nunca dejaría a mi padre... ni por todo el oro del mundo, ¿te enteras?

—Ni por todo el oro del mundo. ¡Ja! —Nuestro tutor se echó a reír—. Ya me lo recordarás dentro de unos años.

—¡Pues claro que sí, imbécil! ¡Ni por todo el oro del mundo! —grité yo desaforada.

¿Pero de dónde había sacado mi padre a aquel chorizo?

Él siguió manducando su sándwich y, poniéndose de nuevo serio, me soltó:

—Bueno, Belén, tú nunca digas de esta agua no beberé, hmmm, porque la vida nos da sorpresas. Yo no dudo de ti ni de tu hermano, hmmmm, al que por cierto todavía no le he visto el pelo, hummm, dudo del género humano en general, hmmm, y las chicas como tú, hmmmm, suelen dar problemas.

Justo antes de esto yo había estado a punto de preguntarle si quería conocer a mis amigas. Pensaba invitarlas al día siguiente. Era evidente que no tenía que pedirle permiso a nadie, pero después de lo sucedido ni se me ocurrió preguntarlo. Al contrario, intenté alejar el fantasma de mis amigas por todos los medios.

—¡Pues escucha! —le respondí adecuándome a su registro—. Yo no sé lo que tú vas a durar en esta casa, pero yo desde luego no pienso irme porque es la mía, y si vas a vivir con nosotros se supone que tendremos unas tareas que hacer, algún tipo de refuerzo. No tengo la menor intención de perder el tiempo con polémicas, y por supuesto no voy a discutir contigo, pero sería bueno que me dijeras cuál es tu plan, estoy segura de que mi padre no te ha escogido para que me pegues estos repasos.

Leonardo se adaptó sin problemas a mi nuevo tono. Terminó su sándwich y se me quedó mirando. Hacía tiempo que Amelia había ahuecado y estábamos él y yo solos en la cocina.

—Bueno —dijo como si nada hubiera pasado—, tampoco voy a llegar ahora yo y poneros más tareas de las que ya tenéis en el instituto. Más bien estoy a vuestra disposición, para las dudas. Se me dan bien las matemáticas y las ciencias, pero también las humanidades, ¿eh? Y, si quieres considerarme tu consejero para otras cosas, aquí estoy. Claro que no estás obligada a ningún tipo de complicidad conmigo. Una cosa es que yo te la ofrezca y otra que tú la aceptes. Allá cada cual con lo que dice y hace. Ah, y puedes invitar a tus amigas o a quien te plazca este fin de semana, si eso es lo que venías a contarme. Te he oído hablar antes con ellas.

Aquello ya me pareció el colmo.

—¡Pero bueno! ¿Es que has estado espiándome?

El muy lerdo se levantó, tiró el último trozo de sándwich a la papelera y, antes de dejarme allí plantada, dijo:

—Me levanté para mear y te oí hablar con ellas, eso es todo.

Una escena para olvidar, desde luego. Y eso fue lo que hice cuando acudí a mi padre a chivarme.

—Oye, papá, ¿sabes lo que me ha dicho el tutor? —iba ya a decírselo cuando mi padre me hizo recular.

—... No lo llames tutor, cariño... Es un amigo de la familia. ¿Qué te ha dicho Leonardo? ¿Está contento?

—Sí, sí, yo creo que sí —dije—, y parece majo...

—... Es que tenía que descansar, anda, déjalo tranquilo. Es una vida la de Leonardo... —dijo, y empezó a mover su mano como un ventilador, como hacía cuando quería encomiar el grado de dificultad y mérito de algunas personas.

Desde entonces mi cuaderno se volvió el mejor de mis cómplices. La entrada de esa tarde se llenó, recuerdo, de las risas que me había echado con mis amigas a cuenta de nuestro tutor. Pero del altercado ni una palabra. Aunque él parecía tener algo muy profundo en contra nuestro, a mi padre no había manera de hacérselo ver. De hecho, si le había contratado era por confianza, precisamente. Creo que sus arrebatos le alegraban un poco la vida.

—Sí, sí, ya se nota que ha vivido y además es encantador —opté por secundarlo antes de irme a mi cuarto—. Me ha dicho también que puedo invitar a Cintia y Fanny cuando quiera a casa. Van a venir mañana, ¿lo sabías?

—¿Pero le has preguntado eso? —Mi padre se echó a reír—. ¿Le has pedido permiso? Pero si nada cambia porque Leonardo vaya a vivir con nosotros, cariño. Por supuesto que puedes invitar a tus amigas. Es más, ¡te ruego que lo hagas!

Si lo entendía bien, aquel hombre no alteraría en nada nuestras costumbres, y eso desde luego se confirmó enseguida. Lo que él hacía con su tiempo y lo que hacíamos nosotros apenas se rozaba. Vivíamos en mundos paralelos, muy cerca los unos de los otros, pero casi nunca juntos. Leonardo se despertaba a las dos o a las tres de la tarde y se ponía a comer en la cocina, todavía en pijama, mientras Amelia recogía los platos. Por la tarde se metía en su cuarto y, a puerta cerrada, tenía largas conversaciones por teléfono con sus amigotes, con los que nunca se privaba de hablar en alto. Nunca dijo quiénes eran, y en nosotros no parecía interesado en absoluto. Con la excusa de no interferir en las dinámicas familiares, Leonardo se replegaba a su cubil en cuanto veía la posibilidad de que un encuentro fuera a prolongarse más de la cuenta. Y el salón nunca lo pisaba. Después de aquella primera arremetida, se comportó a todos los efectos como Amelia en su tarde libre, o como un invitado cuya estancia en nuestra casa se alargaba más de la cuenta. Todo esto para mi padre no era más que motivo de admiración. No verlo, no encontrárselo por los pasillos, y estar siempre atento a su presencia ausente, lo llenaba de júbilo.

—Qué discreto este Leonardo... —decía—. No es nada pesado, nada pesado. ¿Vosotros lo habéis visto hoy? Es asombroso, asombroso. No se nota que está.

Otros, según mi padre, habrían aprovechado su posición en nuestra familia para sentarse a la mesa a la primera de cambio, pero Leonardo, no. Y no era porque mi padre no le insistiera.

—Esto es lo que más me gusta de él —decía, como quien paladea uno de los manjares más exquisitos de la cortesía—, prefiere pasar por lerdo antes que serlo. Es auténtico este Leonardo. ¡Auténtico!

3

A la mañana siguiente, Cintia me llamó desde la parada del autobús. Después de la escenita que acabo de relatar, el pitorreo que nos traíamos viró hacia el más cauto de los diálogos.

—¿Y qué tal con el tutor? ¿Se ha levantado ya el tutor? —preguntó con recochineo.

Pero ahora yo tenía que darles un giro a nuestras conversaciones.

—Sí, sí. No le llames tutor, Cintia. Es un amigo de la familia.

—¿Pero cuánto tiempo se va a quedar? ¡Me parto! Ja, ja.

—Yo qué sé, Cintia, creo que hasta mis cuarenta años.

El estallido de risas al otro lado del teléfono acabó por espabilarme. Me levanté de un salto de la cama y me introduje en el baño.

—Estoy hablando en serio. No sé de qué te ríes.

Yo estaba seriamente disgustada por ello. En una cláusula guardada bajo llave en el archivo de mi padre rezaba esa disposición. Leonardo tutelaría nuestro patrimonio hasta la edad en que «los hermanos Alba alcancen pleno juicio de sus personas». ¿Pero cuándo iba a producirse tal cosa?

—No, a los siete años no —me aclaraba Cintia—, a los siete es el uso de razón.

—¿A los dieciocho entonces?

—No lo creo —Cintia le daba vueltas a aquel asunto—, si así fuera tú ya lo sabrías —dedujo para acabar sentenciando—: ¡Tú no vas a heredar hasta que le dé la gana a tu tutor!

Mientras tanto Leonardo viviría en casa y se ocuparía de nuestra orientación académica. Hasta que él no tuviera plena

29

seguridad de nuestra madurez, nada de lo que mi padre nos legara llegaría hasta nosotros.

Lo cierto es que Leonardo, tras su reparadora siesta del día anterior, una vez que se hubo despachado a gusto contra mi madre y contra mi hermano, se metió en su cuarto y no volvió a salir de allí hasta bien entrada la madrugada. Pero nuestra conversación de la tarde no cayó en saco roto. Sus palabras, cuando nos fuimos a dormir, siguieron penetrando en mis conductos auditivos y conectando mis neuronas de un modo increíble. Era como si un desierto de sequedad extrema de pronto se llenara de ideas. Mi mente batallaba con el rechazo a Leonardo y al mismo tiempo intentaba conciliar lo dicho por mi padre. Tenía que estar a favor, a favor de él. Y yo procuraba verle las ventajas a tener a aquel guarda jurado en nuestras vidas. Un guarda jurado negligentísimo, porque nunca me enseñó ni la «o», jamás se preocupó por mí, y a los dos días de estar en casa y entrar un poco en confianza lo único que Leonardo hacía era desvalijar nuestra nevera. Con total descaro, se llevaba los alimentos más apetitosos a su cuarto. Y allí vivía, haciendo pesas y abdominales. También veía la televisión. Se la pidió a mi padre el segundo día. Necesitaba una tele para seguir los partidos. Se le concedió la tele. Al principio ponía la voz muy baja, pero, conforme los días fueron pasando, el volumen de la tele iba en aumento. Nos acostumbramos también a eso.

Pero ¿quería yo abandonar a mi padre? ¿Estaba aquel deseo agazapado en mi interior?

Esa noche, la primera de una serie de noches nerviosas, fui incapaz de conciliar el sueño. Mi hermano llegó a las tantas. Yo tenía la luz encendida. Ricardo entró y se paró en mi puerta.

—¿Estás aún despierta?

—Sí. Claro. ¿No lo ves?

—¿Ha llegado ya el nuevo? —preguntó medio esquivo. Él se había escaqueado de la presentación y me había dejado a mí sola con el petate.

—Ha llegado, sí. Es un poco raro. A mí ya me ha soltado una fresca.

—¿Sí? —Aquello lo animó—. Ja, ja, ja. ¿Qué te dijo?

—Pues que estamos aquí por el dinero de papá. Lo que oyes.

—¡Pero qué loco! —Aquello lo divirtió aún más—. ¿Te ha dicho eso así por las buenas?

—Te lo juro. Y se ha quedado tan ancho. Se comió un sándwich y ahí lo tienes. Solo se ha levantado para espiarme. Ha estado oyéndome hablar con mis amigas.

—¿Que te ha espiado? Belén... No será para tanto.

—Ya. ¿Pero y si lo es? ¿Y si el bueno del tutor nos sale rana?

—¿A qué te refieres?

Mi hermano venía de los efluvios de la noche. Permanecía de pie en la puerta de la habitación y no parecía procesar muy velozmente.

—¿A qué voy a referirme? Que me da miedo ese tío, Ricardo. Que lo veo muy capaz de robar a papá.

—Anda, duerme, que ves muchas películas, y papá no es tonto.

El cuarto de Ricardo estaba en el otro extremo de la casa. En realidad, no era su cuarto. Por las mañanas era la sala de masajes de papá y de noche Ricardo se acurrucaba allí, en un colchón tirado por el suelo. Fui tras él por el pasillo.

—¡Espera! ¿Por qué estás tan seguro de que papá no es tonto? Yo lo veo muy flipado con este tío.

—Pues si está flipado tiene todo el derecho —dijo el muy imbécil.

—¿Derecho? ¿A qué, a dejarle nuestro dinero al primer colgado?

Vi a Ricardo internarse en su cuarto, echarse en la colchoneta y descalzarse. Volví a mi cama. Desde allí veía sus pies desnudos. Cuando apagó la luz y se durmió, volví a levantarme esta vez decidida a saber algo más de los poderes que ostentaba nuestro tutor.

Su cuarto quedaba lejos, en el interior de la casa. Los ficheros de los sirvientes estaban en la oficina. Nunca hasta esa noche me había atrevido a husmear allí. Pero me levanté, me deslicé hacia los ficheros y fui directa al dosier de Leonardo. Su carpeta tenía un grosor mucho mayor al lado de las demás carpetas. Su nombre destacaba en letras grandes en el lomo. Y al lado, acompañando el dosier por ambos flancos, vi por primera vez dos magras carpetitas con nuestros nombres, el de mi hermano y el mío. Que me hubieran archivado junto a Leonardo me indignó sobremanera. Para no encender la luz me serví del móvil. Los ronquidos de mi padre llegaban hasta allí. Tenía que darme prisa porque el tutor, con su sexto sentido para salir a mear cada vez que yo daba un mal paso, aparecería seguro. Rauda como un rayo alcancé el archivo, eché mano del fichero y revisé su interior.

A aquellas alturas yo ya sabía bastante de herencias por mis amigas. Quien más quien menos manejábamos aquel vocabulario de notarios, legatarios, podestantes. Me había pasado la tarde hablando con Cintia por teléfono sobre el asunto y mi incursión en la oficina obedecía a sus instrucciones. «Vete al fichero. Si tu padre te ha metido un ladrón en casa es mejor que lo sepas». Cintia no había utilizado la palabra «ladrón». Esa palabra es algo que incluyo yo ahora, llevada por la angustia. En su lenguaje jurídico, mi amiga Cintia, que ya entonces tenía muy claro que sería estudiante de ESADE, utilizó otro nombre. Dijo algo así como al-ba-ce-a. Aquella palabra quedó resonando en mis oídos toda la tarde y, de pronto, mientras rebuscaba a toda velocidad entre papelajos y documentos apareció la dichosa palabra ante mi vista. Lo que leí a continuación, en un folio escrito a máquina, fue una frase tan larga como un tren de infinitos vagones que amenazaba con arrollarme: «Albacea para vender, comprar, gestionar, autorizar, prohibir, delegar, pignorar todos los bienes que lego en este acto a mis hijos, con la supervisión y sometidos a la jurisdicción de Leonardo Contreras, hasta la edad en que su tutor legal los considere maduros y *dignos de confianza*». Llegué hasta el último vagón de aquel tren de palabras sin aliento. ¿Qué significaba «pignorar»? Tendría que preguntárselo a Cintia. Después de hacerle una foto apresuradamente con el móvil a aquel legajo, cerré el dosier, lo encajé en su sitio en las estanterías del archivo y salí corriendo hacia el pasillo con el corazón en la boca. *¡Dignos de confianza!* Las sienes me ardían. ¿Pero quién se creía mi padre que éramos? En el camino a mi habitación me tropecé con una masa oscura. Era tal mi ofuscación en plena oscuridad que tuve que tantear aquel cuerpo varias veces hasta reconocer que había topado con un organismo vivo.

Era Leonardo.

—¿Pero qué haces aún despierta, Belén?

Mi sangre, mi sangre de horchata.

—¿Y qué haces tú con el pijama de mi hermano puesto?

—Me lo ha dejado tu padre, he venido sin pijama.

—Pues yo me he levantado para ir al baño.

—Pero ¿no tienes baño en tu cuarto?

Su brazo de hierro se interponía entre el marco y la puerta de mi habitación.

—Es que soy sonámbula. ¿Me dejas pasar?

Podría haberme inventado algo mejor, pero aquello funcionó al instante.

—¿Ah, sí? ¿Eres sonámbula? Puedo quedarme contigo un rato, si lo necesitas. Yo también estoy un poco desvelado, la verdad. Oye, y perdona si he sido un poco brusco esta tarde. A veces me altero, ya sabes, los cambios. No volverá a ocurrir, te lo prometo.

—No, claro, no pasa nada.

—Bueno, pero llámame si necesitas cualquier cosa, ¿vale? Para algo tendré que servir en esta casa, digo yo.

Esa fue la curiosa manera en que el tutor y yo nos reconciliamos tras nuestro primer choque. Y lo cierto es que aquella noche le vi por primera vez un atisbo de amabilidad. No solo no desperté en él la mínima suspicacia con mis andanzas nocturnas, sino que creo que le caí en gracia. El caso es que después de mi expedición al archivo, me metí en la cama de un salto y apagué la luz. Jamás había oído mi propio corazón tan fuerte, pero aquella noche el bombeo que salía de mi interior me hizo tomar conciencia de mis órganos. Si no me calmaba vendrían los bomberos. Y mentiría si no dijera que la reacción de Leonardo despertó en mí una esperanza, y por primera vez en aquellos días vi una oportunidad. ¿De qué? De amar a alguien, supongo.

A la mañana siguiente, él estaba en la cocina. La costumbre de levantarse tarde y hacer su vida al margen de nosotros se instaló después, pero esa mañana lo encontré a la mesa recién duchado y fragante. Amelia, que era siempre la que nos servía el desayuno, no estaba por ningún lado.

—Le he dado la mañana libre —dijo Leonardo—. Yo también puedo echar una mano de vez en cuando. No voy a estar aquí a pensión completa, ¿no te parece? Siéntate, ¿no? Podemos desayunar juntos.

Parecía, también esta vez, haberme oído hablar con Cintia por teléfono. Él, superservicial, me anunció que el autobús estaba a punto de pasar, y había preparado ya las tostadas de mi desayuno. Por qué no utilizó la tostadora y en cambio se sirvió de la sandwichera me pareció un detalle. Y tampoco encontré motivos para enfadarme con Amelia por haberse tomado la mañana libre. Una orden, venga de quien venga, si la favorece, ella la acata.

—¿Sabes que tu madre también era sonámbula? —empezó él.

Yo ya me había olvidado de aquel asunto, pero mi invento le había gustado.

—¿Pero tú la conoces?

—Qué va. Sé que era sonámbula por tu padre. Estas cosas de la herencia me hacen mucha gracia.

—¿Y qué más te ha dicho papá de ella?

—Nada, solo eso. Anda, termina el café, ¿no tienes que coger el autobús?

Y no se alargó más, pero ahora ya había aquel puente tendido entre nosotros. Sobre la vida de mi madre, y si era sonámbula o no, en el fondo yo no tenía la menor curiosidad. Era un tema irrelevante bajo todos los puntos de vista.

En fin, que salí pitando hacia la parada del 75 y enseguida vi a Cintia en los asientos de atrás del bus.

No iba muy lleno, por suerte.

—¿Y qué? ¿Cómo va con Leonardo? —me preguntó entre risas.

Su nombre ya era *vox populi* en el colegio. Yo había abultado sus cualidades físicas para echarle un poco de morbo al asunto.

—Pues cómo va a ir. Fatal. Me pilló anoche, por hacerte caso.

—Pero cómo se te ocurre, te dije que lo hicieras cuando no estuviera él.

—No ha sido grave. Le he dicho que era sonámbula y se lo ha creído.

—Nadie se cree eso, Belén. Ese tío no es tonto.

—Qué sé yo si es tonto o no. Habrá que darle tiempo.

—¿Pero se creyó que eras sonámbula?

—Pues claro. Y resulta que mi madre también lo es.

—¿Pero la conoce?

—Él dice que no, pero yo creo que sí.

—Me muero, Belén. —Cintia se tronchaba.

—¿Y qué querías que hiciera? Eran las cuatro de la mañana, y algo tenía que inventarme.

—Pues eso te da mucho juego, si se ha creído que eres sonámbula puedes husmear hasta en su cuarto, ja, ja, ja.

Nos lo estábamos pasando en grande cuando llegamos a la parada del colegio. En el bar donde siempre quedábamos aquella mañana yo era la novedad. Tito, el chico con el que salía entonces, me miró al entrar con cierta reserva. Yo a él le había contado poco, y ante Cintia y Fanny aparentó curiosidad, pero no le hizo ninguna gracia ser el último en enterarse de la llegada de Leonardo.

—Pero cuenta, cuenta. ¿Cómo es? —Fanny no paraba de interrogarme.

—Si no hay nada que contar, Fanny. Y además este fin de semana venís a casa. Es un tío enrollado. Hoy me ha hecho el desayuno.

Salíamos ya hacia el colegio, entretenidos en otros temas, cuando al bajar las escaleras del bar vi a una mujer que se escondía o retrocedía a nuestro paso. Estuve a punto de chocarme con ella. Fue solo una visión fugaz, y no me detuve a mirarla, pero vi claramente que la mujer, al vernos, se quedó primero inmóvil, luego blanca, y de repente con un movimiento extraño y un giro rapidísimo dio media vuelta y, desandando el camino de las escaleras, echó a correr hasta perderse por la esquina. Aquella sombra emprendía una fuga como de perro. Tenía el pelo anaranjado, como de setter, e iba desarreglada como algunas vecinas del barrio que a veces bajaban a comprar tabaco. No le di la menor importancia a aquel asunto. Pero cuando ya estábamos en clase de Religión, con el sopor que me entró por la nochecita sonámbula, aquella imagen de la mujer huyendo se filtró en el ambiente soporífero del aula, ocupó luego el lugar de la tarima del profesor y acabó por sentarse en su silla. Aquella figura no se me iba de la cabeza, con su pelo color naranja y su chándal medio andrajoso. «Anda que si mi madre aparece ahora como una mendiga de Dickens y me reclama...». Eso pensé durante las largas horas de clase en que permanecí en duermevela. Eso temí y eso deseé, para qué negarlo.

4

Solo nos faltaba eso a los hermanos Alba, que apareciera ahora mi madre por la puerta de clase y se pusiera a llamarme a voz en grito:

—¡Belén Alba!

En su lugar, el profe de Religión, con su tupé sobre la frente, ocupó toda la tarima.

—¿Puedes decirme de qué estoy hablando?

—Ni idea, profe. Me he ido por los cerros de Úbeda.

—No, por los cerros de Úbeda no te has ido, te has ido a Babia. Tú sigue ahí y mañana me traes una redacción de tu excursión por Babia. Dos folios.

Él siguió con lo que estaba y solo entonces, cuando ya todos habían dejado de reírse, empecé a prestar atención a lo que decía en clase. Tal vez era algo interesante, algo que me distrajera de la mendiga. Presté la atención justa al detalle de un niño que había hallado la hija de un faraón, y luego me puse a pensar en la vida prodigiosa de los huérfanos. Nuestro tutor me había encontrado husmeando en su dosier y se había creído mi excusa. El profesor me pillaba con la cabeza en las nubes y aquello le divertía. ¿Iba a ocurrirme algo extraordinario? La imponente escalera de mi colegio, que siempre me había parecido de lo peor, como hecha para rodar por ella, esa mañana me resultó amable, y tuve un descenso regio, cuando tocó la campanilla. Con aquella sensación levité por el patio durante todo el recreo, imaginando que mi madre, venida de un incendio y con el pelo rojo, andaría en mi busca por el patio. Se la presentaría a Cintia, la invitaríamos a comer. No. Nos invitaría ella a nosotros, como hacían las otras madres. Pero ese día, como cualquier otro, nos quedábamos en el comedor, y al salir de clase, por la tarde, Tito me acompañó como siempre hasta mi casa.

—¿No me das la mano?

—Sí, claro, toma, te doy la mano.

—Pero no me la das como antes.

No me había pasado hasta entonces, pero aquel día su brazo en el hombro empezó a pesarme. Estuve dándole vueltas a aquel asunto. A lo mejor no era compatible estar viviendo en una novela de Dickens y darle la mano a un novio.

—Es ese tutor, ¿verdad?, que te tiene comido el coco. Te gusta, ¿no?

—Pero qué tontería. Ni me gusta el tutor ni me gustas tú.

A mí ya solo me gustaba la extraña mujer que había visto en las escaleras del bar por la mañana. Al pasar otra vez por la misma esquina, me quedé mirando las casas adyacentes. Toda la acera era tan anodina y bulliciosa como siempre.

—Pues si no te gusto lo dejamos.

—Bueno, tampoco es que no me gustes. Podemos seguir saliendo, ¿no?

—Como tú quieras. ¿Pero cuándo vas a invitarme a tu casa?

—Este fin de semana no, que vienen mis amigas. Pero el próximo, ¿vale? Oye, ¿por qué no me ayudas a hacer esa redacción?

Llevábamos saliendo juntos desde Navidad.

—¿Pero cómo voy a hacerte yo la redacción? ¿Qué sé yo dónde queda Babia?

—Si me haces la redacción, te presento a mi padre.

Al principio se resistió un poco, pero acabó aceptando. Nos despedimos como siempre en la puerta de mi casa.

Esa tarde, cuando entré en el recibidor, todo estaba en tinieblas. Era una de las normas de papá, recibirnos siempre con la luz encendida. Fui corriendo a la cocina y tampoco estaba allí Amelia. Mi hermano, por ninguna parte, y solo al fondo, en el cuarto de los masajes, se escuchaba un hilo de música. Era un repertorio que papá ponía siempre cuando llegaba su masajista. Solían interrumpirlo nada más oírnos llegar, pero ese día el hilo de música siguió sonando con total indiferencia de mis pasos.

Desde el pasillo se oía el fregoteo de las palmaditas en la espalda y algún que otro gemido. Me asomé para saludar, pero no llegué a franquear la puerta. Allí estaban ellos dos, mi padre echado en su camilla mientras Leonardo con sus anchas espaldas lo manipulaba y le quitaba las contracturas. A Amelia no la vi por ninguna parte. ¿Le habían dado también la tarde libre? Era la segunda vez que Leonardo se tomaba aquellas libertades. La monotonía de nuestro jardín, tan floreciente en las épocas de Víctor, indicaba aquella tarde mudanzas inminentes. Me lo pareció al asomarme a la ventana. Los cipreses estaban mustios, alicaídos. ¿Habrían despedido también al jardinero? Pensé por un momento si mi padre no estaría arruinándose. Fue un pensamiento absurdo pero incisivo. Aquellos cambios repentinos, y la concentración de funciones en una sola persona, podían responder a eso. Si Leonardo sustituía ahora al masajista, y empezaban a prescindir de Amelia, ¿qué nos depararía el futuro? Tendría que hablar con Víctor, enterarme de lo que pasaba. Pero hacer tal cosa hubiera sido extralimitarme. ¿Qué haría Leonardo con nosotros si se enteraba? Poco podría hacer yo si aquel tutor multiusos había decidido plantar sus reales en nuestra casa.

Me metí en mi cuarto. Con el olor a sauna que procedía de los ungüentos y que llegaba hasta allí, me puse a chatear con Tito.

Enseguida me llegó su mensaje de texto.

«Ya he empezado la redacción, a ver qué te parece».

Entretanto me puse a buscar en Google: «pignorar: dejar una cosa en prenda. Depositar un bien a cambio de un préstamo».

Enseguida me llegó la redacción de Tito:

«Los cerros de Úbeda tienen la particularidad de que son picudos, elegantes y temerarios como el corazón de mi amiga», comenzaba. «Tener yo un lugar en el corazón de mi amiga sería exponerse a una caída descomunal y, sin embargo, estoy dispuesto a hacer alpinismo. Cortarme la yugular. Sajarme las venas».

«Que no son los cerros de Úbeda». «Es Babia», le escribí.

Tito estaba contestándome cuando otra idea se interpuso en mi camino. Volví al buscador intentando entender qué significaba «prenda». A lo mejor Leonardo me estaba pignorando y yo no lo sabía. Y de pronto, cuando ya el buscador de Google me había empujado a una página financiera, apareció Leonardo, plantado delante de mi puerta.

—Belén, ¿podría hablar un momento contigo?

Yo estaba echada en la cama. Me incorporé enseguida.

—Claro. —Corrí a sentarme en el escritorio—. ¿Vamos a empezar hoy con las tareas?

Eso recordaba que me había dicho el día antes. Pero Leonardo, con la bata de masajista puesta, no parecía muy por la labor.

—No, hoy no vamos a empezar con las tareas —dijo sombríamente—. Antes quiero hablar un rato contigo, tranquilamente. Quiero dejar sentadas algunas cosas.

—Claro, claro, podemos hablar todo el tiempo que quieras. Soy toda oídos.

Lo vi entonces avanzar con paso decidido desde el vano de la puerta hasta mi mesa de trabajo. Todo él olía a menta. Su aire de entrenador, como si hubiera llegado para montar un gimnasio en nuestra casa, tenía un efecto tranquilizante a primera vista. Pero enseguida cogió una silla y se sentó a mi lado, y, muy rígido, cruzó las piernas, puso las manos a la altura de su pecho haciendo un castillito con ellas, y se quedó mirándome.

Aquel gesto era muy propio de mi padre, y tuve por un momento la extraña sensación de estar ante un bromista, un nefasto imitador.

—Dime, qué me querías decir —empecé yo, porque él de repente se quedó congelado en aquella imagen. Tuve que sacarle las palabras con sacacorchos.

—... No..., si ya sé que no es fácil para ti —empezó él a trompicones—. Ahora llego yo y todo es nuevo. Pero quiero que nos llevemos bien, te advierto, Belén.

¿Te advierto? Empezábamos de lo lindo. Me enderecé todo lo que pude. Quizás me había sentado mal.

—¿Y por qué no vamos a llevarnos bien?

—Bueno —siguió él, usando una frase que mi padre también utilizaba mucho—, ya sé que eres una persona *up to the circumstances*. Pero quiero decirte... —continuó, y lo que dijo

40

entonces solo pude procesarlo bastante después, como si aquel diálogo que parecía la prolongación de un puente entre nosotros de repente se hundiera. Debí de perderme bastantes cosas en el socavón que se abrió entonces, él debió de decirme algo que yo no oí, o que no quise oír, y que tuve que deducir por la primera frase que fui capaz de procesar cuando emergí al otro lado del puente con una advertencia asombrosa donde las haya, que él pronunció mientras yo miraba por la ventana a la busca de mi antiguo jardinero, del masajista antiguo o cualquiera que me salvara de lo que estaba por venir—... lo que quiero decirte, Belén..., rara como eres..., difícil e inmanejable..., es que si piensas traer aquí a tu madre a vivir, ¡olvídate! ¡Como que me llamo Leonardo Contreras que tu madre no entra por esa puerta ni borracha! Puedo leer tus pensamientos desde que te has ido esta mañana al colegio y sé a dónde quieres llegar. ¡Tu madre no entra en esta casa ni por encima de mi cadáver!

Pegué un respingo. Me quedé mirando quién entraba por la puerta, pero nadie entró. Nadie vino en mi auxilio.

—¡Pero qué cosas dices! Si ni siquiera la conozco —repliqué.

—¿Así que no la conoces? —me preguntó él con recochineo.

—¡Pues claro que no! ¡Solo a veces nos llama!

La magnitud de su ataque fue tal que solo podía obedecer a su miedo. Si aquel iba a ser el hombre que nos tutelaría, aviados íbamos.

—Bueno, pero os llama, ¿verdad? —insistió él visiblemente nervioso.

—Sí, alguna vez, pero solo eso. Te juro que no la he visto en mi vida.

La negué por segunda vez. Pero aquello no le pareció del todo convincente.

—Que no la hayas visto nunca no significa que no estés dispuesta *a verla alguna vez en el futuro*. Ya te dije que yo tampoco la conozco, pero me basta con saber lo que sé por tu padre para prevenirte.. Si llama, no le digas ni pío, ninguna información, ¿me oyes? *Esa* es tan capaz de presentarse aquí si sabe que hay cambios. Quedas avisada.

Debió de arrepentirse enseguida de tan visceral y poco motivado ataque, porque mi padre, alertado por sus voces, no tardó en aparecer en mi habitación y, nada más verlo llegar, Leonardo se retiró. Mi padre se acercó despacio. Me acarició el pelo. Nos quedamos los dos un rato echados en la cama, en medio de un silencio muy reparador, y lo disculpó, por supuesto. Es verdad que había sucedido el episodio de la mendiga por la mañana, o de la mujer desaliñada, pero aquella fantasía de mi posible madre merodeando por el colegio yo no se la había contado aún a nadie. Y, si recordamos la noche anterior, mi episodio de sonambulismo había llegado a despertar en Leonardo cierta ternura. Bajo todos los puntos de vista, no tenía sentido alguno aquel arrebato. Pero estaba claro que nuestro tutor tenía problemas con nosotros, por no decir conmigo. Parecía haber llegado a mi casa con el firme propósito de ocuparse de mi padre y un poco de nosotros, pero algo me decía que aquella última tarea lo exasperaba.

Sus cambios de humor eran tan extremos que desde aquella tarde empecé a evitarlo. Antes de salir de mi cuarto, siempre miraba por la rendija de la puerta por si Leonardo rondaba por allí. Luego me trasladaba con total sigilo por lo que antes había sido mi casa a tiempo completo. La casa por la que yo patinaba sobre hielos imaginarios, por la que hacía ballet o me paseaba desnuda, ahora tenía que atravesarla con pies de plomo. Y esa sensación de terror y de vigilancia no desapareció al día siguiente, cuando ya Leonardo era otro. Algo debió de hablar aquella noche con mi padre, tras nuestra segunda discusión. Fue ahí cuando le pidió la tele. Al día siguiente, sin más tardanza, un mensajero llegó a nuestra puerta con un gran paquete. Desde entonces cambió de actitud y se dedicó a hacer su vida, como si hubiera encontrado el anhelado equilibrio encerrado en su cuarto, del que solo salía para dar controlados paseos hasta la nevera, sin otra ocupación.

Pero ¿y mi padre? ¿Se había enamorado de él? Algo así puedo decir a la vista de los acontecimientos de aquel segundo día. Todo indicaba que hiciera lo que hiciera Leonardo, dijera lo que dijera, mi padre se pondría siempre de su parte. Empecé a no cuestionarme qué hacían ellos dos cuando estaban solos, qué se contaban, qué se decían durante las largas horas de mi jornada escolar. La cuestión era aquella: su felicidad, no la mía.

—Alegra esa cara, ¿no? —me dijo papá—. Que hoy es viernes. ¿No vas a invitar a tus amigas?

Y dándome un cachete en la mejilla barrió de un plumazo los malos humos que Leonardo había dejado en mi habitación.

Este ya se había escondido en su cubil cuando sonó el timbre, un par de horas después. Mi padre corrió a saludar a Cintia y Fanny, que entraron en tropel, y les preguntó por sus madres.

—¿Y qué tal tu madre?

—Muy bien, muy bien. Te manda recuerdos.

—Ay, tu madre... —mi padre siempre las llenaba de piropos a las madres de mis amigas—, tengo que llamarla un día, que hace mucho que no nos vemos.

Esta relación social con las madres de mis amigas él la mantenía con gran prestancia, y ellas me recibían a mí en sus casas con un trato equivalente. Y de pronto, en medio de los *rendezvous*, apareció Amelia cargada de bolsas de la compra.

—¿Qué? ¿Cómo va todo? ¿Han llegado ya tus amigas?

—Sí, claro, ¿y tú? ¿Dónde estabas metida?

—Me ha dado el día libre Leonardo.

Amelia se había fumado la tarde. Pasó hasta la cocina con el cargamento de la compra sin decir esta boca es mía y yo volví al salón donde Cintia y Fanny socializaban con papá. Pero la atracción extra que para mí suponía presentar a Leonardo a mis amigas ese día se quedó en el aire. No se pudo acceder a su habitación pese a que lo intentamos. Entretanto, mi padre atendía a las madres por teléfono, que acababan de llamar.

—Claro, sí, no te preocupes, ya están aquí, y Leandro las llevará a casa mañana.

Leandro era nuestro chófer. Un hombre dicharachero, que también hacía algunos arreglos en casa. Nuestro jardinero, Paco, en cambio, era taciturno. A mis amigas les encantaba que Leandro las devolviese a casa.

Total, que cuando papá se fue nos metimos en mi cuarto con una película de terror y un par de gin-tonics.

Era la nuestra, debo decir, una adolescencia un poco boba. La cama donde yo dormía era la antigua cama de mis padres. Mi dormitorio, el suyo. Mi padre me lo había cedido desde el accidente de coche.

La versión que yo tenía de aquel accidente era esta: los dos, mamá y papá, viajaban juntos de vuelta de unas vacaciones en Francia. En el cruce de la frontera, entre Perpiñán y La Jonquera, un camión de naranjas los arrolló y partió en dos el coche. La media naranja de mi madre quedó ilesa, la de mi padre magullada. Se salvó de milagro y por suerte seguíamos disfrutando de él, pero a raíz de aquel accidente nunca volvió a ser el mismo. Los incendios en casa, según Amelia, habían empezado en esa época, maneras que tenía mi madre de llamar la atención de un hombre que ya no la miraba, y que pagaba con ella la frustración que le creaba su situación de dependiente. Aquello, según Amelia, enloqueció a mi madre. Y si de algo puedo dar fe, desde que ella cogió el portante y se fue, es que mi padre en cambio era una balsa de aceite con nosotros. Todas aquellas batallas de las que hablaba Amelia, los incendios, los tiroteos en casa o las caídas por el balcón —porque algunas *nannies* también especulaban con que mi madre hubiera intentado suicidarse—, cesaron de repente al irse ella.

¿Debíamos estarle agradecidos por aquella decisión? Algo así nos transmitía mi padre, porque jamás oí de su boca un improperio, jamás una crítica o una chanza contra ella. Al contrario, para él Valeria, aún ausente, y más aún ausente, seguía siendo el *summum* de las virtudes. Como si la que se hubiera accidentado fuera ella.

5

Algo se sabe, siempre. No cuento la verdad si digo que no sabía nada de mi madre. Algo intuía yo, indicios muy leves que me hacían comprender que, aunque ella no estaba en casa, allí seguía, más que cualquiera de los presentes. Lo que yo sabía eran en general pequeños datos rescatados de escuchas fragmentadas al pasar por el salón, las veces que sorprendía a mi padre en medio de una conversación en la que se aludía a ella, aunque no se pronunciara su nombre, pero yo sabía precisamente por eso que se hablaba de Valeria, por la forma en que mi padre, con enorme aparatosidad, evitaba nombrarla y se apresuraba a cambiar de tema en cuanto yo irrumpía. Casi siempre el interlocutor de mi padre era Víctor y yo suponía que había asuntos patrimoniales que lo inquietaban, así que ni preguntaba ni se me ocurría darme por enterada de la conversación en curso. Al contrario, solía pasar de largo, aquellos asuntos no me incumbían, y los datos que pudiera recabar al paso por el salón intentaba olvidarlos rápidamente. Y cuando no se escondían para hablar de ella, sino que alguien en casa la mencionaba abiertamente, por ejemplo, cuando mi padre quería hacerme ver la gran estima en que la tenía haciendo descollar sus méritos como artista, yo, acostumbrada como estaba a las miguitas que se caían de mis escuchas furtivas, ponía entonces toda la atención del mundo pero, como el hambriento que lucha frente a un manjar para no abalanzarse a comer, mi estómago se contraía y bloqueaba todas mis antenas.

Tampoco era de buen gusto quedarse a escuchar en la cocina o en el planchador si oía a Amelia murmurar por lo bajo. No sé por qué motivos Amelia la emprendía contra Valeria de repente, sobre todo si algo en la casa se torcía o si ese día le reclamaban tareas que ella consideraba inútiles, como si la ausente fuera la responsable de aquellas órdenes que los presentes le infligíamos. Las personas tienen sus motivos para murmurar y, mientras estos se ventilen en la intimidad, yo no tenía derecho a desposeerla de sus inquinas.

Pero papá siempre era elegante con ella. Si tenía alguna queja pasada, esta parecía haberse diluido en una complaciente broma. Desde luego se reservaba toda opinión hosca o comentario escabroso, y en cambio le dedicaba elogios estereotipados cuando la ocasión lo requería. En las escasas veces que ella llamaba, y que dejaban en casa durante unos segundos un agradable aroma de familia bien avenida, mi padre lo disfrutaba enormemente, o eso dejaba entrever. Eran esas ocasiones de loa y elogio a la ausente las que alteraban especialmente a Amelia, y no pocas veces la encontraba espiándome mientras yo atendía a Valeria al teléfono. Pero me bastaba con oír la voz de aquella madre lejana y *soft* para saber que la conferencia no duraría mucho. Era yo siempre la que me adelantaba a colgar cuando ella empezaba a quejarse de la conexión. Había aprendido así a anticiparme a la decepción ahorrándole a ella el engorro de tener que interrumpir «la conversación», y enseguida acudía al cuarto de papá para informarlo de que Valeria había llamado y que *mamá se encontraba bien.*

Lo que yo deducía y lo que había interiorizado a partir de estas llamadas es que mi padre, aun a distancia, y más en la distancia, se ocupaba de ella. Quizás Valeria había perdido el norte tras el accidente, pero él no la había abandonado del todo. Tal vez le pagaba el sanatorio, de ahí sus constantes conversaciones con nuestro abogado, y si no hacía nada de todo esto y simplemente la seguía, o la vigilaba, yo me quedaba contenta suponiendo que él estaba al tanto y puntualmente informado de su situación. Otros padres más despreocupados se habrían desentendido de aquella madre que solo llamaba para cubrir expediente, pero a mi padre yo lo veía atento, obsesionado casi, por aquella mujer que había sido la suya y que ahora, por alguna razón que yo no alcanzaba a comprender, aún continuaba en su radar.

Que había intentado labrarse una carrera como cineasta lo supe también por él. Valeria había aprendido a hacer fotos. Y tenía unos cuantos cortos y un primer largometraje que habían funcionado en pequeños festivales. Pero todo aquel pasado audiovisual me estaba totalmente vedado ahora, porque mamá, en uno de sus arrebatos, había prendido fuego a sus cintas. Estos accesos de locura me hacían imaginarla como una especie de artista tronada, alguien que hubiera perdido la razón en medio de sus performances. Y algo me hacía suponer, por los abultados encomios que mi padre le dedicaba, que no le había ido bien. Aquellos que no logran lo que prometen, los que apuntan maneras pero nos defraudan, los que se proyectan demasiado pronto y de pronto caen, todo aquello que mi padre a la vez elogiaba y prefería tener lejos, era, según él, la marca inequívoca del talento. Pero jamás intenté averiguar nada. Por temor a encontrarme cosas suyas en las mansardas, yo jamás entraba allí. Tampoco iba nunca a la Filmoteca de Catalunya, y por supuesto no escudriñaba en los materiales de cine de autor que a veces se proyectaban en las salas a las que ya iban mis amigas. Aquella saña destructora de Valeria, que había echado por tierra su futuro, tenía algo seductor, desde luego. Pero a decir verdad yo prefería mil veces a la Valeria lejana, una Valeria tanto más lejana cuanto más cercana y dulce se presentaba al teléfono. Y que apareciese un día en casa era tan improbable como su mismo currículum. Ambas cosas me parecían dudosas, su *gran carrera* y su *fisicidad*, y en esto puedo decir que ella, mientras permaneció en estado de invisibilidad, jamás intentó despertar en nosotros ilusión alguna. Cómo se las ingenió para seguir llamando durante todos aquellos años sin presentarse nunca es algo que aún me asombra. Había la excusa o la mentira, por ejemplo, de que viajaba mucho. A veces nos decía: «Hoy voy a Nueva York». Otras veces los lugares a los que viajaba no eran tan glamurosos. «He estado en Rubí», contaba como gran noticia. Pero lo que predominaba era la sensación de que Valeria se había mudado a un país lejano, y en su nueva vida debía de haber formado una segunda familia. Me aliviaba otorgarle esa oportunidad.

Fue justamente la noche de aquel viernes, cuando mis amigas vinieron a casa, con Leonardo ya instalado en su cuarto y después de prohibirme todo contacto con ella, cuando, de pronto, en medio de nuestras pizzas y nuestros gin-tonics, oí sonar con fuerza el teléfono.

—¿No vas a coger? —me preguntó Cintia.

No era la primera vez que pasaba. Valeria aprovechaba algunas veces para llamar los viernes.

—¿Por qué voy a coger? Ya descolgará alguien.

—¿Y si es tu madre?

—Qué va a ser mi madre.

—Pero cógele, ¿no? Si es ella y anda por Barcelona querrá verte. ¿No dices que vive en Rubí?

—Qué sé yo si vive en Rubí, a lo mejor vive en Cannes.

El teléfono seguía sonando. Cintia le dio al stop en la pantalla del ordenador y paró la película que estábamos viendo.

—Si no le contestas tú, le contesto yo.

Por nada del mundo quería que sucediera eso. Jamás una amiga mía había entrado en contacto con ella. Salté de la cama y levanté el auricular con la intención de colgar sin haber respondido. Pero al otro lado del teléfono, en los brevísimos segundos que nos concedimos, en vez de oírla a ella me pareció oír al fondo un rumor de coches y camiones zumbando. Mi madre de cartón piedra debía de estar en cualquier cruce de caminos. Enseguida oí su voz emergiendo de una cuneta.

—... Hola..., viiida, ¿cómo estás?

—Pues nada, aquí... Me coges con mis amigas...

Yo les había contado a Cintia y a Fanny la bronca de Leonardo.

—Ay, Cintita y Fanny —así hablaba mi madre, como si las conociera—, pues nada... Te dejo entonces... Ya llamaré otro día.

—Pues vale. Hablamos... —imposté el tono de ejecutiva de mi amiga Cintia, y me dispuse a colgar.

En otras circunstancias, mi madre de pega lo habría entendido, pero esa noche la conexión funcionaba la mar de bien, y no parecía querer colgar como de costumbre.

—...Bueno, pero ¿cómo estáis? ¿No me dices nada? —siguió ella.

—Pues cómo vamos a estar, como siempre. Otro día hablamos, ¿vale?

—Pues vale... ¿Pero seguro que estáis bien? —insistió aquella madre.

—Pues claro. Claro que estamos bien.

—¿De verdad? ¿No me engañas?

Me dieron ganas de colgarle el teléfono. ¿Qué tenía yo que decirle ahora? ¿Que habíamos sido invadidos por un tutor que me había prohibido verla?

En esas estábamos cuando mi padre, renqueante, apareció por el pasillo en su zepelín. Lo vi asomarse al salón con cara de pocos amigos.

—¿Qué pasa? ¿Con quién hablas ahora?

—Nada, es Valeria —dije.

—¿Y qué coño hace llamando a estas horas?

Jamás le había oído palabras tan ordinarias. De pronto aceleró su zepelín y en un segundo me arrebató el teléfono.

—¡Hola, *macaaa*! —dijo balando como una oveja.

Desde que tengo memoria jamás se había puesto al teléfono para hablar con ella. Todo lo que se decían pasaba a través de mí, un filtro que yo estimaba de gran importancia. Y viendo a mi padre con el teléfono pegado a la oreja tuve de pronto la sensación de que algo terrible iba a ocurrirnos. La pizza se me pegó al paladar, la intensidad de la calefacción empezó a asfixiarme. Me dieron ganas de correr al cuarto de Leonardo a pedirle ayuda. ¿Iba mi madre a aparecer y a quemarnos a todos en una hoguera? De pronto oí a mi padre, que terciaba en la conversación, frenándola:

—No... No, no, no. No hace falta que vengas, no te preocupes, *maca*, una de esas fiestas de adolescentes... No, no... ¡Claro que no necesito ayuda...!

Fue un instante, apenas unos segundos, y poco después de aquellas frases entrecortadas pero firmes, haciendo un corte de mangas al aire, mi padre colgó.

Yo volví rauda a mi habitación, mientras él se perdía por el pasillo. Mis amigas en el cuarto lo habían oído todo.

—¡Le ha dado un corte de mangas! ¡Le ha colgado!

—¿Pero le ha colgado? Ja, ja, ja. Tu padre es mucho.

—¿Has conseguido saber si está en Barcelona?

—Qué sé yo si está en Barcelona. A lo mejor está en Sabadell.

—¿Pero no tienes su teléfono? ¡Llámala!, ¿no?

—Pues claro que no tengo su teléfono.

Después del corte de mangas, no creía que Valeria se atreviera a pedir audiencia en nuestra casa, pero algo aquella noche, cuando apagamos la luz todavía excitadas, me impidió bajar la guardia y dormir. Una extrema vigilancia me hacía temer lo peor y mis temores no se concentraban en el pasillo ni en la sala, de donde procedían los susurros en voz baja de Leonardo, que hablaba con mi padre, los dos nerviosos y atribulados, sino que se extendían hacia el jardín más allá de mi habitación, como un sensor expandiéndose extramuros. Aquella amenaza que pendía sobre mi cabeza solo podía venir de fuera, de la calle, y, cuando vi que el revuelo en la casa se calmaba y que mis amigas dormían, me levanté a comprobar que no había nadie merodeando afuera.

Me asomé a la ventana. Era completamente absurdo que mi madre anduviera acechando por el jardín. Afuera estaba oscuro. Ninguna luz salvo la de la farola, una farola redonda como una luna que arrojaba su claridad sobre un segmento de nuestro portalón. No había moros en la costa. Me volví a la cama, y allí seguí dando vueltas, insomne o sonámbula, con Fanny a un lado y Cintia al otro roncándome en el oído, cuando de pronto —debían de ser ya las dos de la mañana— oí un rugido muy tenue encima de mi cabeza, como si alguien moviera con mucho cuidado un mueble en el piso de arriba. Enseguida pude comprobar que el ruido no procedía del interior de la casa sino de más allá, un más allá que se aproximaba desde las casas colindantes. Parecía el motor de un coche. Me levanté sobresaltada, y al otro lado de la ventana, como surgida de un sueño, vi la Suzuki de Víctor enganchada en nuestra farola. Me asombró la soledad de aquella moto, como si alguien la hubiera dejado abandonada en nuestra acera. Muchos días al levantarme yo encontraba aquella moto delante del portalón, hasta que Víctor la recogía y se iba a su despacho. No era la nuestra una zona de pago, y él aprovechaba para moverse por la ciudad y al volver a su casa cogía el coche que dejaba aparcado en la esquina. ¿Había venido a aquellas horas para hablar con mi padre? ¿O venía a salvarme de las garras de Leonardo? Fueron apenas unos instantes los que duró mi ilusión, y mientras yo decidía si aquella moto estaba allí por amor o por no pagar el AREA de pronto oí que alguien dentro de casa corría por el pasillo y abría la puerta de la calle. No tardé en comprobar que el que avanzaba por el jardín, saliendo de nuestra casa, era Leonardo. ¿Pero qué hacía con la bata de mi padre puesta? No llevaba pantalones, y me pareció ver que iba descalzo, como si se hubiera levantado de la cama con urgencia y en el último segundo se hubiera tapado con aquella bata ridícula. Lo vi que atravesó el jardín. Luego, acercándose al portalón que daba a la calle, miró a un lado y a otro como esperando un taxi, o que llegara alguien a recogerlo. Esto último lo supuse porque llevaba en la mano su sempiterna bolsa de deporte. ¿Pero a dónde se iba? ¿Lo había despedido mi padre a raíz de nuestra bronca? Contra él yo no tenía nada. Es verdad que no me gustaba mucho, pero ahora que lo veía con su equipaje en la acera no quería que se marchase, y menos en plena noche. Tal vez aún podríamos entendernos, nuestras peleas tendrían arreglo. Todo lo que había pasado el día anterior y aquella misma tarde obedecía solo a un movimiento de tierras que acabaría por encajar y en aquel nuevo escenario cada uno de nosotros encontraríamos nuestro sitio. Incluso me pareció, allí plantado junto a la farola, una pertenencia nuestra. Imaginé a mi padre desconsolado al día siguiente. Estaba a punto de arrepentirme de mis desaires contra Leonardo cuando de pronto vi que por la esquina aparecía Víctor. ¿Pero qué hacían aquellos dos a las tantas de la madrugada hablando bajo la farola? Algo se dijeron, una breve conversación que no me pareció amigable, parecía que discutían, y luego vi que Leonardo le entregaba al otro su bolsa de deporte, un tanto de mala gana, y que este la recogía y la tanteaba con delicadeza como si llevara dentro algún objeto frágil. Vi a Víctor coger la bolsa incluso con ternura, como si fuera el arrullo de un bebé, y luego la metió en su portamaletas. Antes de que Leonardo se diera la vuelta y me pillara allí, oteando desde los cristales, corrí a la cama como un demonio y oí que volvía a entrar y cerraba la puerta.

Pero la cabeza me hervía. No teníamos mascotas. Un perro allí habría sido feliz y aquella noche nos hubiera resultado útil, pero no había perros ladrando por ninguna parte y solo aquellos dos trapicheaban con toda tranquilidad bajo la luz de la luna. ¿Nos estaban desvalijando?

Al día siguiente se lo diría a mi padre, y no me detendrían ninguna de sus disuasiones, qué hábil era él disuadiéndome. Se lo preguntaría así, abiertamente: ¿qué hacían Víctor y Leonardo anoche bajo la farola? Y no me valdrían sus respuestas vagas, pediría explicaciones. Cintia, que dormía a mi lado, se despertó. Debían de ser las tres de la mañana.

—¿Pero qué pasa ahora? ¿Por qué no te duermes?

—Nada, que he visto a Leonardo con la bata de mi padre. En el jardín.

—Saldría a fumar. No es tan grave.

—Qué va. Ese siempre fuma en casa.

—¿Y le dejáis fumar dentro? Qué tío.

Cintia se dio la vuelta y volvió a dormirse. Y yo, sin pegar ojo, me vi otra vez invadida por la imagen de la mendiga que había aparecido aquella mañana en el colegio. Quiero decir: que aquella imagen me colonizó de repente, y empecé a pensar en ella en unos términos totalmente nuevos, no como en la madre menesterosa y medio loca a la que no hacía ni cuatro horas le habíamos colgado el teléfono, con mi padre haciéndole la peineta, sino como en una tabla de salvación. Yo tenía una madre, ¿no? Para algo tendría que servirme. ¿Por qué no aparecía ahora y montaba un cristo? Me iría con ella. Pero esta fantasía duró un segundo, y su imagen, al tiempo que el sueño de la razón volvía a invadirme, se deshizo lentamente. ¿Acaso no eran aquellas llamadas de Valeria, impotentes, lánguidas, una señal más que evidente de su total inoperancia? Si sus hijos le hubieran importado lo más mínimo se hubiera presentado en casa alguna vez, digo yo, o hubiéramos podido llamarla en los momentos de apuro, decirle «¿por qué no me socorres, Valeria?», aunque fuera para presentarnos a su nuevo marido, ella que siempre parecía tan realizada. Alguna clase de familia debía de rodearla, digo yo. Era un poco raro que no hubiéramos querido conocerla nunca, y que ella siguiera llamándonos a pesar de todo.

No sé cómo, a las seis de la mañana, yo todavía seguía despierta y delirando en medio de la noche. Ni siquiera los habituales ronquidos de mi padre se oían. Su habitación estaba en el otro extremo de la casa, junto a la sala de masajes. Alguna vez, de niña, me gustaba levantarme y meterme en su cama un rato. Él siempre dejaba la puerta abierta. Aun en los momentos de mayor intimidad, estábamos acostumbrados a que papá nos recibiera. Amelia se escandalizaba y echaba una de sus risitas cuando nos veía retozando con él, pero para nosotros no era ninguna novedad ver a papá en pelota picada. Era ella, casi siempre, la que lo ayudaba a desvestirse y acostarse, pero desde la llegada de Leonardo este empezó a cubrir también esa función. No lo hizo el primer día, pero ya aquel segundo día empezó a relevarla en estos menesteres, y su eficiencia como masajista y luego como *valet de chambre* debió de quedar probada. Después de la segunda acometida de Leonardo y de la llamada intempestiva de mi madre, yo los oí chapotear en la ducha. Había oído primero susurros atribulados en el salón y luego sus risas escandalosas en el baño. ¿De qué se reían? Mi padre se lo pasaba en grande mientras a mí me comían los demonios, y de la escena nocturna bajo la farola, con mis amigas durmiendo y yo en la ventana de centinela, él no debió ni enterarse. Pero aquel silencio a las tantas de la madrugada empezó a inquietarme. No sé a qué hora me levanté para comprobar que mi padre seguía respirando. Por algún motivo yo temía por él aquella noche. Sé que todo esto parecerá excesivo, pero en mí había aquel celo, aquella inversión de papeles. Por el silencio de la casa ya sabía yo que su puerta estaría cerrada, y sabía qué significaba eso. Aquella ausencia de todo ronquido en la noche, después de las sesiones de masaje que él aprovechaba y hacía coincidir con las fiestas de mis amigas, no era en absoluto rara, como no lo era que se refugiara en esas ocasiones con el masajista de turno. Pero esa noche el masajista *in pectore* me hacía desconfiar, y quería comprobar con mis propios ojos lo que era evidente. O tal vez quería, como los niños cuando son niños, constatar que mi padre seguía vivo. Qué me importaba que a su lado durmiera alguien. Yo tenía derecho, como hija de mi padre, al miedo y a la protección, al abrazo y a la indiferencia. Yo tenía derecho a entrar en su cuarto en cualquier momento e interrumpir la pasión; o los navajazos. Mi presencia aquellas noches en su tálamo de soltero era la constatación de que no les sería fácil a ninguno de sus masajistas acabar con él. Yo opondría resistencia. Pero la sorpresa al llegar a su cuarto en aquella ocasión fue doble, porque su puerta, lejos de estar cerrada como siempre que estaba con alguien, esa noche en cambio estaba abierta y los ronquidos sencillamente eran inaudibles porque él permanecía despierto. Con su media pierna echada sobre el muslo de Leonardo, que yacía boca arriba como un gigante después de una lucha épica, mi padre me miró desde la cama con los ojos más abiertos y vacíos del mundo. Unos ojos que no significaban nada y lo decían todo, que me atravesaron como si fuera transparente, él protegiendo a su presa y sin moverse, sin hablar ni hacer un gesto al advertir mi presencia, para no despertar a Leonardo, que dormía entre sus brazos como un hijo. El modo en que se abrazaban denotaba que en aquella lucha que habían mantenido durante toda la noche mi padre había vencido. Fue una visión, la de él despierto y el otro dormido, que desterró de pronto todos mis temores. Y no puedo decir que su mirada me horrorizara. Al contrario, en sus ojos había un mensaje de calma, y no vi que en Leonardo hubiera tampoco signos de amenaza alguna. Tal vez el amor que mi padre le profesaba lo amansaría. Su fealdad moral, o lo que yo imaginaba que podía haber de malvado en Leonardo, no se apreciaba por ninguna parte ahora. Y con aquella imagen de los dos entrelazados y desnudos, mi padre llevándose a la boca su dedo índice e indicándome con ello que no hiciera ruido con mis pisadas, volví a mi habitación en el más absoluto sigilo y fui poco a poco quedándome dormida, yo también inocente, inofensiva, arrullada entre los cuerpos de mis amigas y por fin tranquila, yo también benigna y entregada en los brazos de alguien, dejándome mecer ahora por un Leonardo ideal, un Leonardo metafísico que íbamos a compartir mi padre y yo a partir de entonces. No, no debía de ser tan malo si mi padre lo quería. Leonardo había llegado a mi casa para quedarse. Para dormirnos a todos. Para sumirnos en aquella paz.

6

Nunca supe muy bien quién era mi padre. Creía conocerlo, pero ahora me doy cuenta del empeño que puso él en pasar de incógnito. Ahora, que todo está más o menos a la vista, creo que sabíamos más de mi madre la ausente que de él, que vivía con nosotros. Esa proximidad lo volvía incuestionable a nuestros ojos. Su apariencia se extendía hasta nuestras mentes y se internaba allí hasta casi desaparecer. Mi padre y nosotros éramos uno, y el uno es indivisible. Escribir, me doy cuenta, es esa forma de escindirse poniendo límites donde no los hay, oponiendo resistencias. Pero a decir verdad nosotros éramos uno, y bien que se ocupó él de que así fuera. Cualquier desgajamiento, cualquier pretensión de huida, enseguida era detectada por el conjunto. De qué manera sucedía no puedo decirlo. Al escribir estas notas busco el modo de saberlo, pero ahora me doy cuenta de que todo eran suposiciones, vanos intentos de exploración sin fruto. Y si esa búsqueda incansable se confunde con el amor es porque en el fondo no hay un solo ser que pueda ser amado, porque no hay un solo ser que pueda ser conocido. Pretender tal cosa era el inicio del desgajamiento. Y no era el territorio de la razón el que nos unía. ¿Quién no oculta lo que sabe, o disfraza lo que cuenta para no quedarse fuera de ese conjunto? Nosotros lo hacíamos y también él, y, aunque yo me contara tantas veces otro cuento, no era verdad que mi madre nunca hubiera querido vernos, había querido y lo había pedido, a su manera elíptica lo había intentado, pero jamás con empeño, ni a nosotros directamente. La ausente se había desgajado de nuestro conjunto y no se le ocurría profanarlo o pedir audiencia. También a ella la vergüenza debía asolarla cuando esa fantasía le hacía coger el teléfono.

Solo recuerdo una vez que ocurrió algo parecido. Una vaga vanidad me hace evocarlo ahora como un pequeño triunfo. ¡Mi madre quería vernos! Se lo había dicho a mi padre. Yo debía de tener siete u ocho años. Ella había depositado en otros la administración de ese permiso y había contactado con la autoridad competente. Mi padre nos lo transmitió con grandes alharacas, con una celebración excesiva para lo que sin duda era un contratiempo para él; era la primera vez que aquella mujer expresaba su deseo de hacerse presente, y ya la forma de preguntarnos mi padre si queríamos verla, subrayando con solemnidad la pregunta y dejándonos a nosotros solos ante la respuesta, fue sobrecogedora: *¿Queríamos de verdad verla?* Del modo en que nos lo dijo se sobreentendía que él no formaba parte de aquella decisión, y que no iba a ser nuestra casa el lugar de aquel encuentro. Él nos llevaría a donde hiciera falta. Mi madre quería vernos y éramos libres de decidir, teníamos aquel derecho, había dicho mi padre con fingido énfasis, y tan respetuoso por otra parte al planteárnoslo así, atribuyéndonos una madurez que por supuesto no teníamos. Pero en el enunciado de la pregunta iba ya implícita la respuesta; una respuesta que no tardaríamos un segundo en adivinar mi hermano y yo, como si fuéramos dos aventajados participantes en un concurso. Pues no. Todavía no, ciertamente, contestaríamos al unísono. No sabíamos aún si queríamos verla, no sentíamos esa necesidad y aún no estábamos preparados. Nunca lo habíamos estado y si ella no había venido a casa, si no se había presentado nunca, si jamás nos había recogido en el colegio ni había preparado un sándwich para nosotros, quizás sería mejor esperar un poco, ¿no?, aún éramos pequeños.

Era él quien no quería que el encuentro se produjera, y aquella solicitud de mi madre no volvió a repetirse. Desde entonces las llamadas de ella, muchas veces desganadas, decepcionantes, cumplían esa función: la de irnos *familiarizando*. Resultaba tan engorroso contestar aquellas llamadas que no esperaban respuesta ni establecer cita alguna, que casi siempre era mi propio padre el que nos impelía a descolgar, poniendo el grito en el cielo cuando el teléfono sonaba: «¡Pero contestadle, por Dios, es vuestra madre!». Y, cuando aquel paripé terminaba, y él y nosotros nos quedábamos tranquilos de nuevo, papá nunca se privaba de darnos una lección: «¡Os ha dado la vida, que sea la última vez que os hacéis esperar!». Pero los dos sabíamos que nada lo complacía más que aquella renuencia nuestra. Y así, de esa forma paradójica, cada vez que Valeria llamaba y mi padre tronaba desde su silla, se renovaba automáticamente el contrato en exclusiva que teníamos con él.

Tras la nochecita de aquel viernes, cuando por fin me dormí, al despertar vi que Fanny y Cintia se habían ido. Yo las había oído levantarse, pero mi sueño era tan profundo que no tuve fuerzas para irme con ellas. Luego oí que salían de la habitación y decían algo sobre vernos en las Ramblas. Me llamarían. Aquella mañana yo tenía las sábanas pegadas al cuerpo. La escena de los dos amantes en plena noche —mi padre muy despierto y Leonardo dormido— había hecho su trabajo en mí, y eso fue lo primero que recordé al abrir los ojos, como si aquella imagen me devolviera a la realidad y me otorgara por fin un lugar en ella.

Nada más poner los pies en el suelo busqué por toda la casa a Leonardo impacientemente. Ya no era la disidente, la que ponía pegas. Quería encontrármelo, sumirme en aquel conjunto. Y no era a mi padre al que buscaba sino a él. La visión nocturna de los dos durmiendo apaciblemente dominaba todos mis actos. Solo cuando encontré a Leonardo en la cocina aquella escena se disipó de repente.

—¿Qué tal, Belén? ¿Ya te has levantado? —me preguntó, despatarrado desde su silla.

Todavía llevaba la bata de mi padre puesta, pero no parecía recordar sus andanzas nocturnas. Nada en su rostro, al menos, delataba inquietud o pudor alguno, con aquel cruce de piernas tan confiado ante mí. Y de su último ataque gratuito a Valeria tampoco parecía guardar memoria. Unas cosas tapan a otras y por encima de los acontecimientos del día anterior predominaba ahora aquella presencia y aquella pachorra suya, incorporado a nuestras rutinas.

—Han pasado a despedirse tus amigas —dijo sosteniendo su taza de café—. Han dicho que te esperan en las Ramblas. Estabas como un tronco y no he querido despertarte. ¿Quieres un café?

A la vista estaba que Leonardo había ido ganando posiciones rápidamente. Su manera de sentarse en el taburete de la cocina, con la espalda apoyada contra la pared y asomando sus peludas piernas por la abertura de la bata, era toda una demostración de su nuevo estatus. Yo no quería preguntarle por mi padre, pero él enseguida me puso al tanto, como si adivinara mis intenciones.

—Tu padre todavía duerme, déjalo que descanse, anda. Ayer no parasteis de hacer ruido hasta muy tarde, y nos costó bastante dormirnos.

—¿Y Ricardo? ¿Duerme todavía? —pregunté.

—No sé. Prueba —dijo él haciendo un gesto hacia su cuarto—. Debió de llegar muy tarde, no sé siquiera si habrá dormido en casa.

¿En casa? ¿Era mi casa la suya y su responsabilidad mi hermano? Él, sin prestarme mayor atención, volvió a concentrarse en su móvil. Aquel breve diálogo parecía instaurar un nuevo orden de cosas. Leonardo, con su teléfono en mano, me pareció que se disponía a dirigir el tráfico de los tres sujetos descarriados que formábamos aquel hogar. Desde entonces tendríamos a quien darle los recados y a quien acudir cuando las notas de aquel conjunto desafinaran.

—Bueno, seguro que estará durmiendo —lo defendí—, los sábados por la mañana tanto él como papá duermen hasta las tantas.

Pero algo había en el ambiente de aquella mañana que invitaba a pensar que permanecían narcotizados en alguna esquina. Como yo misma, que volví a sentir sobre mis párpados el peso del sueño al hablar con Leonardo. Él en cambio estaba muy despierto y relajado, y sin tirantez alguna me invitó a seguir durmiendo.

—Pues, si no te vas con tus amigas, por qué no duermes también tú un poco. Anoche era muy tarde cuando apagasteis la luz. Debes de estar agotada. O al menos no te vayas sin desayunar antes. He hecho tostadas y café. ¿Quieres?

¿Lo había oído bien? ¿Estaba aquel hombre ocupándose de mí? Yo tendría que haber emprendido entonces la retirada. Tendría que haber desaparecido con mis amigas por las Ramblas en aquel mismo momento, pero una especie de resistencia me hacía quedarme. Había, de hecho, aquella mañana en la casa una paz inaudita. La misma Amelia estaba más callada que nunca, encerrada en el cuarto de la plancha y repasando en silencio las camisas de mi padre. ¿La estaba educando Leonardo? Algo cambiaba a marchas forzadas en nuestro mundo, algo que me hacía aferrarme con pies y manos al terreno que pisaba. Por supuesto que no se me ocurrió preguntarle a Leonardo qué había estado hablando con nuestro abogado en plena noche junto a la farola, ni qué había venido a buscar Víctor a aquellas horas a nuestra casa. La visión de ambos discutiendo o hablando e intercambiándose una bolsa de deporte con un contenido más que dudoso ni siquiera tenía vigencia ya. Ni mis propias reticencias, que fueron cayendo una a una aquella mañana y dando paso a una nueva Belén, una Belén mayor que apreciaba aquella paz y deseaba que se prolongase.

—Sí, creo que voy a volver a la cama —dije—. Desayunaré más tarde. Oye... Y siento si os hemos dado la noche, no volverá a ocurrir.

—No, no te preocupes por mí —dijo él sin levantar la vista del móvil—. Es tu padre el que tiene problemas para dormirse. Yo me duermo como un ceporro, aunque tiren la casa.

—No volverá a pasar, te lo prometo.

—Pero qué tontería, Belén. No hace falta que te disculpes, todos hemos tenido dieciséis años.

Él sonrió y volví a verle un atisbo de ternura. E imbuida de aquel relax que se respiraba hasta en el último rincón de la casa, ya en mi habitación, me dediqué a recoger mis cosas como una autómata. Doblé todos los jerséis que había dejado tirados por el suelo durante toda la semana. Ordené cada calcetín y cada camiseta y los coloqué en su sitio, y, al tiempo que cada prenda ocupaba su lugar, todos mis órganos me parecía que se alineaban en el hemisferio correcto: el corazón a la izquierda, el hígado a la derecha... Pero ni aquellas baldas de ropa y ni aquellos órganos me pertenecían ya. Eran de otra. Como mis temores que dejaron de tener sentido, también los pantalones que me ponía y el espejo de mi habitación me devolvían una imagen que no era la mía, la de una Belén asustada, a la defensiva, y nada quería más que entregarme a aquella paz de sentir por primera vez que alguien desde la cocina velaba por nosotros. Estaba tan a gusto en aquel paraíso que ni siquiera atendí el teléfono cuando llamaron mis amigas. Insistieron un par de veces y solo cogí a la tercera. Puse algún pretexto relativo a la enfermedad de mi padre y quedamos en que nos veríamos a la hora de comer en La Virreina. Ahora que rebobino aquello me doy cuenta de la importancia de estas señales. Algo me hacía permanecer en casa, sin moverme. No me moví del cuarto y no accedí a reunirme con mis amigas porque algo más importante me reclamaba allí. Leonardo aún insistió una segunda vez, llamando a mi puerta con gran cuidado.

—¿No sales entonces? —dijo—. Yo voy a tomar el café afuera, hace un día precioso, por si quieres venir a desayunar conmigo. Estaré en el jardín.

No es que mi padre no me aportara esos momentos de compañía, pero que lo hiciera otro por él fue de pronto como una bendición.

—Gracias, pero creo que dormiré un poco más. No he pegado ojo.

—Vale, pues descansa entonces —dijo él.

Y oí que cerraba la puerta.

Entretanto, volví a mis tareas de centinela. Me asomé a la ventana y le vi dar la vuelta al jardín, y encender un cigarrillo mientras paseaba por la finca. Vi cómo se detenía en cada árbol, examinando cada hoja con detalle, inspeccionando el terreno con su taza de café en la mano. Eran los suyos unos pasos lentos, casi ingrávidos, los de alguien, quizás, que caminase con una enorme sospecha. Tal vez solo reflexionaba, como el buen entrenador que era, sobre el campo en que se desarrollaría el partido. O quizás era el hombre que necesitábamos. Lo vi llegar hasta los cipreses del fondo y después desaparecer entre los arbustos para sentarse en la pérgola que había al final de la finca y que jamás usábamos. Allí daba el sol y había una mesa y unas sillas de jardín llenas de hojarasca. Jamás ocupábamos aquel rincón y me alegró comprobar que alguien además de mi padre lo apreciaba. Leonardo debió de sentarse a tomar el café allí contemplando desde la distancia el panorama de Barcelona, porque enseguida lo perdí de vista y me olvidé de él, hasta que media hora después oí que sonaba el timbre. Me alegré como una estúpida. Algo dentro de mí cambiaba a pasos forzados. Me alegré de sentir que Leonardo volvía a casa. Y poco después oí corretear a Amelia por el pasillo, una manera rauda de acudir, encantada ella también de abrirle la puerta a nuestro nuevo director de orquesta. Pero, lejos de oírle las gracias que siempre le dedicaba, esa mañana no la escuché con sus cacareos y tampoco oí la voz grave de Leonardo ni sus pasos decididos sobre la tarima. Al contrario, lo que llegó hasta mis oídos fueron las pisadas leves de las suelas de Amelia, que se arrastraba hasta mi puerta, hasta que casi pude oír su respiración. Normalmente ella siempre me echaba un grito desde el pasillo cuando alguien me llamaba, pero ese día golpeó levemente con sus nudillos.

—¿Belén? ¿Estás ahí? Hay una mujer ahí afuera —dijo.

—Pues ábrele, ¿no? —No se me ocurrió otra cosa que decirle.

—Es que... Leonardo no está. ¿Tú esperas a alguien?

Ahora pienso que la voz de Amelia lo decía todo, y su cara, que era un poema cuando acudí a abrir la puerta de mi habitación. Ella, sin querer entrar en el cuarto, como si fuese su primer día de trabajo, me pedía instrucciones.

—¿Qué hago? ¿Despierto a tu padre? A lo mejor habría que decírselo al señor Leonardo. —Empezó a llamarlo así aquella mañana, ella también aferrándose a la única autoridad que le parecía competente.

—Pero qué tonterías dices, qué le vas a decir a Leonardo. Será cualquiera. Ya abro yo, anda.

Y eso fue lo que hice, como si aquella mujer que Amelia me anunciaba fuera una repartidora de publicidad o una vecina que viniera a quejarse o a pedir algo. Pero quejarse ¿de qué? En nuestra fiesta del viernes no habíamos puesto música. Nuestros jardines y nuestra renta per cápita no permitían imaginarse a nadie pidiendo un poco de sal. Pero yo acudí resuelta y con total indiferencia a hablar con la mujer que había llamado a nuestra puerta y cuyo nombre Amelia no supo decirme. Los nombres a veces no son necesarios, dicen demasiado o demasiado poco de las personas a las que no esperamos, y antes de abrirles, a quienes no conocemos, suele darnos tiempo a repasar con la vista todo cuanto poseemos, lo que nos rodea, y que no conviene que se vea mucho. Por algo el desconocido espera afuera, con la puerta en las narices. La nuestra, Amelia la había entornado. Había tenido esa precaución, y la mujer que esperaba afuera no podía ver el guirigay reinante, que de pronto adquirió a mis ojos una dimensión distinta: los trastos de mi padre y las muletas que usaba cuando salía al jardín apoyadas en el lado derecho del *hall* junto al perchero, las botas de esquí de mi hermano tiradas en una esquina junto al ropero. Todo lo que vi, todo lo que detecté a mi paso, objetos cotidianos con los que tropezaba a diario y que jamás nos habíamos ocupado de organizar, adquirió esa mañana una apariencia amenazante. Nada estaba en su sitio y nada tenía la consistencia que merecía. El perchero medio desvencijado. Varios pares de zapatos tirados en la puerta. Pero yo caminaba sobre aquel caos sin tiempo ya para ordenarlo, y menos para ocultarlo, para hacerlo desaparecer. La bicicleta de Ricardo, las múltiples cajas de alimentos y provisiones que Amelia había encargado el viernes, todo entorpecía el encuentro al que me dirigía y ningún obstáculo bastaba para evitarlo. Ahora sé que, si lo hubiera hecho, si me hubiera tomado la molestia de preverlo o anticiparlo, aquella preparación me hubiera impedido abrir la puerta. Habría querido bajarme a recogerlo todo, maquillar aquella entrada para que fuera otra y la puerta nunca se abriría. Pero mi paso tampoco fue raudo sino maquinal. No quiero decir que me asustara abrir, lo que digo es que aquella puerta de pronto fue transparente, y mis ojos —como los de mi padre abiertos en la noche— se quedaron mirando por la rendija que había quedado abierta. Solo me faltó llevar el índice a los labios para que la mujer que esperaba fuera no abriera nunca la boca, no dijera mi nombre.

—Hola, Belén. ¿No me invitas a pasar? —dijo.

Tenía los ojos abiertos como platos. Si no era la misma mujer a la que yo había visto el viernes en el colegio, era alguien muy semejante, una especie de remedo o copia. El pelo lacio y mal cortado, con un tinte naranja, quizás más domesticado que el día anterior. No añadió nada más. No dijo soy tu madre, no dijo soy Valeria. Se quedó mirándome como asombrada también de mi condición vegetal de repente, y estiró su cuello intentando ver lo que había dentro, lo que de ningún modo yo quería que viera.

—Quería anunciártelo ayer, cuando llamé —susurró con aquella voz que me era tan familiar, sin duda la del teléfono—. No quería darte este susto. Pero no me atreví, al final. ¿Te apetece que desayunemos juntas? No quiero robarte tiempo. O avisa a tu padre, ¿no? Dile que estoy aquí. ¿Él no está en casa?

Ahora recuerdo su pasmosa tranquilidad dándome indicaciones. Era mayo. Afuera hacía un sol espléndido y la mujer que esperaba plantada en la puerta, y que solo minutos después confirmó ser mi madre, dejó de repente de sonreír.

—A ver, ¿qué hago, paso o no paso? No vamos a quedarnos aquí toda la mañana.

Reaccioné como pude, medio atontada.

—Espera, que voy a ver si lo llamo —dije.

Pero lo último que hice fue avisar a mi padre de nada. En cambio, entorné de nuevo la puerta sin cerrarla de todo, como cuando al otro lado la persona que espera no es de total confianza, y volví a mi habitación. Mi plumífero para la nieve todavía estaba allí, mirándome en el colgador. ¿Para qué quería yo un abrigo en pleno mayo? Lo cogí y volví a reunirme con ella.

—Vámonos. Todavía duerme —dije.

—Oye, que no pretendía sacarte de casa. Podemos quedarnos aquí y esperar a que se despierte. ¿No tendrías que decírselo?

Apresuré el paso sin querer oír a aquella mujer plantada frente a mí y me dirigí a la verja. Vi que ella se quedaba atrás y la esperé en la acera detrás del portalón. Ella avanzó hasta mí como si le costara moverse. Se notaba claramente que aquel no era el escenario que había previsto. Aquel no era su plan. Le había costado mucho llegar hasta allí y ahora no quería alejarse de nuestro recinto.

—Pues nada —dijo con desgana—, si no me invitas a tu casa vamos a donde tú quieras. Tengo el coche ahí al lado. Pero ¿no te alegras de verme? Di algo, ¿no?

No sé si nos vieron por las ventanas, si Amelia o Leonardo tuvieron esa visión de las dos caminando hacia la fila de coches aparcados en la acera. Mientras yo esperaba a que ella sacara las llaves de su bolsillo y me indicara en qué coche meterme, enseguida adiviné que el suyo era la carraca vieja de color kiwi aparcada en medio de un Toyota y un Audi. Quizás era eso lo que ella intentaba evitar, no tener que enseñarme su coche. A su pregunta, a todas luces retórica, no contesté. ¿Quién se alegra de ver a quien nunca ha visto en su vida? Ella tampoco parecía tan contenta, por mucho que sus frases y sus preguntas quisieran darlo a entender. Echando mano a la puerta del conductor, aquella mujer parecía más preocupada por lo que yo iba a encontrarme dentro del coche. Una vaharada de olores reconcentrados, una mezcla de tufo a comida y cuero, se fundió de repente con su mano, con todo su ser.

—No te asustes por cómo está todo —dijo—, esto es cosa de mi hijo, que usa el coche para los conciertos, ya sabes, las acampadas...

No tardé en ocupar mi sitio en el asiento del copiloto. Al menos allí estábamos a salvo y nadie nos vería desde las ventanas. Los ojos, lo primero que recuerdo de ella, no eran simétricos.

El izquierdo era más pequeño, achicado por el costurón de una cicatriz. Sobre aquel ojo le caía un mechón de pelo y no llevaba bolso. Pensé que debía de vivir muy cerca, o eso quise suponer, que sin saberlo éramos vecinas. Pero aquella mujer seguía hablándome del coche medio abollado, disculpándose de su hijo, que conducía sin carnet.

—Te gustará conocerlo —dijo—. Una estupidez que no os hayáis visto hasta ahora. Claro que cómo podías conocerle si ni siquiera me conoces a mí, ja, ja.

Pasé por alto aquella risa abochornada. Sin duda estaba nerviosa. No sabría qué decir.

—¿Ha venido contigo? —le pregunté mirando a los asientos traseros, atestados de jerséis.

—No, no, qué va —dijo ella—. Qué más quisiera yo que Sergio me acompañara. Bueno, ¿y entonces? —preguntó aferrándose al volante—. ¿A dónde quieres que vayamos? A algún sitio tendremos que ir, digo yo, aún no he desayunado y estoy hambrienta.

Ni me importaba el hijo ni me importaba el hambre, pero estar allí, en aquel receptáculo lleno de latas de bebida y bolsas de comida por todas partes, supuso un alivio enorme. Si hubiera estado el hijo mochilero incluso hubiera sido mejor. Ella puso en marcha el coche y metió primera, sin esperar respuesta.

—¿No lo sabías, que tengo un hijo casi de tu misma edad? —siguió—. Bueno, cómo lo vas a saber. Es normal. Yo no me encargué de que lo supieras.

—No, claro —dije.

Si ella había tardado catorce años en presentarse, bien podía esperar otros catorce a presentarme al hijo. Y que fuera mi madre, aunque aún no había dicho su nombre, fue algo que di totalmente por supuesto. No tuve en absoluto la tentación de confirmarlo, de pedirle sus credenciales. Yo solo deseaba que aquel maldito trasto se pusiera a andar y alejarnos cuanto antes de mi casa.

—Pues tendremos que pensar a dónde ir —dijo ella de repente como perdida, bajando ya por la avenida Pearson—. Pues nada..., hay un sitio en Collserola que me divierte. Podemos dar una vuelta por allí, ¿te parece? No quiero entretenerte mucho.

Mientras ella manejaba la palanca de cambios y se orientaba a paso de tortuga avenida Pedralbes arriba, todo tenía aquella mañana una apariencia de absoluta normalidad. También que yo hubiera reaccionado alejándola, evitando así que ella y papá se encontrasen. Si aquella mujer había decidido presentarse sin avisar, bastante hacía yo con atenderla. Decir «soy Valeria», «soy tu madre» habría sonado quizás excesivo. Y tampoco quise preguntar. Le otorgué sin fisuras el estatuto de madre y me aferré a aquella voz como si se tratara de una de nuestras conversaciones telefónicas. Pero no tenía nada que decirle. Y ella tampoco tardó en enmudecer. Me pareció, por el rictus de su boca, que podía ver de reojo, que intentaba encajar el desconcierto de la situación: ella y yo en aquel coche yendo hacia ninguna parte. Quizás había previsto otro tipo de recibimiento, y la enojaba que la alejara de nuestra casa. La vi tomar el desvío hacia Vallvidrera y conducir lentamente hacia la carretera de les Aigües. Conducía como si fuera sola, de pronto como perdida, y mientras ascendíamos por la carretera de la Arrabasada quiso hablarme, pero no encontró las palabras, como si de pronto se hubiera dado cuenta del despropósito de su hazaña. Tal vez se arrepentía de venir a verme.

—Vivo ahí arriba —dijo de pronto, vivaz excesivamente—. Es una casa de unos huertanos, detrás de la montaña, la alquilamos hace poco. Nos encanta el campo, ¿a ti no? Es preciosa, yo la llamo «la casita de muñecas». ¿Te gustaría verla? Y así conoces a Sergio, qué vamos a hacer tú y yo solas en un bar perdido en medio del monte.

Y se rio, pero ni su risa ni su invitación sonaron naturales. Tuve la sensación incluso de que, de pronto, la aterrorizaba quedarse a solas conmigo. La aparición de aquel plural, aquellos otros que la esperaban en «la casita de muñecas», la ayudaba a seguir adelante. En su propósito, fuera este el que fuera, necesitaba de pronto una ayuda, un refuerzo. El plan que había previsto de verse con mi padre le había fallado y yo ya no parecía pretexto suficiente. No dijo en ningún momento «qué contenta estoy de verte». En cambio, me lo volvió a preguntar a mí.

—¿Pero no te alegras de verme? Espero no haberte fastidiado el plan del sábado. Tú dímelo, Belén, que yo no quiero llevarte obligada a ningún sitio. Si quieres nos damos la vuelta ahora mismo y aquí no ha pasado nada.

—Que no, de verdad. No me fastidias ningún plan —dije.

—Pues nada —dijo ella en un tono que incluía cierta decepción—. Lo mejor entonces es que vayamos a mi casa. Vamos a darle una sorpresa a Sergio, y desde allí llamas a tu padre. Se alegrará de saber que he ido a verte, digo yo, y, si no se alegra, él se lo pierde. Pero ¿y tú? ¿No te alegras?

7

Había fantaseado muchas veces con dónde viviría mi madre y con quién, pero jamás había tenido la tentación de averiguarlo. Tampoco había imaginado nunca que nuestro encuentro se produjera del modo en que aquí lo acabo de contar. En mis sueños, Valeria y yo hablábamos y nos reíamos en el salón de casa como si ella nunca se hubiera ido, y jamás se me habría ocurrido pensar que tuviera que enfrentarme a una presentación. En mis fantasías, los obstáculos de la realidad no aparecían por ninguna parte, y la cara que yo le atribuía en aquellos encuentros imaginarios era cambiante. A veces era una actriz. Otras veces Valeria se revestía con el rostro de algunas de las madres de mis amigas. En esas ocasiones yo aparecía en el salón y me ponía a oírla hablar de sus buenos tiempos, ella siempre chispeante, una divertida madre de la farándula. En mis sueños y ante mis amigas, a las que nunca tenía que presentar, ella se mostraba siempre glamurosa y desenfadada, y eso me enorgullecía.

Pero aquel primer encuentro, y luego nuestro diálogo atropellado y torpe —ella dubitativa decidiendo si llevarme a su casa o no, y yo esquiva y muda alejándola de la mía—, despejó de golpe todos mis espejismos. Le costó a Valeria rescatarme de allí y lo intentó con preguntas que reclamaban de mí una alegría súbita —«¿no te alegras?»— a las que no respondí, y ella misma enmudeció de pronto en un silencio que se volvió abismal, demasiado largo. Cuando quiso volver a hablar me pareció que su voz ya no salía de su diafragma. Era una voz distinta, afónica, como si las pilas le fallaran en medio de la alocución. Me pareció que tenía problemas con las palabras, como si no las usara mucho o intentara con aquella afonía disimular una falta de coordinación en el habla.

—Bueno, tampoco es para tirar cohetes..., ya lo sé —dijo finalmente, intentando que aquel silencio no se agravara más—. ¿Qué te pasa? ¿Tienes calor? ¿Quieres que baje la ventanilla?

—¡No, para nada! —dije intentando encajar aquellas incoherencias, pero el caso es que habíamos conseguido romper el hielo—. Tu voz suena distinta, un poco más ronca, nada más. Es la misma, pero suena distinta —dije—. Claro que el teléfono siempre la deforma un poco. Porque eres Valeria, ¿no?

—¡Bingo! —se rio ella—. Has dado en el clavo. Te ha costado, ¿eh? Aunque vete tú a saber qué Valeria soy, o cuál esperabas tú. Tengo un repertorio de Valerias muy amplio, te advierto. —Y volvió a reírse como si aquello fuera el gran chiste—. Ayer, cuando os llamé, quería avisaros y no presentarme así de repente, pero esta mañana cogí el coche y aquí me tienes. Hay cosas que no se anuncian, Belén, se hacen.

Y luego hizo una pausa, como buscando el valor para decir lo siguiente:

—Pero ¿qué está pasando con tu padre?

Fue la primera vez que me asusté ese día. El tono de sus palabras me disgustó abiertamente.

—Nada, qué va a pasarle. No le pasa nada. Está bien, que yo sepa. Sigue con sus achaques nada más.

—No, no me refiero a eso —continuó ella—. Es que me preocupa. Me preocupa mucho a quién ha metido en casa. ¿Qué hace ahí ese Leonardo? ¿Lo sabes?

Aquella intromisión de repente en nuestras vidas me sobrecogió. Yo sabía que ella había vivido con nosotros, que había dormido alguna vez junto a mi padre, pero ¿desde cuando nuestra casa era *la suya*?

—Pues no lo sé, él sabrá, ¿no? Es su vida —reaccioné como pude, pero ella no se dio por vencida. Metió tercera y todo el coche rugió con la caja de cambios.

—Sí, ya sé lo que estás pensando, que no tengo derecho a preguntar semejante cosa. Abre, abre la ventanilla, que entre el aire, pero alguna vez tendremos que hablar tú y yo de todo, ¿no te parece? ¡Mierda! Este coche está fatal. Sergio lo tiene hecho un asco. —La mujer se entretuvo lanzando algún improperio más y luego volvió a hablarme de aquel modo entrecortado y suave que usaba en nuestras conversaciones telefónicas—. Ya... Ya sé que te debo muchas explicaciones, pero no te quedes ahí callada, ¿no? ¿Qué pasa? ¿No quieres que hablemos? También podemos pasarnos así el día, tú sin abrir la boca y yo tirándote de la lengua. No te creas que es eso lo único que me importa. No estoy aquí para sonsacarte.

Estaba ya lanzada por aquella pendiente sin frenos cuando de pronto empezó a sonar mi móvil. Sentí las vibraciones en el bolsillo del pantalón.

—Será tu padre —la oí de repente tomando las riendas del coche—. Contéstale, ¿no? Dile que estás conmigo, que no se inquiete.

Descolgué el móvil todavía temblando cuando oí la voz cantarina de mi padre, sin pizca de reticencia. Me pareció que a lo lejos se oían pájaros y colibríes. Mi padre llamaba desde Pedralbes, desde el jardín.

—¡*Maca*! ¿Qué haces? ¿Dónde estás?

No tuve que decirle que estaba con ella. Él, atropelladamente, se contestó a sí mismo. Amelia se lo había dicho, y él estaba felicísimo de que yo estuviera con *mamá*, y de que *mamá* hubiera venido a verme. Parecía que alguien descorchaba botellas de champán en honor de nuestro encuentro, que se abrían piñatas en nuestra pérgola mientras yo me hundía cada vez más en la espuma cochambrosa de aquel Ford.

—Pero qué alegría que haya venido a verte —siguió—. ¿Cómo no la has invitado a pasar? ¿Vais en el coche? ¿A dónde te lleva?

La voz de mi padre, preguntando todo lo que pudiera servirle para imaginar el cuadro, para ubicarme, como hacía cada vez que yo estaba con mis amigas, tenía esa mañana el mismo timbre de siempre: sonaba emocionada pero no tanto, había en ella un tono paternalista, como si quisiera al mismo tiempo colarse en la escena y mantenerse fuera. Eran siempre así sus llamadas, vigilantes y respetuosas, celebrativas y controladoras, como si quisiera hablar y colgar a la vez.

—Voy por la carretera de les Aigües, papá... No creo que tarde. —Y no la nombré a ella ni la incluí en mi tiempo.

—¡No, no me digas nada! Tarda todo lo que quieras, pero que se dé la vuelta, ¿no? ¡Que hace mucho que no la veo! —dijo él también omitiendo su nombre—. ¡Cómo no me habéis llamado! ¡No me dejéis aquí! ¡Venid a buscarme!

Sin duda había una alegría genuina en él, y dudé si hacerlo, si preguntarle a Valeria si quería volver *a casa* para comer con mi padre, pero él, al otro lado del teléfono, enseguida se contestó a sí mismo:

—No, mejor no, claro. Querréis comer juntas, menuda sorpresa, ¿eh? Pero dile que vaya con cuidado, ¿me oyes? Que tu madre conduce pésimo. —Y se rio haciendo de aquella gracia el camino más corto para alcanzarme—. Y llama en cualquier momento, ¿me oyes?, si necesitas que yo o Leonardo vayamos a buscarte. No le hagas a ella traerte.

El rostro de Valeria entretanto se había ensombrecido. Aquella irrupción virtual de mi padre en el espacio del coche tuvo en ella un efecto inmediato. Bajó a todo meter la ventanilla y dejó que corriera el aire mientras yo le transmitía la invitación de papá como un loro. ¿Le apetecía dar la vuelta y comer juntos? Pero no debí de hacerlo con la convicción suficiente, o ya era demasiado tarde. Repetí aquellas palabras mecánicamente, como quien ejerce por primera vez un privilegio que no le corresponde, transmitir el recado de un padre a otro, ser correa de transmisión, ser puente. Pero ella no lo escuchó, y condujo como si no me oyera, como si no viera el puente. Un puente sospechoso, nada fiable, tal vez yo no era digna de tender aquel puente ni ella de cruzarlo. Solo un rato después, tras un silencio de varios minutos que se me hicieron eternos, cuando ya era evidente que no cruzaríamos puente alguno, con un sarcasmo tan agrio como su misma voz, en medio de dos volantazos y tras una curva, dijo:

—Tu padre, qué amable. Qué amable es. Pregúntale a tu padre lo amable que fue cuando me dejó tirada en la carretera. Si no me hubieran auxiliado otros, hoy estaría muerta, y quién sabe, puede que hasta hubiera sido mejor.

Era la primera vez que nos veíamos y por supuesto que no esperaba que me hablara de mi nacimiento, de cómo lo había experimentado y qué había sentido. No esperaba que me contara dulces recuerdos de infancia. Pero aquel exabrupto en medio de la curva creo que incluso me serenó. Lo que no imaginé es que, después de aquello, fuera a callarse. Estaba preparada, y casi lo deseaba, para la batería de reproches que anunciaban aquellos quiebros, pero eso fue justamente lo que no hizo. Valeria me dejó en dique seco, recuperó de inmediato el control y la dirección del coche y se calló como una muerta. Hasta que cinco o siete minutos después, como si no hubiera dicho nada de mi padre ni albergara queja alguna de él, me preguntó alegremente, retomando su tono trivial de la mañana.

—Bueno, ¿y qué? ¿Cómo van tus cosas? Cuéntame algo, ¿no? Espero no haberos fastidiado la comida del sábado.

Me bastaba con decirle que sí, que tenía un compromiso y que debía irme. Mis amigas estaban en La Virreina, podía concederle un tiempo y pedirle luego que me devolviera a casa. Al centro no, no quería por nada del mundo que Valeria me dejara delante de mis amigas, pero tampoco quería seguir con ella. Empezaba a ser incómodo estar a su lado con aquella amenaza o aquel pliego de acusaciones pendiendo sobre nuestras cabezas. Una amenaza que ella intentó despejar con aquellas preguntas anodinas, pero que era evidente que nos cercaba. Habría sido mejor que los soltara, los reproches, las acusaciones, pero no lo hizo, y a cambio sentí que le debía algo. No las gracias, sino seguir allí, a su lado. ¿No me había dicho que conocería al hijo? O tal vez al marido, si es que lo tenía. Aquello además la distraería de las frustraciones que yo debía inspirarle y no sería presa de sus explosiones.

—No, de verdad que no me fastidias ningún plan —respondí—. ¿Pero no íbamos a tu casa?

—¿De verdad quieres ir? ¿Todavía?

Ella se alegró de pronto, como si no lo creyera.

—Pues claro —dije.

Pero Valeria volvió a las andadas. Advertí que se confundía y que al reducir la marcha apretó el acelerador en vez del freno, y luego se lanzó a otro callejón sin salida.

—Belén. Es que tampoco quiero atiborrarte el primer día con tantas novedades. ¿No sería mejor que habláramos antes tú y yo? Hay cosas que quiero contarte, cosas que no creo que tu padre te haya contado, pero cómo va a contártelas, claro, mejor que no las sepas.

¿Pero por qué me había metido en aquel coche? Por qué iba yo a dar por sentado que aquella mujer iba a ser, ya no digo amable, sino al menos correcta. Yo sabía que el relato de mi padre no podía responder a la realidad. Daba por hecho que habría multitud de cosas que él habría maquillado o eludido. Pero el hombre que tal vez la había abandonado a ella tirada en la carretera, con la cara ensangrentada y en coma entre los amasijos de un coche, a mí me había cuidado siempre bajo su techo, con comida caliente y la calefacción a tope. Eso no se lo dije, pero lo pensé, y tal y como lo pensé me sumí en la profundidad del asiento lleno de lamparones. Resurgí de aquellas simas con la peor de las frases:

—Bueno, papá tiene todo el derecho de contarme o no lo que le apetezca. ¿No te parece?

Ella, lejos de amilanarse o reaccionar con indignación, se recompuso inmediatamente, y lo expresó volviendo a ser la madre del teléfono, aquella Valeria hueca, domesticada. Habría preferido mil veces que se enfadara, que me gritara, y recordé la frase de mi padre cada vez que ella llamaba. «Es vuestra madre, ¡cogedle!».

—Pues nada, vamos a mi casa —dijo con el tono más neutro que pueda imaginarse—. Sergio se alegrará de conocerte, por fin. Y Víctor, claro, Víctor seguro que viene más tarde.

—¿Víctor? —pregunté sobresaltada.

—Sí, claro, Víctor, mi marido —dijo ella con total normalidad, para luego añadir con sorna—: Bueno..., o lo que sea.

Aquel era solo un nombre, y no pregunté por sus apellidos ni su profesión. Me reí. Me hice eco de la broma. Debía de haber mil Víctors en Barcelona.

—¿Por qué dices eso? ¿Es que no estáis casados?

Valeria tomó por un recodo de la carretera que circulaba a la par del asfalto y que iba desviándose al tiempo que se internaba en una zona de vegetación espesa. No debía de faltar mucho para llegar a la mencionada casita de muñecas.

—No, no es eso —dijo ella—. Mi marido y yo estamos casados, ahora lo conocerás, solo que cuantos más años pasan menos sabemos el uno del otro. También a ti te pasará si algún día tienes una pareja. Ya me lo dirás entonces.

Llegamos por fin, después de conducir un trecho, hasta el solar de una casa muy estrecha y de tres pisos que se levantaba en la parte más baja de una colina, a la espalda de Barcelona. Luego, al bajar del coche y acercarnos aprecié los detalles artesanales de la fachada. Era totalmente de madera, con la puerta, las ventanas y el techo pintados de azul, con un pináculo o pequeña torre en el último piso. En el frente de la casa había un terreno donde Valeria dejó aparcado el coche. Quedaba muy cerca de la carretera y por detrás se elevaba la montaña. Valeria me sonrió, invitándome a bajar del coche, y luego, ya en el exterior, se quedó mirando el huerto.

—Planto algunas cosas, me distrae mucho. Bueno, ¿qué te parece la casita? Bienvenida. Ven, que te la enseño.

Nunca como entonces sentí el absurdo de aquella mañana. Me había dejado llevar, me había embarcado con aquella mujer queriendo alejarla de nuestro jardín y ahora estaba delante de un huerto de calabacines. Al menos no vi motos sospechosas por ninguna parte. Ningún Víctor abogado había dejado aparcada su Suzuki en las inmediaciones. Y me alivió saber que Valeria tenía una casa, que no se la había inventado. Aquella casita era real, la puerta era real, y era tan real su modo de entrar en ella gritando el nombre de su hijo a los cuatro vientos, con un chorro de voz nuevo para mí, e incluso violento, que sentí de pronto que yo misma menguaba, como si fuera allí el único personaje de ficción, como si aquella voz de repente enérgica y segura, que hasta aquel momento me había parecido la de un fantasma, ahora avanzara firme por el pasillo y al pronunciar el nombre del hijo me borrara a mí:

—¡Sergio! ¿Bajas? ¿Dónde estás? ¡Ya estoy aquí! ¡He llegado!

Enseguida oímos un trote como de caballo bajando por las escaleras, y a los pocos segundos tuve ante mí al tal Sergio, que me miró atónito. Iba vestido con ropa de deporte y tenía la cara completamente roja, como recién salido de un partido. En un primer momento nos dedicamos a escrutarnos, él con mayor azoramiento que yo. ¿Tenía la nariz de payaso de Jean-Paul Belmondo? Yo había fantaseado con aquella patraña de alguna de mis cuidadoras. Que mi madre hubiera dejado a mi padre por algún actor no me parecía mal pero aquella bobada me impidió dirigirme al chico con un mínimo de naturalidad. Sentí que enrojecía. De pronto, se inmiscuyó en mi mirada un temor reverencial a que el tal Sergio fuera el hijo de alguien famoso, al contrario que yo, que era hija de un señor de Pedralbes al que nadie conocía más allá de Vic. Era una fantasía que a mí misma me complacía cuando la recitaba ante mis amigas, como si yo también participara de aquel mundo, pero ahora, frente a la nuda realidad, pensar que a mi madre cualquier indocumentado le hubiera hecho aquel hijo sudoroso me hizo tomar tierra.

—Hola, soy Sergio —dijo el chico.

—Encantada. Soy Belén —dije yo escuetamente.

Él se quedó mirándome y no se le ocurrió otra cosa que invitarme a subir a su cuarto. Fue una reacción de huida, hacia la guarida, hacia su territorio.

—Estoy terminando una cosa —dijo—, ¿no te importa que subamos un momento? Te lo enseño si quieres.

—¡Bueno! ¡¿Pero vais a dejarme ahora en la estacada?! —dijo su madre. O mi madre.

Sergio se rio, pero fue evidente que quería evitarla. Entendí que no le apetecía nada mantener ahora una tertulia familiar, con una presentación fuera de lugar y tiempo, y que podía permitírselo. Nadie le había anunciado mi visita o se lo habían dicho en el último momento. En aquella mascarada que su madre o quien fuera había montado sin tenerle a él en cuenta, no le apetecía participar. Pero eso no lo obligaba a ser descortés conmigo. Me encontré por primera vez teniendo que decidir entre uno y otra. Luego tendría que hacerlo muchas veces, pero aquella fue la primera y no dudé en seguir a Sergio. ¿Qué íbamos a pintar los tres en aquel saloncito con sofás de flores?

—Bueno, pues cuando acabéis —dijo ella mirándonos desde el rellano— me avisáis y picamos algo. No quiero que se inquiete nadie. Recuerda que le dijiste a tu padre que volverías pronto, Belén.

Las cosas estaban saliéndole mal a Valeria. Tantas historias que tenía que contarme y yo continuamente me escabullía. Ella quedó fuera de la escena y Sergio y yo nos encontramos de pronto en su habitación como los dos desconocidos que éramos. Él, muy resuelto, encuadrando mi rostro con ambas manos, se dedicó a observarme a través del rectángulo que había formado con sus dedos. Aquella fue su carta de presentación.

—¿Te gusta el cine? —le pregunté, por preguntar algo.

—No sé si me gusta, pero lo hago —dijo dándose importancia, o quitándosela—. Mira, ven, que te enseño una cosa.

No dudé de que estaba al tanto de mi existencia, aunque tampoco parecía importarle mucho. Él procedió con normalidad, y me llevó hasta el ordenador que tenía sobre la mesa. Me quedé delante de la imagen que había sobre la pantalla. En ella se veía una chica corriendo por una playa, sin sonido de olas, sin ambientación sonora alguna.

—¿Es una película muda?

—No, qué va —se rio él—. El sonido se añade luego. ¿Qué te parece? Es una imagen bonita, ¿no?

—Sí, no sé —dije y él se volvió a mirarme.

—¿Tú nunca has hecho una prueba para ser actriz? Con la cara que tienes podrías perfectamente. —Y girándose otra vez encuadró mi cara.

—¿Tú crees? —dije—. Nunca me lo habían dicho.

—Pues claro que sí —dijo él—. ¿Quieres que hagamos una prueba? Tengo una cámara que acabo de comprarme. Ven, que te la enseño.

Salimos de su cuarto. Parecía emocionado por aquel juguete que acababa de adquirir.

—Con esta cosa tan pequeña se pueden hacer virguerías. Ven, ponte ahí.

Se puso a desenfundar la cámara. Yo tenía que hacer esfuerzos para demostrar un mínimo de interés. Él absorto pero yo ajena, mirando a la máquina sin entender nada. Mis amigas y yo nos reíamos un poco de aquella mística de algunos amigos nuestros que ya se preparaban para entrar en la ESCAC. Sergio era uno de esos chicos. Mientras él me mostraba los diferentes modelos de máquinas que tenía, yo aparentaba poner toda la atención del mundo y al mismo tiempo mis antenas se desplegaban en busca del padre o del marido anunciado. Pero no había en aquella casa signo alguno de su presencia. Me pareció incluso que vivían ellos dos solos, la madre y el hijo. Y algo había en la atmósfera que lo delataba. Cada vez que iba a las casas de mis amigas era muy fácil detectarlo. Las luces se apagan y las puertas se cierran, las camas están hechas y los sofás tienen fundas claras donde hay madres. Solo nosotros, los hermanos Alba, vivíamos en el caos.

—¿No vive tu padre con vosotros? —le pregunté mientras él probaba a realizar la primera toma.

—Sí, claro. Pero no para mucho aquí, tiene mucho trabajo. Ponte ahí, en la escalera.

Me hizo sentarme en el primer escalón y obedecí sin rechistar.

—Hoy viene a comer —continuó mientras me grababa—, porque le ha dicho mi madre que venías. ¿Pero tú te quedas a comer o no? Si te quedas podemos hacer alguna toma más tarde. Te ríes muy bien.

—¿Así? —Me recoloqué contra el pasamanos de la escalera, de verdad que me estaba dando la risa.

—Así, perfecto, sí... Hay gente que no sabe reírse, es una cuestión de los músculos de la cara.

Sergio seguía muy serio detrás de su cámara y de pronto volví a oír la voz de Valeria. Nos llamaba a gritos desde el piso de abajo. En aquella casa debían de comunicarse así.

—¡Oye! ¿Habéis acabado ya de jugar con ese trasto? ¡Está aquí tu padre! ¿Por qué no bajáis de una vez?

Sergio guardó su cámara dentro de la funda y vi que hacía un gesto de hastío, nada conforme con la interrupción.

—¡Ya voy! ¡Ya bajamos!

Y lo siguiente que oí fue un rugido sostenido, como de tormenta, acercándose hacia nosotros. Toda la casa vibró con aquel estruendo y un olor a gasolina inundó el hueco de la escalera. O solo era mi cabeza la que acusaba aquellas vibraciones y aquel olor. Me agarré al pasamanos sobrecogida. Bajábamos ya los peldaños de dos en dos, cuando, sin ninguna duda, me pareció que el ruido procedía de una moto de gran cilindrada. No hacía ni veinticuatro horas que había visto a nuestro abogado bajo la farola de nuestro jardín, pero era imposible que aquel padre motorizado que entraba ahora en el sótano de la casita de muñecas fuera el mismo Víctor que el nuestro. Eché mano de toda mi sensatez, que no era mucha, e imploré que aquel hombre que entraba en el garaje no fuera él sino otro, un marido cualquiera, un Víctor desconocido al que Valeria podría abrazarse, alguien de bien como no debía serlo el hombre que un día la había dejado a ella tirada en la carretera, alguien a quien querer y a quien ella no podría reprocharle nada. No sé el tiempo que tardé en llegar hasta el saloncito. Seguí a Sergio, que se abalanzó escaleras abajo, y lo último que pensé, un poco antes de alcanzar el rellano, antes de verle la cara al marido de mi madre y perder el equilibrio en el último escalón, lo último que deseé, con los ojos cerrados y antes de matarme, es que no fuera otro sino él, y que aquella mañana al menos me devolviera al único Víctor que yo conocía, y el único que me conocía a mí, un ser ejemplar que se llamaba Víctor, como el nuestro, y que le recordaría a ella que el amor y la felicidad eran posibles y que solo el infierno estaba de mi parte.

8

Como no suele uno pensar en el aire que respira, tampoco nosotros pensábamos en él. Desde que mi padre prescindió de sus servicios, nunca lo echamos de menos. Víctor había cumplido generosamente con su papel y el recuerdo de tantos viernes compartidos era suficiente para saber que nuestro Víctor estaría siempre allí. Él era, de toda la órbita de asistentes y profesionales que atendían a mi padre, el más antiguo. Pero jamás supe que tuviera familia. Si la tenía, cosa que tampoco estaba descartada, eso no le impedía aparecer de improviso en nuestra casa cuando lo llamábamos, o compartir con nosotros las fechas más señaladas trabajando incluso sábados y domingos. De hecho, casi siempre celebrábamos las navidades con él. O lo que fueran aquellas navidades nuestras, unas cenas aparatosas en las que Víctor desempeñaba el papel de pariente rico, apareciendo en casa con regalos costosísimos que sin duda compraba con nuestro dinero pero que había elegido él. Víctor cumplía a la perfección con el papel de padre por delegación si nuestro progenitor se ponía enfermo. Y el amor que nos profesaba, siempre decoroso y atento, sin confundir nunca la confianza con el exceso, bastaba para saber que, aunque ya no viniera tanto a casa, nuestra relación no terminaría nunca.

Por eso no me extrañó cuando fue Víctor precisamente —el nuestro, y no otro— quien apareció en el salón de Valeria tras retirarse el casco de la moto. Creo que incluso me alegré, o hice que me alegraba, cuando con la inercia de mi tropiezo en el último peldaño de las escaleras, trastabillando a través de la moqueta, me empotré contra sus piernas como un fardo. Valeria me miró desde arriba cariacontecida, sin dar un paso por ayudarme, y yo trepé hasta ponerme en pie por aquellas perneras grises del traje de Víctor.

—¡Belén! Dios mío. ¿Te has hecho daño?

—No, no, no. Ya estoy bien.

Sacudí mi ropa como si hubiera caído al fango y lo miré sin el menor engorro. Si a la postre resultó ser él el marido a quien esperábamos, aquello no fue más que la constatación de una relación inextinguible. Nos moriríamos, o mi padre al menos, y Víctor seguiría allí, dando fe de nuestras vidas, de nuestras muertes. Víctor buscaba los médicos que nos atendían, se encargaba de seleccionar para papá a sus masajistas, organizaba las vacaciones que disfrutábamos, los hoteles a los que íbamos y hasta las tiendas donde comprábamos. No iba mi padre desencaminado al aconsejarme que siguiera viendo a Víctor con buenos ojos, aunque ya no fuera nuestro albacea. Y así me comporté y así lo viví nada más aterrizar en el pequeño saloncito.

Cuando irrumpí por los aires, nuestro abogado besaba en ese momento a la mujer que según todos los indicios era mi madre, inclinándose hacia ella, que estaba sentada en el sofá, y ocultándola bajo el abrazo. Víctor no se inmutó cuando me vio aterrizando a sus pies. Se volvió con toda tranquilidad y me recogió del suelo, y, sin disimular sorpresa o pasmo alguno, no tardó en replicar en mí los besos que acababa de darle a Valeria.

—¿De verdad que no te has hecho daño, Belén?

—De verdad que no, ya estoy bien.

—Pero qué alegría verte —dijo a continuación él, como si mis visitas a aquella casa fueran recurrentes y las suyas a la nuestra hubieran cesado hacía siglos.

De mi tropezón ni se habló ni se rio nadie, Sergio y su madre mirándome como a un marciano, pero él con los mismos ojos embelesados de siempre. Llevaba el mismo traje gris de los viernes. No debía de tener otro o le gustaba aquel. Y no me pareció correcto fijarme mucho, yo solo mirándolo a él sin sacarle los ojos de encima. Así me habían enseñado que se mira a la gente, sin desviar la mirada ni por un segundo a detalles como los zapatos o la ropa, y por supuesto sin mirar ni cotillear jamás los objetos que hay en las casas a las que se accede por primera vez. No investigar el paradero de perchero alguno. Hay que esperar con el abrigo puesto a que el anfitrión te lo recoja y se ofrezca a dejarlo donde él considere y donde tengan costumbre. Pero nuestro Víctor, el mismo que yo había visto bajo la farola hablando con Leonardo hacía apenas unas horas, el mismo de tantos viernes en mi vida, no fue a ningún perchero y no retiró su mirada de la mía como hacía antes, sino que la mantuvo. Solo entonces me di cuenta de que aún llevaba encima mi plumífero. No me lo había sacado de encima.

—Dame eso, anda, que te vas a asar. ¿Cómo vas tan abrigada en pleno mayo? —dijo.

Ni Valeria ni su hijo se habían ocupado de mí hasta entonces. Víctor cogió el plumífero y lo llevó al colgador de la puerta. Pero su chaqueta no la dejó allí, como hacía en nuestra casa, sino que se apresuró a volver a donde estábamos y quitándosela por el camino con aires deportivos la tiró a ciegas en el sofá. La chaqueta acabó cayendo sobre la cara de Valeria, que seguía allí sentada. Él no lo hizo a propósito, pero me pareció que ella se molestaba, y atrapó la chaqueta al vuelo con un aire violento como si aquel descuido o aquella confianza ante una extraña la abrumara, la *blazer* casi ocultándola, por suerte no le cayó en los morros.

—Pero qué bien que hayas venido —siguió Víctor, como si aquella visita mía fuera de lo más normal—. ¿Y tu padre, cómo está? ¿Y tu hermano? Te veo fenomenal, caramba. Cuánto hace que no nos vemos, ¿dos semanas? ¡Me parece hasta que has crecido!

Mientras él se empleaba en caldear el ambiente, intercambiándonos noticias tan poco informativas como falsas, la miré a ella, a mi supuesta madre. Después del altercado de la *blazer*, Valeria se había levantado y se había apostado al lado de su sorprendente marido, apoyándose en su antebrazo, como marcando su territorio. Yo no pensaba robárselo, desde luego, y que fuera él quien vivía con ella tampoco puedo describirlo como el descubrimiento del siglo. Mientras bajaba las escaleras a trompicones había tenido tiempo de desactivar aquella bomba. Si ellos, que eran los adultos, habían preparado aquel rocambolesco encuentro para mí, me bastaría con seguir el guion que marcaran. Víctor, al contrario de lo que hacía siempre, se dedicó a mirarme de manera sostenida, como queriendo con ello tal vez sujetarme, que no me desmayara.

—Bien, bien —contesté toda tiesa a sus preguntas—. Estamos todos bien. ¿Y tú? —pregunté a mi vez, como si hubiera sabido siempre que vivían juntos.

—¡Yo bien! ¡Muy contento de verte! —se rio él—. Qué sorpresa tan grata encontrarte aquí. Bueno..., ya ves... —musitó, como dando carta de naturaleza a aquel estatus de marido de Valeria, algo que yo no podía imaginar, ni suponer, y que por tanto no precisaba de más explicaciones que su mera evidencia—. Alguna vez tendrías que saberlo, algún día tendría que ser... ¿Y Leonardo? —preguntó, despejando aquella cuestión personal o íntima o familiar y centrándose en el nuevo fichaje de mi padre— ¿Qué tal está tu padre con él? Es un buen tipo, seguro que estará contento, se lo merece.

No sé si se lo merecía, pero aquel comentario no sonó irónico ni resentido. O había digerido ya la llegada de nuestro tutor o el relevo de sus funciones le había descargado de algún modo. Yo en cambio tuve que hacer esfuerzos para mantener el tipo. De pronto me asoló el recuerdo de la última vez que él había estado en casa, yo ninguneándolo y mi padre poco menos que despidiéndolo.

—Bien, Leonardo está bien. Muy bien, gracias —dije, aún medio bloqueada por el sorprendente encuentro.

Víctor se rio y me sacudió el hombro. A veces lo hacía, en plan colega.

—¡Relájate, mujer!, si son todo buenas noticias. ¿Qué tomas? Tenemos que celebrarlo, ¿no? No se conoce a una madre todos los días. —Y usó esa frase que luego oiría varias veces—. He traído un poco de horchata y granadina. ¿Qué os apetece?

Miré a Valeria antes de responder. Que Víctor se hubiera parado en la tienda de chucherías no pareció sentarle muy bien.

—Pero qué cosas tienes, Víctor —dijo—. Belén ya no es una niña.

—¿Ah, no?, bueno, he traído también vino, y horchata. ¿Os sirvo?

—Fantástico, ¡horchata! —Sergio se abalanzó a la bolsa—. ¿Belén se queda a comer?

¿Pero qué hacía Víctor allí con la que decía ser mi madre? Nadie se lo preguntaba y yo tampoco. Lo que les extrañaba, en cambio, o eso me pareció, fue que Víctor se excediera en aquellas muestras de afecto conmigo. Así debió de interpretarlo Valeria, incómoda ante el espectáculo de nuestra confianza, o quién sabe si celosa. Ella no había visto crecer a aquella niña, no había llegado jamás ante nuestra puerta con una bolsa de chucherías. Ni siquiera había tenido la ocurrencia de presentarse por la mañana con un pequeño regalo. Aquel aire de fiesta la perturbó, claramente. Su sorprendente marido y su hijo le robaban ahora el plano y ella volvió a recordarme que llamara a casa, quizás la escena se alargaba mucho, el ritmo no era aquel, ni el asunto, de pronto ella preocupada por mi padre, a quien había intentado insultar no hacía mucho.

—Es que Belén no ha avisado aún en casa —dijo, con un rostro más que serio—. Tendría que llamar antes a su padre, ¿no? Que sepan que se quedan a comer.

—¡Pero si he hablado con él esta mañana, en cuanto te has ido! —la recriminó Víctor.

—¡Pues habérmelo dicho!

—Bueno, mujer. —Víctor no hizo caso de las pullas de Valeria, y volvió a preguntarme en tono de broma—: ¿Y qué tal se porta entonces *el nuevo*? ¿No se ha enfadado con la fiesta del viernes? Me ha dicho tu padre que la montasteis gorda. ¡Tú trátalo bien!

—¡Sí, sí! Yo creo que está contento. Solo llevamos dos días con él y aún no se ha marchado, o eso creo.

Fui espontánea como suelo serlo y Víctor se rio a sus anchas. Siempre en nuestra casa con las bromas era cuidadoso, pero ese día estaba en su terreno, podía explayarse a gusto.

—Mujer, ¿por qué no iba a estar contento? Tu hermano y tú sois buena gente, y estoy seguro de que a tu padre le vendrá bien un poco de compañía.

Parecía que lo pensaba sinceramente, y que por primera vez podía mostrarse tal y como era: un hombre en su casa en una mañana de sábado, seguro y a resguardo de los disimulos y ocultaciones con los que había tenido que lidiar en la mía. Su relación con mi madre, que nadie me había anunciado porque hay cosas que no se anuncian, parecía aportarle alguna clase de seguridad, a pesar de la rigidez de ella. Y a mí misma, que aquel encuentro se hubiera producido así, lejos de hacerme palidecer como si yo fuera alguien que no dominara las situaciones, lo que logró fue hacerme sentir por primera vez en mi sitio. Un sitio totalmente exento de fantasías, sin actores ni directores de cine a la vista. Todos los Jean-Paul Belmondo, los Fassbinder que yo le había atribuido a mi madre como maridos, quedaron de pronto ahogados bajo los rasgos de Víctor.

Cómo no se me había ocurrido antes. Las reticencias y precauciones que él tenía siempre conmigo. Sus efusivas expresiones de cariño que se tornaban rápidamente en gélidas miradas. Todo de pronto encajaba, y la naturalidad con que acepté aquel hecho me impidió sentir que allí hubiera la menor ocultación o engaño, o algo deforme y denigrante.

Pero ella seguía apurada. Mientras Sergio sacaba las chucherías de la bolsa, Valeria se levantó buscando donde colgar la chaqueta de su marido, que todavía llevaba enrollada en sus brazos. La vi dar vueltas por el salón, medio desorientada. No parecía haber perchero en el mundo donde colgar aquella chaqueta. Al final lo encontró, pero algo la hizo olvidarse de su propósito y, como si no quisiera perder un segundo de nuestra conversación, volvió corriendo con la *blazer* otra vez en sus manos y tomó asiento en el taburete más alejado de la cocina.

Víctor entretanto desempaquetó la horchata, celebrando mi llegada y dejando constancia de muchas maneras, con su mirada, con su cuerpo, que mi visita era una bendición. ¿Puedo llamarlo amor? La ligereza de su mirada, sin el entusiasmo inicial de nuestros encuentros, pero también sin el susto y el comedimiento posterior, fue en realidad el gran descubrimiento de aquel día. No que él y mi madre estuvieran juntos. No que ella hubiera estado siempre allí, esperándolo en aquel sofá o en la cama. Nadie me la había enseñado todavía, la cama donde dormían. De momento solo conocía el cuarto de Sergio, el pequeño saloncito que usaban de recibidor y la cocina. Pero este descubrimiento de los dos como pareja fue, como digo, totalmente secundario y vicario del otro, el de aquel Víctor nuevo que me miraba sin prevenciones, y sin distancia. Al menos ella no había dejado a mi padre por un pelanas, por alguien que no calibrara la importancia de los afectos y que en más de una ocasión podría haberse dejado llevar por los impulsos. Aquello demostraba que Valeria no era tonta. Y al tenerlos ahora a los dos ante mí hasta empecé a verla a ella con otros ojos. De pronto se intercambiaban las actitudes. Valeria vino a sentarse con nosotros y se acopló a la mesa guardando una cierta distancia, delegando todo el protagonismo en él. Fue Víctor quien se encargó de servir un poco de queso y jamón, mientras ella, inmóvil, aguantaba su mentón con la mano y me dedicaba una larga mirada sostenida. Me había equivocado juzgándola tan pronto. Claro que debía de estar ansiosa por contarme sus batallitas, demasiados años haciendo el paripé las dos al teléfono. Pero ¿por qué había querido llevarme a su casa? ¿Por qué no me había advertido que era Víctor, el abogado de papá, el que vivía con ella? Quizás dio por hecho que yo lo sabía, o quizás, como había dicho cuando íbamos hacia La Floresta, Víctor era su marido *solo en parte*. Lo que estaba claro es que aquellos tres, madre, padre e hijo, formaban uno y Valeria no podía presentarse sin presentármelos. Aunque no me costó deducir que todo aquel despropósito era el resultado de una improvisación, y quizás incluso de un arrebato de ella. Valeria se había estado mordiendo la lengua durante todo nuestro trayecto en coche, y desde que había llegado el marido se replegó y aceptó su lugar, no cerca de mí, sino un poco lejos, rumiando sus errores, dejando que otros los enmendaran. Y Víctor lo hacía con solvencia. Le sacaba a ella las castañas del fuego y de paso me ofrecía una loncha de queso a mí.

—Pues ahora ya sabes el camino de nuestra casa, que es la tuya —siguió él después de preguntarme por Leonardo—. Ayer pasé a veros. Como era viernes pensé que tal vez seguíais despiertos, pero estabais ya todos durmiendo, así que no entré. A Leonardo sí lo vi, y lo vi contento. Todo saldrá bien, no te preocupes.

—No, si yo no me preocupo. ¿Por qué iba a hacerlo?

—¡Pues eso! —Víctor volvió a reírse y no dijo nada más sobre su encuentro nocturno con Leonardo, salvo que había pasado para «ver cómo iba todo».

No se le olvida a uno de la noche a la mañana lo que ha hecho siempre, los contornos de su antiguo yo se superponían sobre el nuevo. Ya no iba a venir por nuestra casa como hacía antes, dijo, pero ahora podía ir yo a la suya, que además era la mía, la de mi madre.

—Qué maravilla, ¿no? —añadió—. Y que conozcas a Sergio, por fin. ¡Ya era hora!

No noté en sus palabras doblez alguna, más bien había en él la necesidad de normalizarlo todo, a toda prisa, y también yo adopté la actitud de estar *en mi casa*. Incluso me apoyé en la nevera que estaba a mis espaldas, balanceándome alegremente. Era lo que Sergio hacía con su taburete, y nos dedicamos ambos una mirada de compañeros de columpio.

—Con tu padre pude hablar un rato esta mañana —siguió Víctor—, por eso supe que estabais aquí, y me he venido corriendo, claro, no podía perdérmelo.

Y luego miró fugazmente a Valeria, pero no a los ojos sino a la parte alta de su cabeza, a aquel pelo naranja y todo encrespado que ningún peluquero había visitado en los últimos meses, y, dirigiéndose a ella mientras comía otra loncha de queso que no pareció de su agrado, le dijo:

—... Si me lo hubieras dicho, no sé, al menos si me hubieras avisado antes... Habría preparado algo mejor para celebrarlo. No sé, una comida en condiciones.

—... Pues no sé de qué tenía que avisarte. —Valeria saltó de repente—. ¿De qué tenía que avisarte? ¿De que iba a buscar a mi hija? ¿Para que tú o el otro lo impidierais?

Víctor se quedó mudo. Sergio se bajó del columpio de su taburete. Y yo me volví locuaz, lenguaraz incluso, y, como si nada hubiera oído y nada se hubiera dicho, me lancé al único tema que al parecer allí interesaba a partes iguales y empecé a darle fuerte a mi taburete.

—... Pues con Leonardo nada especial, de momento no hemos empezado clases, pero a mi padre sí que le hace muchas cosas, se lo hace todo, la verdad, yo creo que a este paso hasta volverá a andar, en poco tiempo ni falta que le hará el zepelín...

Sergio y Víctor se rieron. Valeria seguía blanca. Había que hacerla reír.

—Bueno, le hace compañía —rebajé la broma—. Come como una lima, eso sí, ayer llenamos la nevera y por la tarde ya estaba vacía, pero Ricardo al menos ha dormido hoy en casa, eso ya es algo.

Volvieron a reírse.

—Tu hermano no tardará en irse de casa —dijo Víctor—, no sé cómo no lo ha hecho ya, tiene la edad, y viviendo solo se aprende.

—Tampoco me molesta que Ricardo siga en casa, ¿eh? Él hace sus cosas, y yo las mías.

También aquello les cayó en gracia, incluida Valeria, que de pronto, tras la risa tonta que le entró, vi que se entristecía. Quizás la alusión a mi hermano la devolvía a sus infiernos. Me hubiera gustado explicarle que no era culpa suya que Ricardo no le cogiera el teléfono. Vete tú a saber lo que Valeria le contaba a mi hermano. Él siempre había sido el mayor, y quizás en alguna ocasión se habría excedido o desahogado con él. Ella desvió aquel tema y me preguntó de repente:

—Y entonces qué, ¿sigues con ese chico del colegio, con Tito, se llama?

Yo algo le había dicho a aquella mujer por teléfono, algo tenía que decirle cuando llamaba. Pero de pronto esa forma suya de aproximarse, de acortar distancias conmigo, me incomodó.

—No, qué va, ya no salimos. Me pesa mucho su brazo —dije.

Y tal y como lo dije, mientras ellos comían sus lonchas de queso y festejaban mis gracias, empezó a tragarme la tierra. ¿Por qué no aparecía Tito ahora para rescatarme? Se me había acabado el repertorio de chistes y aquellos tres también parecían haber entrado en un proceso de entropía. Después del conato de bronca que yo había abortado tan sabiamente a lo mejor tocaba recoger la mesa y limpiar los platos. ¿Pero quién iba a llevarme a casa? Ellos no parecían muy dispuestos. Me miraban con los brazos cruzados, y Tito no estaba. Yo lo había eliminado de un plumazo con aquella vileza de chiste. Que estuviera allí ahora Tito, con su brazo como una morsa sobre mi hombro, hubiera sido una solución, pero estaba Sergio, y estaban Víctor y ella, la mujer que era mi madre. No estaba mi padre, y no pensé en ningún momento en llamarlo ni en que fuera a aparecer. Lo que pensé fue en reunirme cuanto antes con mis amigas y que la vida fuera otra vez la de siempre, no aquel vodevil en que se había convertido desde las once de la mañana. No daba para más aquel encuentro y yo empezaba a derrapar entrando en complicidades, deslizándome en pendiente por un terreno que no era el mío. De pronto empecé a sudar. Lo que mi madre tuviera que decirme, y las explicaciones que quisieran darme acerca de todo aquello, vendría luego. Ni por la cabeza se me pasaba que me las diera entonces. Solo Víctor, que debió detectar mi ansiedad o miedo, después de aquellas risas anticlimáticas y del silencio que vino luego, se levantó sonriendo de una manera extraña, como nunca le había visto, y aproximándose lentamente hacia donde yo estaba alargó su mano, que sentí caliente, que agarré sin ver. Yo permanecí junto a la nevera, me había recluido allí por si aquel frío me temperaba un poco, por si aquella puerta que conducía al frío me devolvía también a mí un poco de lucidez, y ahora notaba el frío contra mi espalda, mi cuerpo ardiendo y el taburete balanceándose, y me pareció de pronto que algo se abría, un agujero negro que me tragaba, la mesa que me aplastaba y una mano de Víctor que milagrosamente me agarra y tira. Como el que ve venir la avalancha y corre, tú pasas por ahí y lo evitas, lo has visto un segundo antes de que suceda. Aunque esa niña no sea tuya tú pasas por ahí y tienes instintos de protección. Antes de que la nieve lo entierre todo, niña y columpio, tú lo anticipas, perteneces a la especie, la salvas primero a ella.

9

En fin, que me caí redonda. No sé el tiempo que permanecí en el suelo y tampoco puedo decir qué vieron en mí los espectadores involuntarios de mi segunda torta. Solo recuerdo que desperté y Víctor era el único que me hablaba, mi cabeza encajada contra la puerta de la nevera y la suya muy cerca, ocupando todo el radio de mi visión.

—Ya. Ya está. Ya ha pasado. Te llevo a casa, Belén. ¿Quieres?

Valeria seguía en su silla, petrificada. Era la segunda vez que no se molestaba en ayudarme. Tuve que contenerme para que aquella cara de hielo no me perturbara.

—Sí, creo que voy a irme. Lo siento... Ya estoy bien.

—¿Seguro que no quieres echarte un rato? ¿Un vaso de agua? —la oí a ella con voz gélida que me ofrecía su cama, levantándose y abriendo varios cajones de las alacenas, de repente muy concernida, y añadió—: No deberías de irte así, sin comer apenas. Necesitas algo dulce, ¿un poco de chocolate? Seguro que es una bajada de azúcar. Échate un poco en mi cama, ¿quieres?

—No, no, de verdad, Valeria.

Y al abrir los ojos noté una humedad viscosa en mis mejillas, que apenas insinuada volvió a su cauce. El llanto, en mi caso, cuando brota, es un llanto que cesa al instante. Tal y como se anuncia se va. Si pensaban que iba a prolongar aquella escenita estaban equivocados. Vete tú a saber dónde pone otra gente tus lágrimas, a qué las achaca, en qué se regocija o en qué se reafirma con ellas. Víctor me ayudó a levantarme, y noté enseguida su brazo sobre mi hombro. Me dejé conducir por él hasta la puerta mientras mi supuesta madre y el hijo correspondiente permanecían en sus sillas. Quizás no fue muy correcto no dejarla intervenir a ella, no aceptar sus remedios, pero cogí mi plumífero del colgador y no hubo siquiera ocasión de despedirnos.

Me pregunto ahora si no había tenido ya suficiente, y, sin embargo, todas aquellas escenas, ahora que las recuerdo, vuelven a emocionarme. Lejos de indignarme o despertar en mí algún rencor aún vigente, lo que me inspiran es una cierta ternura, la de aquellos días en los que todo estaba por descubrir y las posibilidades de nuevos hallazgos eran infinitas. Todavía no estaba claro el papel que jugaría Víctor en mi vida, ni en qué devendría mi madre ahora que su presencia no era una quimera de nuestras mentes. No, papá no se la había inventado. Valeria estaba allí en cuerpo y alma y era tan rotunda su aparición como mi propio desmayo. Desde que aquella mujer estaba en mi vida yo había estado a punto de romperme la crisma dos veces. Hay además algo de las escenas que narro que me conmueve profundamente, y solo a toro pasado me doy cuenta de que la vergüenza y el agobio que me asolaron durante todo el tiempo que permanecí con ellos enseguida se convirtieron en mi principal haber. Mi vulnerabilidad me hacía interesante como nunca hasta entonces lo había sido. De pronto surgió en mí aquel personaje, una especie de heroína un tanto llorosa, y nada de lo que sucedió durante aquellos días puedo ponerlo en el balance de lo negativo. Lo digo con plena conciencia del valor acumulado desde aquellos años en que, efectivamente, mi vida empezó a ser una sucesión de despropósitos. De hecho, cuando dejé a aquella mujer allí plantada, no se me ocurrió pensar que tuviera que venir a consolarme, ni que yo le debiera una despedida más cariñosa. Ella acababa de hacerme la gran faena apareciendo aquella mañana en mi vida, y yo en lo único que pensaba era en correr a casa y escribirlo en mi cuaderno. ¿Había alguien en todo Barcelona que tuviera una historia igual a la mía?

Ya fuera de su vista, cuando Víctor y yo salimos de la casa, él me condujo hasta el Volkswagen que había junto al Ford Fiesta. La imagen de los dos caminando hacia el coche, él con su brazo sobre mi hombro como un padre putativo, y yo en silencio en secreta comunión con él, debió de ser para Valeria otro aldabonazo. Pero con Víctor otra vez yo volvía a lo seguro, y él me abrió la puerta del copiloto. Aquel era un coche impecable y parecía recién comprado. Me pregunté por qué Valeria no lo había utilizado para venir a verme. Debía de ser de uso exclusivo de él. El Volkswagen empezó a rodar casi sin ruido, y en aquel silencio reparador, con el cinturón bien puesto y a buen recaudo de volantazos e improperios, los dos emprendimos el camino de vuelta.

Cuando ya no se veía el camino de grava, circulando por el estrecho y bien pavimentado trayecto hacia Barcelona, Víctor carraspeó, y aclarándose la voz me preguntó si quería tomar un poco el aire antes de devolverme a casa. Lo dijo después de lamentarse sucintamente por lo que era imposible de explicar en toda su extensión.

—Lo siento mucho, Belén. Vaya una manera de presentarse... —dijo—. ¿Quieres que nos bajemos y tomas un poco el aire? No quiero que te vean en casa con esa cara tan pálida. Te llevo a dar una vuelta y te despejas un poco, pero no te disgustes, ¿vale?

—No, gracias, de verdad, ya estoy bien. ¿Me llevas a La Virreina? Creo que voy a juntarme con mis amigas.

—¿Pero no quieres antes pasar por tu casa? ¿Qué le digo a tu padre si me llama? Deberíamos charlar un rato, Belén. ¿No estarás enfadada conmigo? Hay un sitio aquí cerca y podemos tomar algo, y te lo puedo explicar todo.

—Qué voy a estar enfadada. De verdad que no, Víctor.

Cómo iba yo a enfadarme con mi médico, con mi abogado. Y lo último que quería era que nadie me explicase nada. Si le hubiera dado carrete nunca llegaríamos a la plaza de Cataluña y en aquel momento ese era el único destino de mi vida. Él tomó nota y tiró a mi tejado la pelota de su inquietud.

—A lo mejor te enfadas dentro de unos días o de unos meses —dijo—. Te llevará un tiempo asimilarlo pero todo está bien, hazme caso.

¿Pero de qué me hablaba aquel hombre? Yo, mirando por la ventanilla, veía pasar las masas de árboles de La Floresta, todo muy verde por aquella carretera o pasadizo estrecho por el que íbamos, y mi única preocupación era el diario que había dejado abierto en mi habitación. ¿Estarían Leonardo o Amelia husmeando por allí? Antes de salir de mi casa lo había dejado sobre el escritorio, y allí había anotado la escena nocturna que había presenciado desde la ventana. Ahora tenía a Víctor ante mí y podía preguntarle todas mis dudas. ¿De qué habían hablado él y Leonardo bajo la farola en plena noche? ¿Qué se intercambiaron o se dijeron? Todo lo demás, desde cuándo él y mi madre se conocían, y por qué jamás me lo habían dicho, eran cosas que no me interesaban. Como quien en pecado no ve llegada la hora de la confesión, él parecía muy dispuesto a contarlo todo. Pero aquella patata caliente no era mía. Bastante hacía yo con mirar hacia el paisaje. ¿Qué otra cosa hacen las mujeres con sus maridos cuando se acomodan en sus asientos mientras transcurre el paisaje verde y ellas traman las peores muertes del que conduce? Yo no odiaba a Víctor, en absoluto, pero de pronto se instaló en mí un ánimo asesino, como si hubiera crecido hasta convertirme en Valeria, en la esposa capaz de coger el volante y hacer estampar el coche o empotrarlo contra un abeto. Y él allí conduciendo, aguantando en silencio a la pequeña niña traumatizada. Quizás le apetecía entretenerse un rato, desviarnos y detener el coche en medio de un descampado. Contarme el drama de su matrimonio. En su aburrida vida con mi madre debía de echarlo de menos. No sé por qué lo supuse, esas cosas se notan, él y yo solos en un chiringuito de La Floresta donde yo lloraría a gusto y él me consolaría, apoyaría su brazo sobre mi hombro, tal vez sobre mi rodilla.

—Pero lo entiendes, ¿verdad?, que no pudiera decirte nada. —Víctor interrumpió mis pensamientos homicidas—. He tenido que morderme la lengua muchas veces, pero no dependía de mí que lo supieras, lo siento mucho, Belén, jamás pensé...

—¿Jamás pensaste qué?

—Qué va a ser. ¡Todo este desastre! —gruñó él al volante, y fui yo la que tuvo que compadecerlo, como una verdadera esposa calmando a su cónyuge.

—No es ningún desastre, Víctor. La gente se junta con quien quiere, y al fin y al cabo te conozco más a ti que a ella. Me alegra saber que mi madre está al menos con alguien a quien conozco.

Él se alteró de repente.

—Pero ¿cómo puedes decir eso? Tú tendrías que haberlo sabido siempre, tendrías que haber estado al tanto de todo. Y todo debería haber sido de otro modo. La culpa la tengo yo, por hacerle caso a tu padre.

Mi padre de nuevo. Lo imaginé en el jardín, pegándose el lote con Leonardo.

—Qué va, qué va, la culpa no es de nadie —insistí—. ¿Cuánto falta para llegar al centro?

Había aprendido ese lenguaje buenista con mis amigas. En la clase de Filosofía, donde a veces nos hablaban de Hannah Arendt, había aprendido que el mal es una cosa muy repartida. Y él quería atribuirse su parte. Pero no. La culpa era toda mía, enteramente. Si esa mañana le hubiera cerrado a Valeria la puerta en las narices, tal y como Leonardo me había advertido el viernes, no estaría yo ahora escuchando aquella sarta de estupideces. Me apetecía bajarme del coche y llegar a patita hasta Barcelona. Pero Víctor no se dio por vencido.

—Bueno, mujer, no hablo de culpas, pero no sé, te preguntarás mil cosas. Ya tienes una edad para saber lo que pasa. ¿O no te importa? ¿Quieres decirme que no te importa?

—Pues la verdad es que ahora mismo no.

Yo no quería seguir oyéndolo, de verdad. Y además eso deben de decir las mujeres cuando no quieren oír lo que no les interesa.

—Bueno, Belén, pues entonces lo dejamos...

—Es que no quiero que me cuentes nada, de verdad.

—Claro. Lo entiendo..., pues nada, te llevo a La Virreina. —Víctor acabó por claudicar—. Pero quiero que sepas que no ha sido fácil para mí ni para nadie. No es tan sencillo explicarlo todo de una sentada, en eso llevas razón. No te vas a enterar ahora en medio minuto de lo que durante años se te ha protegido. Esta mañana discutí con tu madre, no pude frenarla cuando salió en tu busca. No tenía que haber actuado de esa manera, estas cosas se acuerdan, se hablan antes, pero no es ahora el momento de reparar nada. Cómo lo haya hecho y qué me parezca a mí qué importa, habrá tiempo... Habrá tiempo de explicarlo.

¿Cuántas mañanas habrían discutido por aquel mismo asunto? Me pregunté cuántas noches Víctor y mi madre se habían acostado hablando de mí. ¿Habría sido yo, sin enterarme, el motivo de largas y enconadas disputas conyugales?

—Pues claro que no importa —seguí yo aliviada—. Al menos no me he abierto una brecha contra la nevera. Eso es lo importante ahora. He sabido caer bien, ¿o no?

Víctor se agarró al volante y sonrió con pena.

—Sí, has caído muy bien, querida, tú siempre caes bien, pero te juro que este golpe me duele más a mí que a ti.

Yo venía de un desmayo, de un desvanecimiento. Todavía me dolían las costillas y el antebrazo, pero me urgía estar a la altura de las circunstancias, y después de aquella frase tan solidaria de Víctor todo dentro del coche pareció otra vez ordenarse. Eso era lo que él me inspiraba cada vez que nos veíamos. Todo en veinte metros a la redonda se alineaba, como si solo él y yo estuviéramos circulando a aquellas horas por la carretera. También mi instinto asesino se replegó para dar paso a una especie de epifanía rodante, los dos callados y asumiendo que aquel trompazo no iba a alterar la naturaleza de nuestras relaciones; yo iba a poder con su impacto, que se amortiguaba y perdía fuerza porque su mismo origen era su propio freno. Víctor acudía para salvarme poniéndose él por delante y recibiendo el golpe. Eso era lo que se respiraba dentro del coche: Víctor lamiéndose sus heridas. Hasta que de pronto, no sé cómo, en aquella calma y en aquel silencio noté que su mano aterrizaba sobre mi rodilla.

—Así me gusta, esta es mi chica —dijo palmoteándome la pantorrilla y enseguida apartando la mano, como si quemara—. Sabía que estarías a la altura. Bueno, bueno, te dejo tranquila, que lo último que te apetecerá es seguir hablando de esto. ¿Dónde dices que están tus amigas? Llámalas si quieres, ¿no? En cinco minutos estamos en el centro, pero tienes que avisar a tu padre de que te retrasas, no te olvides. ¿O se lo digo yo?

—No, no. No hace falta. Lo llamaré yo.

Todo el viaje hasta La Virreina lo hicimos así, en silencio. Era la primera vez que estaba tanto tiempo a solas con él. En eso pensaba cuando íbamos acercándonos al centro. Y aquella calma y aquella intimidad se la debía en parte a la impulsividad de Valeria, que se había quedado en la casita de muñecas vete tú a saber rumiando qué. ¿Estarían a punto de separarse? ¿Era yo en algún sentido pieza y clave de una decisión así? Yo no quería que pasara eso. Acababa de enterarme de lo último que en mi vida había imaginado y ya no quería, por nada del mundo, que la casita de muñecas entrara en crisis. Si mi padre un día faltaba, aquellos dos seres me adoptarían, y además tenían un hijo que me serviría de hermano si el mío fallaba. Si Leonardo nos salía rana, yo tenía una madre, casada con un abogado, además. Habíamos dado un gran paso con aquella impulsividad de Valeria.

Víctor me dejó a ciento cincuenta metros de donde estaban mis amigas. El ordenador del coche había ido escupiendo mensajes de sus colegas de despacho, llamadas diversas que él no atendió. De Valeria y de mi padre, ninguna. A cien metros de las Ramblas le pedí que me dejara.

—¿De verdad no quieres que te acompañe? Puedo aparcar el coche en la Fnac y te dejo con ellas.

—No, en serio, ya voy caminando.

—Pero llama a tu padre y dile que te he traído, ¿vale?

—Claro, ahora lo llamo.

—Eso, llámalo. Que no se preocupe.

Me bajé en la plaza de Cataluña. Las Ramblas, con su habitual trasiego de gentes e indigentes, aquella mañana me parecieron más ajenas e intransitables que nunca. Me tropecé con algún viandante despistado que no miró atrás, y en medio del castañazo, después de los sucesivos golpes que lo precedieron, sentí que una especie de halo mágico me empujaba hacia delante. Algo muy parecido a un despertar glorioso tras un buen tortazo. A mi encuentro por aquellas Ramblas venía una libertad con la que acarreé como con una losa calle abajo. Quería dejar todo lo extraño atrás y sepultarlo entre los actos consabidos y rutinarios de un sábado cualquiera. Pero no era cualquier sábado, y aquellos pasos que me quedaban para alcanzar La Virreina fueron penosos. Cada paso era un paso en contra según me acercaba a mis amigas. Si puedo explicarlo diré que me desalentaba anticipar la narración de lo que acababa de sucederme. Pero tenía que contárselo a ellas antes que a nadie. Todas tenían madres y padres, y en sus casas también había historias. Con un poco de suerte la mía les gustaría, mi madre por fin había dejado de ser el fantasma de los viernes y yo entraría en la historia de mi ciudad, en aquel flujo de gente yendo y viniendo y golpeándose. No le daría el menor énfasis a mi historia. Primero había sido la bolsa de Leonardo, sus pesas estampándose contra mis canillas. Luego, las broncas con él y la irrupción de mi madre. Lo describiría así, como un encadenamiento de golpes, mientras iba por las Ramblas intentando no chocarme con más seres acechantes.

Pasé de largo el bar de La Virreina. Mis amigos me vieron pasar con cara de sonámbula y tuve que caminar bastante en dirección contraria para reunirme con ellos. Allí estaba Cintia. Me hacía señales desde la puerta. Vi a Fanny y a Tito sentados dentro, sonriéndome desde los ventanales.

—¡Hey! ¿Pero a dónde vas?

—Oye, perdonad, es que me he entretenido comiendo con mi madre.

Lo dije así, con total naturalidad. A mí tampoco me explicaban nada cuando ellos tenían imprevistos familiares.

Fanny se echó a reír. Tito y Cintia callaron ante la noticia bomba.

—¡¿Que has estado comiendo con tu madre?!

—Pues sí. ¿Qué pasa? Una tía maja. Y con su marido, que también estaba. Me ha traído hasta aquí, por cierto.

—¿Pero la has conocido? ¡Cuenta, cuenta! ¿Cómo es?

—Pues nada, una mujer normal —dije, homologándola a todas aquellas sosas que las esperaban a veces en el colegio.

—Pero ¿está casada? Qué fuerte. ¿Cómo es?

No les dije que el marido era nuestro abogado, pero les hablé del hijo, y del pináculo de la casa, y del huerto.

—¡Una casa en La Floresta, y un hijo!

—Sí, un día lo invito y lo conocéis, podemos dar una fiesta en La Floresta.

Me arrogué esa potestad, la de traficar con aquellas vidas.

—¿Y es guapo el hijo?

—Bueno, es resultón. Estudia cine.

—¡Qué guay! ¿Y os parecéis o no?

Cintia estaba deseosa de saber detalles, pero Tito callaba.

—¿Y dices que ese hermano es director de cine?

—Bueno, debe de ser uno de esos de la ESCAC. Hemos hecho algunas tomas.

—Ya está tirándote los tejos. ¿Lo ves? —Tito siempre a la que salta.

—¡Pero si es mi hermano! Los hermanos no pueden casarse, imbécil.

—Pero ¿y ella? ¿Se presentó así, sin avisar?

—Pues claro, ¿qué se supone que tenía que hacer? ¿Pedir una instancia al juez? Ya era hora, joder, qué querías.

—¿Pero así, por el morro? ¿Y no le has preguntado por qué no vino antes? —Fanny se arrogó de pronto el papel de fiscal en toda aquella historia.

—Qué cosas tienes, Fanny. ¿Cómo le voy a preguntar eso a mi madre? Ella sabrá, ¿no?

—¡Pues claro que sí! Has hecho bien —Cintia me respaldó en todo momento—. ¡Y un hermano, además! ¿No estás contenta? Menuda historia.

Chocaron su Coca-Cola con la mía, y yo también, pero con desgana. Había llegado a La Virreina con el plan de normalizarlo todo, pero lo cierto es que la historia se las traía. Debieron de notar mi shock o mi zozobra porque enseguida me dejaron a un lado y se pusieron a hablar de otras cosas. Si hubiera tenido un psicólogo a mano, aquel hubiera sido el momento de recurrir a él. Todos tenían en sus listines telefónicos varios contactos de terapeutas. Les pediría consejo. Pero en aquel momento me quedé callada, reconcomiéndome, y salí a la calle. Tenía que hacer la dichosa llamada. Tenía que avisar a mi padre de mi paradero. Justo en el momento en que volví a activar el móvil, que había apagado durante toda mi visita a La Floresta, vi que había varias llamadas perdidas suyas.

—¿Belén? ¿Pero dónde estás? ¿Por qué no coges el teléfono? ¡Llevo llamándote toda la mañana!

—¿Dónde voy a estar? En La Virreina.

—¿Pero cómo que en La Virreina? ¿Ya no estás con *mamá*?

Aquellas palabras pronunciadas en su boca sonaron tan normales que hasta yo creí que lo eran.

—No, hace ya un rato que me he venido.

—¿Y por qué no has pasado por casa antes?

—Estoy con Cintia y Fanny tomándome una pizza. Me ha traído Víctor. Ya vuelvo, no tardaré, papá.

Fue oír el nombre de Víctor y mi padre se apaciguó inmediatamente.

—Ah, pues vale, pues bueno... Si te ha traído Víctor... Menuda mañanita, ¿eh? Pero no tardes.

10

Entré de nuevo al bar. Cintia detectó enseguida mi cara de mala leche.

—¿Qué te pasa? ¿Hay novedades?

—Nada. Que mi padre quiere verme. Es que no he pasado por casa, y ese Leonardo es capaz de cualquier cosa ahora que mi madre ha entrado en escena.

—Pues claro, vete. Y si necesitas ayuda tú tranquila, llámanos, ¿vale?

Los dejé con ese cebo. Aquella preocupación de que Leonardo se tomara represalias después de mi desacato de la mañana me asaltó entonces. No había pensado en ello, pero la voz de mi padre al teléfono me intranquilizó. Me había sonado distante. Hasta entonces yo había vivido en la fantasía de ser engendrada solo por él, como los ovíparos hermafroditas. Él era el que me mantenía, el que miraba por mí. Tenía todo el derecho a enfadarse por darle yo cuerda a una desconocida. Pero ¿y Leonardo? Qué habría hecho en mi ausencia. Salí a las Ramblas como un cohete y paré un taxi. Tito salió del bar con intención de acompañarme, pero cerré la puerta del coche sin darle tiempo a introducirse. Ciertos cambios que no podía aún prever ocupaban ya todo el espacio. No había en mi mundo lugar para nadie más, ni en aquel asiento de cuero negro y raído donde me hubiera gustado eternizarme.

—Pero llama, ¿me oyes? —lo oí golpeando el cristal del coche.

—Sí, sí, llamaré.

El taxi me dejó delante de nuestra tapia en apenas quince minutos, y en el camino desde el coche a casa lo vi muy claro.

Estaba más sola que nunca ahora que tenía padre y madre. ¿Quién me había mandado abrirle la puerta a aquella mujer?

En el jardín, Amelia me recibió con cara de circunstancias. No era raro que estuviese esperándome con la puerta abierta cuando yo aún no me había anunciado. Pero ese día parecía que llevase allí exactamente desde el momento en que yo me había ido.

—Sí que has tardado —dijo, toda agobiada—. ¿Te preparo algo para comer?

—No, ya he comido.

—¿Seguro que ya has comido? —Estaba más mansa y servicial que nunca.

—Pues claro que he comido.

—¿En serio?

Tal vez se preguntaba si no me habían envenenado en La Floresta. En sus ojos se reflejaba una mirada negra, de verdadera preocupación. O quizás yo le recordaba lo cobarde que era.

—Que no voy a comer una segunda vez, Amelia. ¿Está papá en casa?

—Pues claro que está, a dónde iba a ir. Dame eso, anda, que parece que vienes de Formigal, con el calor que hace.

Le di mi plumífero y lo redujo en sus manos a la mínima expresión. Avancé hasta el *hall* y Amelia, a mis espaldas, pegó un portazo encargándose de que nadie más se colara detrás de mí.

Allí estaba mi padre, en el salón, con la manta de cuadros sobre las rodillas. Miraba la tele.

—Hola, papá...

No pestañeó. Y no se giró, por supuesto. La languidez de su rostro frente a la pantalla me hizo imaginar la mañana que había pasado. A su lado, el sofá estaba hundido. Pensé que Leonardo se había levantado nada más oírme llegar. Aún se notaba la huella de su peso en el mullido del cojín.

—Oh, pero qué guapa, y qué bien que has vuelto —dijo mi padre, con un tonillo de falsete, y sin sacar sus ojos de la tele.

Fue la segunda vez aquel día que me dieron ganas de llorar, pero me tragué las lágrimas y me acerqué a darle un beso. Él ejecutó entonces la misma mueca que Víctor solía emplear cuando yo me abalanzaba a él. Me hizo la cobra.

—Caramba, no podéis pareceros más —dijo, mirándome en perspectiva y apartándose—. Y eso que solo has estado *con ella* dos horas.

Me reí como una imbécil. Era lo que solía hacer cuando mi padre me comparaba con Valeria. Yo atesoraba en mi haber los parabienes a una madre ausente, pero la ausente ahora tenía una cara y no andaba lejos, la ausente se había materializado y nuestro teatrito se resquebrajaba delante de Amelia, que seguía de pie la escena como un pasmarote.

—Ya te puedes ir, Amelia, ya me quedo yo con papá —le dije.

—¡De ninguna manera! ¡¡Amelia no se va a ningún lado!! ¡¡¡Que se quede!!!

Mi padre bufó desde su zepelín como un histérico. Siempre que quería amonestarme por algo Amelia debía permanecer allí, como un testigo de nuestra opereta. A mi padre no se le daba bien enfadarse sin público, pero aquel día ni él ni yo estábamos seguros de la escena siguiente. Me hice un hueco en el sofá, a su lado, y cogí un cacho de su manta.

—No estarás enfadado, ¿verdad? Mejor apagamos la tele. Es que tenía el teléfono desconectado y no pensé que fuera tan tarde.

Mi padre me observó de reojo, apagó la tele, miró luego su reloj y se dirigió a Amelia:

—¡*Ahora* sí! ¡*Ahora* ya te puedes ir, Amelia, pero no *antes*!

Amelia se largó como alma que lleva el diablo y cuando nos quedamos solos mi padre me miró de un modo largo y sostenido.

—¿Y se puede saber *de dónde vienes*? —preguntó.

No era una mala pregunta. Él sabía de sobra de dónde venía, pero aquella chica de dieciséis años ya no era la misma que había salido de su casa por la mañana. Me saqué las zapatillas de deporte y me estiré en el sofá. Me importaba un bledo, un rábano, una higa, y me la sudaba, lo que mi padre se preguntaba. El espectáculo de su voz de pronto histérica no me desagradó en absoluto. Tal vez también en eso empezábamos a ser una familia normal, con nuestras broncas.

—De dónde voy a venir, papá, de La Virreina —dije.

—No, no, no, no... *Antes* —dijo él—, *antes de eso*.

Mi padre me pedía que le relatara la visita de Valeria, pero no con palabras sino con sus ojos, con sus dedos, y con adverbios de tiempo muy enfáticos, como un extranjero aferrándose a las pocas palabras que conocía de una lengua que no era la tuya. Pero también yo era una extranjera en aquel país.

—¿Antes?... ¿Que dónde estuve antes? Si ya lo sabes, papá, ¿para qué me lo preguntas?

—Ah, pues muy bien —dijo él, como si hubiera pasado un examen—. Pues la próxima vez que vayas *a donde yo me sé* prefiero que me lo digas antes, ¿me oyes? Con que me avises ya está, porque a lo mejor *no lo sé o no me lo has dicho*. ¡No hace falta que me pongas una instancia en el juzgado, con una notita en la cocina, «voy *a donde tú sabes*» —dijo alzando cada vez más la voz y simulando que escribía la frase sobre sus rodillas—, es suficiente! No tiene que venir Amelia a decirme que te has ido con la primera desconocida que llama a esta puerta. ¿Lo entiendes, o tengo que explicártelo?

Los gritos debieron de oírse en el cuarto de Leonardo, unos chillidos atronadores que intenté apagar con mi propia voz, de repente muy alta. Jamás le había chillado a mi padre.

—¡Pero qué dices! ¡Cuándo me has explicado tú nada! ¿De qué me hablas, si estabas durmiendo?

—¡Pues me despiertas! Me despiertas y luego te vas con quien te dé la gana. No quiero secretos en esta casa, ¿me oyes?

¿Secretos? Tuve que contenerme para no estamparle la tele en las narices. Si alguien tenía que pedir cuentas de los secretos acumulados era yo. Pero Leonardo no debía de andar lejos, y por el modo de hablar de mi padre tan sobreactuado me di cuenta de que no hablaba por su boca. Leonardo le había hecho aprender aquel guion.

—De verdad que no quería molestarte, papá, te lo juro. No te dije nada porque quería evitar...

—¡Evitar qué!

—Nada. Que no volverá a pasar, te lo prometo, papi.

Él continuó desmadejando el ovillo. Se había aprendido bien el papel y lo declamó a gusto.

—Ya, que voy a creerme yo tus promesas. Una vez que se empieza vete tú a saber dónde se acaba. Bueno, ve, ve, y descansa en tu habitación, que debes de estar destrozada después de tanto trote. Que sea la última vez, ¿me oyes? Tienes a Leonardo al borde del infarto. Pero ¿cómo hay que decirte las cosas?

En aquel momento, mi hermano Ricardo, advertido por las voces, se asomó al salón.

—¿Pero qué pasa? ¿Por qué discutís?

—Nada, tu hermana, que ya ha aparecido. —Mi padre, cansado de su performance autoritaria, se calmó de repente y se fue con su zepelín del salón.

Ricardo ni me miró, y no me pareció que se pusiera de mi parte. Y aún tuve que oírlo:

—Ya podrías haber avisado de que te ibas, ¿no?

—¿Y de qué avisas tú cuando llegas a las tantas?

—No, si a mí no me importa lo que hagas ni lo que dejes de hacer, esto es solo asunto tuyo, pero al menos una notita, no sé...

Me dieron ganas de reírme, pero no hubo oportunidad. Ricardo también se largó tras mi padre, y allí me quedé yo sola, ante el inmenso retrato de la abuela. Pensé en volver a encender la tele, pero aquella mujer, que me miraba desde lo alto y no parecía reprocharme nada, me detuvo. Me levanté a observar el lienzo. Era un cuadro misterioso que más bien inspiraba paz, y, con aquellos ojos del siglo XX que miraban hacia el XIX o quizás hacia el XVIII, fui poco a poco calmándome. Mi padre jamás me había abroncado de aquel modo, y viéndolo correr por el pasillo, con el portazo que se escuchó cuando alcanzó el cuarto de Leonardo, por tercera vez me abordaron las lágrimas. Pero no fui en su busca. Acudí a consolarme al cuarto de mi hermano.

—Estarás contenta, ¿no? Papá ha estado a punto de llamar a la policía.

—Pero qué estupidez es esa, si no pasó nada. Y además él lo sabía, que estaba con Valeria. Me llamó por teléfono cuando iba con ella hacia su casa.

—Ay, Belén, parece mentira que no lo conozcas. ¡Si no se hablan!

—Y tú qué hubieras hecho, ¿eh? ¿No le habrías abierto la puerta?

—¿Yo? —dijo él todo fresco—. Por supuesto que no. Para eso está Amelia.

—Pues tienen un hijo, y se llama Sergio.

—Ya. Y a mí qué me importa. Ya lo sé.

—¿Cómo que lo sabes? ¿Y por qué no me lo has dicho?

—¡Yo qué sé por qué! No lo habrás preguntado. Déjame en paz, anda.

Al parecer mi hermano estaba al tanto de muchas cosas. Sabía también que Víctor se ocupaba de nuestra madre.

—Pues vaya una novedad —dijo—. Me cae gordo ese Víctor. A ver cuándo desaparece. ¿Por qué te crees que nunca he querido estar en vuestras reuniones?

Todas las novedades que traía yo esa tarde para él eran papel mojado. Ricardo, medio tirado en su colchoneta, estaba de vuelta de todo.

—¿Y qué piensas de Leonardo? Te cae él mejor, ¿eh?

A eso mi hermano no contestó y se dedicó a mirarme como sacándole toda importancia a los defectos de nuestro tutor.

—Al menos Víctor es abogado, pero ese Leonardo ¿qué hace? ¿A qué se dedica? Me ha dicho Valeria que tengamos cuidado con él. Que no es trigo limpio.

Mi hermano, callado. Mi hermano escuchando la música con sus cascos puestos.

—¿Pero cómo no me has dicho que mamá y Víctor estaban juntos? Soy la última en enterarme y se supone que somos hermanos, joder.

Ricardo se quedó mirándome, y tampoco yo le saqué los ojos de encima. Estuvimos así retándonos y sin hablar bastante tiempo hasta que él, parapetado tras la colchoneta, disparó a bocajarro:

—¡De eso nada, monada! De eso no me acuses. Yo no me callo nada. ¡Valeria es toda tuya, todita! Quiero decir que te corresponde a ti preguntar por ella y a papá ponerte al tanto. A mí no me metáis en vuestros asuntos.

—¿Pero cómo que nuestros asuntos? ¿Cómo que me corresponde a mí preguntar por ella?

Intenté girarlo, pero mi hermano pesaba una tonelada.

—Que no es mi madre, joder. Cómo quieres que te lo diga.

Era la primera vez que oía tal cosa. Me quedé mirando aquella mole que era mi hermano. Con la cara girada hacia la pared, parecía un montón de escombros.

—¿Y quién es tu madre, entonces?

—¡Y a ti qué coño te importa! Métete en tus cosas, anda, y vete a tu habitación. Déjame solo, que quiero dormir.

Me largué de allí con otro portazo a mis espaldas. No era nuevo entre nosotros que los diálogos acabaran así, yo en el pasillo y él echando el cerrojo de su puerta. Y hasta en esos modos bruscos de Ricardo yo acababa encontrando cobijo. Había crecido con él, las coces que solía darme no me dolían, y por supuesto que no me importaba quién fuera su madre. ¡Pero si nunca me lo había dicho! Cómo se atrevía a echarme en cara que no lo supiera. Aquella mañana las madres bajaban del cielo como a pedradas, y yo tenía bastante con la mía.

Mi padre entre tanto seguía acorazado en la habitación con Leonardo. Oí una respiración profunda que salía de allí. Y luego unas risitas. Parecía que estaban ejercitándose con las pesas. ¡Pero qué historia era esa de que la madre de Ricardo no era la mía! Amelia, en la cocina, nos preparaba tostadas y rebanadas calientes para la merienda. Había puesto al horno un pedazo de costilla como si se propusiera aplacar aquella bronca con una buena cena. Tal vez entonces todo cesaría. Y a qué venía ahora aquel escándalo mío. De alguna manera yo lo había sabido siempre, que no éramos hijos de la misma madre. Víctor buscándolo para nuestras reuniones, y él escaqueándose; Valeria al teléfono esperando a que se pusiera, y Ricardo esfumándose. Indicios todos que yo me esforzaba en obviar pero que eran evidentes.

—¿Y quién es tu madre entonces? ¿Quién? —repetí.

La pregunta que lancé a mi hermano sonó terrible, acusadora. Vete tú a saber qué madre le había tocado a él en suerte. Era posible que Ricardo ni siquiera tuviera noticias de ella. Era muy probable que cada llamada de Valeria a mi hermano le doliera en el corazón. Y ahora venía yo a contarle que me había visto con mi madre cuando era posible que él ni siquiera supiera quién era la suya. ¿Y si la suya estaba muerta? ¿Y si nuestro padre era Barba Azul?

—Bueno, no pasa nada, seguro que tu madre aparece un día... —musité como una idiota, antes de dejarlo tranquilo en su colchoneta y salir de la habitación.

—Ay, pero ¿quieres dejarme en paz? Mira con qué historias me vienes ahora.

Él allí tirado, revolcándose de un lado a otro entre las mantas, como una parturienta que no acabara de parir. ¿Qué monstruo o qué engendro saldría de allí? ¿Estaba por llegar *la otra*?

11

Esa tarde había que andarse con pies de plomo. Amelia circulaba como una sonámbula por la casa y me interceptó en el pasillo, nada más salir de la habitación de Ricardo. Surgió de la cocina con un trapo espanta moscas.

—Acabo de hacer *crêpes*, ¿quieres una? Anda, que te sentarán bien. Esas cosas que coméis afuera son una porquería.

—¿Pero tú no libras hoy?

—El señor Leonardo me ha pedido que me quede, por si necesitas algo —dijo la muy bruja.

Era sábado, la hora de que se marchara. Pero Leonardo la había dejado de centinela mientras él y mi padre seguían acorazados en su fortín.

—No necesito nada, muchas gracias, Amelia. Creo que me voy a dormir.

—No sé, Belén... Por si quieres hablar o para lo que sea... —murmuró ella por lo bajinis—. Estoy aquí, en la cocina. Tú no te sientas sola, que estoy aquí.

Una de las cosas que tengo grabadas a fuego de mi infancia es que no se debe hablar jamás con el servicio. Nunca entendí el porqué de aquella prohibición, pero esa vez lo comprendí: se compadecía de mí la muy víbora.

—Pues claro, Amelia. Si veo que me da algo te llamaré, no te preocupes.

Y también yo le cerré a ella la puerta en las narices.

Estaba de nuevo sobre mi edredón, mi sangre otra vez fluyendo por mis venas, cuando vi que habían entrado varios mensajes en mi móvil. Dos eran de Tito, totalmente previsibles. Seguía insistiendo en mantener el contacto: «Si necesitas ayuda, llámame. No te vayas por los cerros de Úbeda, ¿vale?». Demasiadas metáforas. También mis amigas insistieron y llamaron un par de veces. Pero había otros mensajes de Sergio el escueto. Empecé a llamarlo así al hermano de La Floresta. Aquel chico apenas usaba palabras, solo archivos jpg: «Hola», decía uno de sus mensajes, «¿Cómo estás?», y a continuación una de las imágenes de mi cara ante su cámara, nuestro souvenir de la mañana. Y así hasta siete vídeos. Me preguntaba por qué tantas caras diferentes. Miraba una y otra vez mi cara, la de siempre, y me parecía la de una extraña, una joven desconocida que se hubiera introducido en mi cuerpo y se paseara por mi mundo. Yo estaba tirada en mi cama, la de siempre, pero nada era ya lo de siempre, y aquellos mínimos vídeos de la mañana en La Floresta daban cuenta de esos cambios repentinos. En la tercera imagen que me envió me asombró verme tan parecida al retrato de la abuela. Era una pose muy antigua la mía, mirando hacia el pasado, como evadida. No se notaba nada que acababa de enterarme de la noticia bomba. Sería una buena actriz, eso me había dicho Sergio en su cuarto, y evoqué sus palabras ante aquellas imágenes como una revelación. A lo mejor allí había un clavo ardiendo al que agarrarse, un pasaporte para una nueva vida. Me iría de casa, me haría actriz y en las manos de Sergio viajaría por todos los festivales del mundo. Mientras pensaba en esto subí una de aquellas fotos a mi Instagram. Enseguida recibí más de veinte seguidores. Entre ellos, Sergio, que estableció comunicación inmediata conmigo. Pero ni Víctor ni mi madre me llamaron para preguntar cómo había llegado a casa. Yo estaba de vuelta en la jurisdicción de mi padre y el tiempo que había compartido con ellos en La Floresta se quedó en la nube, en la nube de Instagram.

La bronca de mi padre, por suerte, no fue a más. De hecho, parecía haberse olvidado por completo de mi traición y allí seguía, retozando en el cuarto de Leonardo y viendo la tele, así pasaron la tarde. Sé que este es un retrato que no lo favorece nada, pero así sucedió y con esa ligereza se instituyó entre nosotros la nueva situación. Yo tramando una vida distinta en la nube de Instagram y él y Leonardo pasándoselo en grande.

Solo a la hora de cenar papá salió de allí. Yo fui la primera en sentarme a la mesa. Siempre usábamos la vajilla de diario, pero esa noche Amelia rescató una nueva y brillante del aparador. Era un juego de treinta y seis piezas que no se había desempaquetado nunca. No entendí el porqué de tanta ceremonia.

—¿Y esta vajilla?

—Es de Limoges —dijo ella, con una propiedad al pronunciarlo que me dejó pasmada—. La trajeron tus padres cuando volvieron de Cannes. Estas cosas son eternas, fíjate.

Y señaló con su dedito el borde dorado de aquellos platos.

—Es preciosa, sí —dije aplaudiendo su iniciativa.

Se veía que Amelia quería relajar el ambiente. Se había pasado la tarde limpiando la sandwichera de mamá y ahora rescataba aquella reliquia.

—Me ha pedido tu padre que ponga la vajilla nueva pero no es de diario, eh, no te acostumbres. Es solo para las ocasiones.

Se me contrajo el estómago. ¿Qué ocasión especial era aquella? ¿Qué teníamos que celebrar para que hubiera que sacar la vajilla de Limoges? De pronto imaginé a mi padre dándonos un discurso, sentándose a la mesa como un senador. Era bastante extraño que Ricardo estuviera esa noche en casa, si lo pienso. Raras veces cenábamos con él los sábados; estaba claro que mi padre se lo había pedido. Me echaría un discurso primero a mí, tras mi desacato, y luego a él. Nos hablaría de nuestras respectivas madres, nos lo contaría todo. Todo quedaría aclarado y despejado ante nuestras caras atónitas. También nos hablaría del papel que Víctor había jugado en nuestra vida, y el que jugaría Leonardo a partir de ahora. Imaginé a mi padre en esa tesitura ante los platos de Limoges y hasta me mareé contemplando los dibujos de la porcelana. Ahora en mi memoria esa escena está confusa, no hay trípode en ella, es una escena como de catástrofe, de vaivenes continuos, con una cámara al hombro que intenta emular lo inestable de la vida, yo a punto de caerme de la silla y mi hermano Ricardo avanzando por el pasillo con la cara más de mala leche que le había visto nunca.

—Vaya. Mantel y todo. ¿Va a cenar Leonardo con nosotros? —dijo el muy guarro, cuando se sentó a mi lado. No me enteré hasta entonces de que había cuatro cubiertos en la mesa.

—Sí, claro. El señor Leonardo se sienta a cenar —contestó Amelia rígida como una escoba.

Empecé a sudar. Imaginé la vajilla de Limoges por los suelos. No sabía quién la estrellaría ni contra quién, pero volarían platos.

En ese momento aparecieron mi padre y Leonardo por el pasillo. Me alivió ver que no estaban enfadados. Venían rozándose las manitas como dos adolescentes. No habían salido de su cuarto en toda la tarde, pero parecía que llegaran de una isla del Caribe, Leonardo todo duchado como no solía andar, y afeitado como una serpiente, con una camisa hawaiana como en las películas de Tarantino, y mi padre con su mejor traje conduciendo el zepelín con una parsimonia y una ceremonia que, efectivamente, nunca le había visto. No sé por qué traigo aquí a colación a Tarantino, porque a quienes de verdad se parecían esa noche mi padre y Leonardo era a Jon Voight y Dustin Hoffman en *Cowboy de medianoche*.

En la película de John Schlesinger sí que lloré, y lloré a gusto. La primera vez en mi vida que lloraba. Déjenme que dé este tremendo salto porque de todo lo que dijo mi padre durante aquella cena habrá tiempo de hablar, y con seguridad lo más importante no fue su discurso sino lo que vino luego, la película que vi por primera vez en la casa de Sergio una semana después y que me hizo abrir las compuertas de mis lágrimas. Por supuesto que no lloré cuando mi padre nos comunicó, allí delante de la vajilla de Sèvres o de Limoges, que Leonardo y él iban a casarse. Aquella porcelana, en cambio, sí estuvo a punto de conseguirlo. Yo escuché el anuncio de mi padre con los dientes apretados y con los ojos muy fijos en los dibujos de la porcelana. Ya no me acuerdo de dónde eran aquellos platos, podían ser portugueses, o chinos. He dicho que eran de Limoges, pero podía ser porcelana inglesa. En todo caso, lo que dijo mi padre quedó eclipsado inmediatamente por aquellos brillos, que ejercieron sobre mí no sé qué clase de hechizo, y por la algarabía de Ricardo, que celebró el anuncio de mi padre con un tono festivo que apenas comprendí y al que me sumé sin pensarlo, como una loca. Pero por eso no lloré, no. Con lo que lloré abundantemente, una semana después, fue con aquella película y sus dos protagonistas, Voight y Hoffman, paseando por Nueva York a la busca de aventuras. Lloré allí en La Floresta alocadamente y con efecto retardado al comprobar ante la pantalla que la ilusión de aquellos dos seres era la misma que la de mi padre y Leonardo el día de nuestra terrible cena. Y hasta se parecían: Hoffman medio lisiado y tan tierno como papá, con Voight a su lado, con aquella percha de vaquero de Texas que era sin duda el vivo retrato de Leonardo. Luego Valeria me explicaría qué significaban aquellas lágrimas. Aquello se llamaba emoción estética. Lo de mi padre y su anuncio de boda, la noche de la vajilla, no me inspiró en cambio una lágrima.

Pero eso pasó siete días después de la terrible cena. Sergio siguió mandándome imágenes de mi cara con el móvil, hasta que un día al final de la semana recibí su invitación para volver a La Floresta. No sé si él sabía lo que pasaba en mi casa. Yo no se lo conté, ni a él ni a Valeria. De hecho, había interiorizado por completo las consignas de mi padre, y esquivé a los habitantes de La Floresta todo lo que pude, aunque él, con su manera contradictoria de inducirme a hacer lo que él quería, tras aquel anuncio de boda no hacía más que animarme para que fuera a verla. Valeria era mi madre, me recordaba, y ya que le había abierto la puerta una vez no era cuestión ahora de cerrársela en las narices. Fue como si de pronto aquella acción mía, casi involuntaria, me hubiera empujado a una corriente de la que ya no podía salvarme. Así fue como se expresó mi padre poco después de darnos la noticia bomba, justo cuando estábamos en el segundo plato. Lo recuerdo con pavor. Él muy emperifollado, en su zepelín, dándole vueltas al plato de Limoges e intentando encontrar el comienzo de la frase, mientras Leonardo lo miraba con embeleso.

—Bueno, la porcelana lo dice todo, ¿no? Fíjate qué ribetes, Leonardo —empezó papá, y luego nos miró a nosotros, por si era necesario ser más explícito—. ¿Qué? ¿Qué os parece? Es una hermosa vajilla para una ocasión como esta. —Y cogió la mano de Leonardo y entrelazó sus dedos con los de él—. Bueno... Es que tenemos una noticia que daros. Leonardo y yo vamos a casarnos. ¿Qué? ¿Qué os parece?

Mi hermano Ricardo dejó que Amelia depositara el trozo de carne en su plato y luego dijo, mirando a los futuros cónyuges:

—Gran noticia, padre. ¡Enhorabuena!

—Sí, ¡enhorabuena! —repetí yo.

—Muchas gracias, hijos —contestó mi padre, ostensiblemente orgulloso de tan educada prole, y se puso a comer él primero, como siempre hacía, pero de pronto miró a Leonardo, que ya le había tomado la delantera y engullía su trozo de carne.

—¡Oye, que aquí todavía soy el cabeza de familia! ¡No se empieza sin mí!

Y todos, incluida yo, nos echamos a reír.

Aquella fue la primera vez que Leonardo se sentó con nosotros a la mesa. Y lo cierto es que la bronca de mi padre se diluyó al instante con aquel anuncio, y yo lo celebré, como vi que hacía Ricardo. Aunque secretamente pensé que todo aquello se había precipitado con mis salidas del tiesto. Si me hubiera quedado aquella mañana tranquila en mi habitación, sin abrirle la puerta a nadie, quizás mi padre no hubiera amenazado jamás con la dichosa boda. Me ha vuelto loca este tema durante años. Ahora lo puedo despachar de un plumazo, pero durante mucho tiempo he vivido asolada por pensamientos totalmente improductivos acerca de la conveniencia de moverse un solo milímetro del papel que nos corresponde. Las causas y las consecuencias después de mover un dedo, y los inevitables avances de las fichas de dominó, todo eso me ha torturado demasiado tiempo. Pero tienen que pasarte por encima muchas fichas de dominó para que acabes comprendiendo que la primera ficha no la has movido tú. Es el azar, que sabe de nosotros más que nosotros mismos. ¿Habría sido distinto de no abrirle yo la puerta a Valeria aquel sábado? No lo creo, sinceramente. Mi padre parecía contento con su proyecto de boda. Mi imprudencia se había vuelto una gran oportunidad para él.

—Es lo mejor, chicos —continuó después de mascullar el primer bocado de la costilla—. También podríamos no casarnos y vivir amancebados —y se rio a gusto utilizando aquella expresión añeja—, pero sería una grave falta de respeto hacia vosotros y hacia mí mismo, incluso hacia la abuela —dijo y miró el retrato de su madre y luego volvió sus ojos hacia nosotros con un brillo de emoción—. Mejor una vida ordenada, a la luz del mundo. Mi pobre madre lo hubiera bendecido, y no tiene ningún sentido que os oculte mis sentimientos. Creo que sois lo suficientemente mayores para entenderlo: Leonardo y yo nos queremos, y vamos a casarnos.

Y con gran solemnidad después de estas palabras se hizo el silencio. Luego mi padre, muy lentamente, le estampó a Leonardo, que triscaba su porción de carne, un beso en la frente. Y poco después mi hermano dijo:

—Oye, ¿y vamos a seguir viviendo en esta casa? ¿O nos vas a dejar Villa Romana para nosotros?

Villa Romana era nuestra casa de la montaña. Estaba prácticamente en ruinas desde que mis padres habían tenido el accidente en coche. Yo sabía que era una de las propiedades de mi padre porque siempre que quería amenazarnos con algo recurría a aquella expresión lóbrega: «¡Os voy a encerrar en Villa Romana!». Con sus picos góticos y los arcos en cruz en medio de los Pirineos, la foto de Villa Romana era la viva imagen de mis terrores. Víctor había intentado convencer a mi padre para venderla a un gran holding hotelero y construir allí un resort para millonarios. Llegarían en helicóptero de todas las partes del mundo. Con aquel inciso de Ricardo, que no daba puntada sin hilo, me di cuenta de que me llevaba una delantera considerable en el conocimiento de nuestro patrimonio.

—¡Pues no es mala idea! Villa Romana... —dijo papá, pensándoselo—. Aunque nadie os está echando de vuestra casa, ¿eh? Pero es verdad que ya tenéis una edad para vivir por vuestra cuenta. Bueno, más bien tú, que eres el mayor, porque Belén todavía es joven para emanciparse y además ahora tiene la casa de su madre. Cuando se harte de nosotros puede irse a La Floresta.

Después de aquella frase ciertamente irónica creo que musité algo, aferrándome con fuerza a las puntas del mantel:

—Yo no quiero irme de casa, papi. Yo me quedo encantada aquí... con vosotros.

—Bueno, tú verás —añadió él, afectando una hosquedad que le venía grande—. Pero algo tendrás que hacer ahora que tienes madre, ¿no? Ella esperará que la visites, supongo.

—¿Sí? ¿Puedo? —sonreí, a la altura de una niña de tres años.

Mi padre iba ya a decir algo cuando, justo en ese momento, noté que el mantel se me venía encima, y con él mi plato y el de Ricardo. Los cubiertos de Leonardo permanecieron indemnes, mi padre atrapándolos antes de caer.

—¡Felicidad, felicidad! —Vi a papá metiendo los dedos en los charcos de vino y sal que se había derramado sobre la mesa—. ¡Esto indica buena suerte!

Amelia se apresuró a limpiarlo todo. Surgió de la cocina como una bailarina con el fregón, y, mientras mi padre se santiguaba con el vino y le ofrecía a Leonardo las puntas de sus dedos, yo volví como pude a ocupar mi asiento. Si pudiera dar marcha atrás en lo que había hecho..., pero todas las piezas del dominó empezaban a moverse: la casita de muñecas me tragaba.

—Pero qué te ha dicho tu madre, si se puede saber —siguió mi padre, después de que yo resurgiera del suelo—. Porque algo te habrá contado, digo yo. No habrá venido para ver qué tal estabas, porque de eso tiene puntual noticia. ¿De qué hablasteis? ¡Si es que no es nada confidencial..., claro!

Leonardo me miraba desde su silla como un bobo. Entendí que a partir de entonces ya no habría secretos para él.

—Nada, qué me iba a decir. —Yo también restándole importancia a aquel encuentro—. Creo que tienen un hijo que se llama Sergio.

—¿Cómo que *crees*? ¡Pero de mí! ¡De mí!, ¿qué te ha dicho?

—Pues nada, papá. ¿Qué iba a decirme? Si solo estuve un rato allí.

Mi padre se echó a reír otra vez desaforadamente.

—¿Un *rato*? ¿Que solo estuviste *un rato*? Ja, ja. Pues a Valeria le encanta hablar, te advierto. Pero quiero que sepas que no es ella la única que iba en ese coche, si es que ha tenido la poca vergüenza de contarte su versión del accidente.

Nunca supe si papá hablaba por él o por el tutor, pero estaba claro que su felicidad de hacía un instante se había toldado. Y la aversión a mi madre se extendía ahora sobre mí.

—¡Vete! ¡Vete todo lo que quieras a verla! Cuando una puerta se abre ya no hay modo de cerrarla. Ahora tienes dos casas, la mía y la de ella. Y con Víctor, ¿tampoco él te ha contado nada? —preguntó con recochineo.

—Pues no, no hablamos de nada.

—Más le vale —dijo mi padre dejando los cubiertos en el plato y repantigándose en su silla—. Ya te enterarás tú de quién es tu madre. Ahora estarás deslumbrada con esa casita en medio de los árboles, como los monos, pero, cuando tengas que resolver tus problemas, ¿a dónde vas a ir? A lo mejor cuando vuelvas aquí ya no estoy, me habré ido con Leonardo de viaje de novios. ¡Nos habremos mudado a Dubái, o a las Maldivas!

Jamás la habíamos tenido tan gorda. Mientras mi padre vociferaba y se reía como un loco, Leonardo me lanzaba miraditas de lástima. Pero yo permanecí muda, indemne bajo el chaparrón. Aquella era la justa venganza por mi rebeldía, y puedo decir que ese día quise a mi padre más que nunca. Sus venas restallaban en sus sienes. Él también me quería, aquel río de sangre me lo confirmó.

—Bueno, ahora ya podéis iros —dijo finalmente dirigiéndose de nuevo a Ricardo y a mí, sin esperar a que Amelia llegara con los postres—. Ya os he dicho lo que quería deciros. No es necesario que os quedéis ahí como dos pasmarotes. Tú, Ricardo, tienes las llaves de Villa Romana en el recibidor. Y tú, Belén, no hace falta que te diga que voy a necesitar tu habitación a partir de ahora. Puedes trasladarte al cuarto de Leonardo cuando quieras.

Salimos de aquella cena mi hermano y yo verdaderamente desiguales en lo que a disfrute del patrimonio se refiere. Los dos cabizbajos, pero Ricardo más entero, con una villa en los Pirineos solo para él. Aunque para nada encajé aquella degradación como un insulto. No pensaba instalarme en el cuarto de Leonardo ni aunque me matasen. Había otras habitaciones en las mansardas y allí me dirigí con mis cosas. Lo esencial de mi vida, mi diario y algo de ropa, cabían en la habitación más espartana y vacía de nuestro palacio. Si digo que mi vida mientras viví en el cuarto de mis padres fue una total ficción no me equivoco. Mi mente se había expandido en sus años de gloria en los lujos de aquel cuarto de matrimonio y con aquella mente totalmente errada y en pleno desarrollo me acomodé sumisa en el pico de nuestro hogar.

—Oye, papi, ¿y no podría instalarme en la habitación de arriba? —sugerí antes de que se marchara—, a lo mejor Leonardo quiere la suya para sus cosas, las pesas y todo eso.

—¡Pues vale! —consintió mi padre otra vez a grito pelado—. Con que saques tus cosas de la habitación por hoy es suficiente.

—¿Y no podríamos hacerlo mañana?

—*Hoy* —recalcó mi padre—, *hoy*. ¡No mañana ni ayer!

Aquella nueva personalidad de mi padre debo decir que me puso firme. En nuestra casa la vida fluía lentamente, nada sucedía a gran velocidad, pero de pronto todo cobró un dinamismo asombroso, y casi diría que inspirador. Ver a mi padre tan determinado me llenó de fuerza. Una energía que no sé de dónde procedía, porque ese día yo debería estar hundida, pero tengo que decir que, después de su anuncio de boda y de los platos rotos, todo fluyó como la seda. Quizás mi padre acertaba con aquella apuesta que nos despertaría de nuestro letargo, y también Amelia se lo tomó como una novedad vigorizante. Sin que nadie le dijera nada, subió ella solita a las mansardas, delante de mí, y se puso a limpiar a fondo el cuarto de mis antiguas *nannies*. Una actividad inédita se puso en marcha ese día. Leonardo y mi padre como dos tortolitos tomando los postres, y, a su alrededor, como un huracán de buitres, los demás moviéndonos en círculos. Ricardo anunció que cogía el coche y se iba a Villa Romana. El portazo que oí, al irse él, me sonó a despedida definitiva. Amelia se ofreció para ayudarme a recoger mis cosas, y entre las dos lo trasladamos todo en muy poco tiempo a mi nueva habitación.

12

Qué buen lugar, pensé, cuando entré en aquel cuarto. Hacía al menos seis años que yo no subía allí. Era una de las habitaciones del servicio cuando en casa teníamos cocinera e interna. La única ventana que daba al exterior era un ojo de buey, como de barco, y desde allí se veía la entrada de la casa y el jardín. Nada más instalarme en una pequeña mesa frente a la ventana, contemplé la perspectiva desde lo alto. Aquella nueva posición beneficiaría el estilo de mi diario. Mi relato de la vida dejaría de ser una cosa pedestre. Eso fue a lo que me dediqué esa tarde, a describir el punto de vista en picado que se veía del exterior. Rellené dos folios. Le gustó mucho a Sergio cuando se lo enseñé, porque él fue el primero en leerlo. Incluso me propuso hacer una película con aquel comienzo. El título de la película sería *La visión de Cenicienta*. Pero estar allí, un poco alejada del transcurrir de la vida, me pareció una gran conquista desde el principio. Aquel espacio empezó a ser como un vientre materno nada más sentar mis reales en él. Si digo que allí descubrí el paraíso y los placeres de la soledad, me quedo corta. Si digo que allí descubrí la bondad y el gozo de la escritura, diré poco.

Toda esa semana de mi exclusión a las mansardas la pasé chateando con Sergio. Me dediqué a darles pena a los habitantes de La Floresta. La cama en la que dormía era de ochenta centímetros, ni uno más ni uno menos. Ese fue el primer dato que hice saber de mi nuevo emplazamiento, después de medir el catre con una cinta métrica. Además de Sergio, mis amigas eran las principales destinatarias de mis mensajes. Ellas me llamaban, pero yo no cogía el teléfono porque decía sentirme deprimida, y quizás lo estaba. En cambio, les enviaba largas notas de voz y mensajes muy escuetos. «Estoy bien. Han subido la comida», informaba, en aquel régimen carcelario que me había autoimpuesto. A mi padre y a Leonardo no les hablé durante siete días. Puedo decir que tampoco ellos lo intentaron. Estaban muy ocupados en el segundo piso, en el que mi padre había decidido hacer obras para instalar un ascensor. Era la planta donde de niños dormíamos Ricardo y yo, y donde mi madre, por lo que supe luego, tenía su estudio de fotografía. Tras el accidente y el divorcio, aquel piso permanecía cerrado y nuestra casa se reducía al espacio útil de la planta principal.

He dicho al comienzo de esta historia que vivíamos en un palacio, pero es increíble lo pequeña que puede volverse una mansión con el tiempo. La nuestra se había contraído increíblemente en los últimos años. Aunque éramos cuatro gatos, la casa cada vez se estrechaba más. Ricardo solía invadir mi cuarto cuando yo no estaba. Teníamos grandes peleas por eso. Y ahora, con la llegada del amor a la vida de mi padre, todo eclosionaba como un universo en expansión y la planta noble —así llamaba Amelia a la planta clausurada— abría su inmenso caudal de promesas.

Aquellos días de mi reclusión en las mansardas el habitual silencio que reinaba en casa se llenó de voces extrañas. Al poco de nuestra pelea llegó un arquitecto a casa. Luego, tras el arquitecto, apareció un decorador. Desde mi recién conquistado paraíso frente al ojo de buey yo veía llegar a aquellos técnicos con maletines y todos me recordaban a Víctor, pero él no vino nunca. Oía las conversaciones que se traían aquellos hombres con mi padre en el salón, y entendía que analizaban la mejor manera de convertir nuestra casa en el centro de la vida social del matrimonio Castell-Palau. Así se harían llamar mi padre y Leonardo desde su boda. Encargaron incluso tarjetas de visita. Y la segunda planta albergaría un gran comedor. Ahora que iban a casarse, les urgía reconstruir el tejido social que mi padre había desatendido desde el accidente. Por el tono de sus voces parecían dispuestos a todo, incluso a adecentar la fachada y gastar lo que hiciera falta para eliminar las manchas de los incendios. Jamás había tenido yo querencia por aquellas manchas y sin embargo fue precisamente aquello, la amenaza de que nuestra fachada perdiera su antiguo empaque, lo que llenó aquellos días más páginas de mi diario. Largas quejas que yo volcaba en la página en blanco. Aquellos chorretones fúnebres a punto de sucumbir se convirtieron de pronto en mi último vínculo con Villa Alba.

En la casa de Valeria, en cambio, se preparaban para recibirme con la alfombra roja. «Por qué no te vienes a casa», me decía Sergio en sus mensajes. «Ahí solo te están haciendo *bullying*. Te vas a quemar». Sí, me estaban haciendo *bullying* pero yo no iba a dar mi brazo a torcer fácilmente. «Necesito tiempo», le decía a Sergio en mis mensajes. «Esta ha sido siempre mi casa». Y la perspectiva de mudarme a La Floresta no me hacía ninguna gracia. Si el paso en falso que había dado nos había conducido a una boda inoportuna, no quería pensar lo que me esperaba si renunciaba a mi apellido. Con esa expresión bromeaba mi padre en los buenos tiempos, cuando entre nosotros no llegaba la sangre al río. Pero aquellos días la broma de mi padre empezó a ir en serio. Mis tonterías estaban dando sus frutos.

Fue allí precisamente, delante de casa, donde tuvo lugar nuestro primer encuentro después de la terrible cena.

Yo volvía del colegio y me encontré con mi padre delante de la fachada, mirando las manchas. Intenté pasar de largo, pero no pude.

Llevábamos exactamente siete días sin hablarnos.

—Belén... ¿No crees que es hora ya de que hablemos? ¿Cuántos días llevas sin dirigirme la palabra?

Quise rebasar su zepelín por la izquierda, pero él dio un giro rápido y me interceptó.

—Te diré que no es lo más agradable que una hija coma y duerma en tu casa y no te mire ni a la cara. ¿Te parece bonito?

Intenté adelantarlo por la derecha.

—A ver... ¿Qué te pasa? ¿No estás contenta ahí arriba? Es solo transitorio, mientras hagamos las obras del *piso noble.*

También él había empezado a adoptar aquella estúpida expresión de Amelia. Al parecer tampoco estaban a gusto durmiendo en mi antiguo cuarto.

—Te podrás mudar a tu habitación en cuanto instalemos el ascensor —dijo.

Qué equivocado estaba, si pensaba que mi gran pena era haber perdido mi antigua habitación. Le contesté usando las frases que había aprendido con mis amigas en el colegio. Me las habían preparado bien.

—Pero si eso no importa, papá. Solo que hay muchas cosas que no me has contado. No sé...

Cintia me había familiarizado durante aquella semana con el Código Civil y los artículos del *bonum filii* del derecho romano. Me había mentalizado para afrontar la conversación pendiente. «Dile que quieres *despejar dudas*», me había dicho mi amiga. «Tiene que tomarte en serio, aunque sea por una vez». Pero aquello sonaba demasiado profesional, amenazador casi.

—A ver, ¿qué quieres saber? —me replicó mi padre, como si también a él le urgiera darme explicaciones.

Luego me condujo raudo hasta su despacho. Que estuviéramos hablando en sus archivos me pareció un gran paso.

—No sé. ¡Es que no sé nada, papi! Lo de Víctor y mamá, por ejemplo. Es un poco bestia, ¿no? Que tenga que enterarme así. Ya sé que no es asunto mío. ¡Pero joder! Es que están casados, y ella es mi madre. ¿O no?

—A ver, cómo te lo explico —empezó él acariciándome la mejilla—. Tú entiendes que yo nunca pondría a Víctor al frente de mis negocios si no fuera una persona fiable. Eso lo entiendes, ¿no?

—¿Y mamá es *tu negocio*? —repliqué.

—¡En absoluto! —se indignó él—. Hace mucho que tu madre no es mi negocio, pero qué tiene de malo que ellos estén juntos. Yo no iba a despedir a Víctor por eso. ¿No te parece?

—¿Pero tú qué tienes en contra de mamá, entonces? ¿Qué te ha hecho?

—¿Quién te ha dicho que tenga algo en contra de ella?

—Bueno, te preocupa que me hable mal de ti, ¿no?

—¿Yo? ¿Qué me preocupa a mí eso?

—Bueno, no sé tú, pero Leonardo está claro que no puede verla. Me dijo que mamá solo entraría en esta casa por encima de su cadáver.

Mi padre adoptó de pronto la seriedad de las estatuas.

—¿Te dijo Leonardo eso?

—Exactamente, eso fue lo que dijo, y a su manera me amenazó. ¿Es que no te acuerdas?

Él parecía escucharme con atención, como calibrando las frases.

—No es muy cortés eso, que digamos... —Y luego se preparó para un excurso largo en el que intentó de todas las formas posibles sacarle hierro al asunto—. Claro que, cariño, hay que considerar que Leonardo acaba de llegar a nuestra familia y quizás se sienta en inferioridad de condiciones. Bueno, ya sabes. El miedo nos hace expresarnos a veces de forma inapropiada. Yo mismo, con lo mucho que te quiero, quizás me haya sorprendido saber que te habías largado con Valeria sin avisarme. Ha sido todo muy inesperado, pero olvidémoslo, ¿vale? He sido un poco brusco, lo reconozco. De pronto también yo he tenido miedo de perderte.

Aquella frase sencilla, acompañada de un rictus que me pareció sincero, no llegó a desviarme de nuestro asunto.

—¿Pero qué amenaza supone mamá para ti? ¿Por qué Leonardo la teme tanto?

Mi padre se parapetó detrás de sus manos, convertidas de repente en un castillito.

—¿Miedo? ¡Ninguno! —dijo—. Pero no seré yo quien te hable mal de ella. Si tienes que conocerla, ya la conocerás por tu cuenta. Yo no quiero llenarte la cabeza de tonterías. Te diré simplemente que tu madre tiene sus problemillas... —titubeó abriendo los ojos como linternas, y a continuación despejó aquel asunto y suavizó su tono—. Pero tú eres una chica sana, y yo no voy a perderte, por supuesto que no. Ni tú a mí, por mucho que me veas ilusionado con Leonardo. Estoy tan seguro de ti, cariño, que puedes irte por esa puerta mañana mismo y yo me quedaré tan ancho. Sé que sabrás bregar con todo lo que corresponda y comprendo que quieras conocer a tu madre. No creo que vayas a perder nada por eso..., aunque, bueno..., tal vez una cosa sí...

Mi padre se quedó callado de repente, y abrió sus ojos como esperando que yo adivinara el acertijo.

—¿Qué voy a perder? ¿El apellido? ¿Piensas desheredarme si me voy con Valeria?

Acerté de pleno.

—Tampoco creo que te importe mucho a ti el dinero, ¿no? —dijo él—. Me decepcionarías, Belén. No te he educado yo para eso.

No era para enfadarse y mucho menos para gritar. Pero aquel diálogo me conectó de repente con una negra ira que jamás había sentido y por primera vez fui la digna hija de mi padre. Los gritos se oyeron en el pico de Collserola.

—¿Que no me importa tu dinero? —grité—. ¡Tu dinero no es tuyo! No me puedes quitar el apellido y no me puedes quitar el dinero. ¡Me lo sé todo por el Código Civil! Y a ese Leonardo que te come la oreja le dices que se las verá conmigo si se te ocurre darle un céntimo. Lo voy a matar, ¿me oyes? Lo voy a asesinar cuando esté durmiendo. Sé perfectamente las consecuencias que trae eso porque me ha dado tiempo de conocer al dedillo el Código Penal. ¡Soy menor, y me absolverán los jueces! Él será el que tendrá que pasar por encima de mi cadáver entonces. ¡Y tú no lo sabrás porque estarás muerto! Retírame el apellido que yo mataré a tu Leonardo. ¡Te lo aseguro!

Aquella explosión de cólera duró mucho más de lo que aquí narro. Solo he consignado unas cuantas frases a modo de ejemplo, pero creo que estuve gritando unos buenos cinco minutos. Puedo decir que fue bastante tiempo porque la cabeza me dolía cuando volví en mí. Pero suele pasar que cuando uno se altera el tiempo también lo hace, y lo que son dos minutos de gritos o de gloria parecen un segundo, apenas una exhalación.

Esta escena le gustó muchísimo a Sergio cuando se lo conté, y no tardé en hacerlo. Aunque a mí me llevó dos días recuperarme, los instantes que siguieron a mi monumental afrenta en absoluto me dejaron en el abatimiento o la devastación. Al contrario, un aporte de energía capaz de llevarme a cumbres insospechadas me asistió de repente. Aquel «berrinche», como lo calificó enseguida mi padre, se parecía mucho al discernimiento más total. Y, además, en ese momento él tenía la razón, y yo se la estaba dando: me era completamente indiferente su dinero y sus apellidos, con lo que mis palabras habían logrado una cosa dificilísima, expresar exactamente lo contrario de lo que decían. Salvo las amenazas de muerte. Esas las sentía palpitantes en mi interior. Las llevaría a cabo con dinero o sin él. Pero ni Amelia ni el zorro de Leonardo aparecieron por el archivo después de mi escandalera. Bien que se cuidaron de no ponerse a tiro. Los gritos que proferí hicieron temblar los techos, los cimientos vibraron, no hacían falta arquitectos para abrir el hueco del ascensor. Y el silencio que siguió cuando cesaron aquellos gritos —¿era yo quien gritaba?— dio paso de pronto a un vacío estrepitoso y toda nuestra casa se volvió transparente. Ya no había paredes ni muros. Y en medio de aquel silencio en la polvareda de un tremendo derrumbe oí a mi padre, que volvía a materializarse entre los escombros.

—Pero cómo te pareces a tu madre, Dios mío. ¿Has terminado ya? ¿Se ha acabado tu berrinche?

—¡Qué berrinche ni qué coño! ¿Piensas que soy una niña? Me quedan dos años para la mayoría de edad y a ti como corresponde dos años de manutención según la ley de menores. Después de eso ya seremos libres. Tú con tu Leonardo si no le pego antes un tiro y yo con mi vida, porque no pienso vivir de tu dinero, ¿me oyes?

Jamás yo había albergado aquella pólvora en mi corazón. Las palabras salían de mi boca como llamaradas, arrasándolo todo. ¿Era mi madre la que gritaba desde mi interior? ¿Me habría inoculado ella, en solo una mañana de superficial contacto, todo aquel veneno? Tal vez a mi padre no le faltara razón. Lo que fuera que aquejase a Valeria era contagioso, y yo había estado compartiendo oxígeno y microorganismos con ella. Quizás todo aquello me estaba afectando.

—Bueno, tranquilízate, mujer —siguió mi padre con toda su flema—. Con que no te dé un síncope me conformo. No vamos a entrar ahora en a quién matas o no. De momento te puedes retirar a tu cuarto, y, si por la tarde ya se te ha pasado el berrinche y quieres ver la tele, Leonardo y yo estaremos en el salón.

Ponían *Bad Games* esa tarde. Era la serie que él y yo veíamos juntos todos los lunes, pero me fui a mi mansarda con el propósito de cumplir lo dicho.

—No, muchas gracias, quédate tú con tu Leonardo. ¡Yo no pienso darle cobertura a un ladrón!

—Bueno, pues nada. Como tú quieras —dijo él—. Buenas noches.

Avergonzada, así me sentía. Pero el cuaderno no me sirvió de mucho aquella noche. Empecé a pelearme con algunas páginas. ¿De qué me estaba sirviendo el maldito diario? Somos monos, escribí. Monos de imitación. Pero no iba a encontrar allí ninguna explicación a lo que me pasaba. Tal vez Víctor podría aclararme algo más. Yo no lo había querido escuchar en nuestro trayecto hacia las Ramblas y ahora pensaba en él y quería llamarlo. Era él, mucho antes que Valeria o mi padre, el único que parecía pensar en mí. El solo recuerdo de su mirada, cuando venía a casa en los buenos tiempos, me devolvió un poco de confianza. ¿Y si Víctor era el único que me quería? Estaba en estos delirios de amor cuando llegó a mi móvil un mensaje suyo. Era la primera vez que me escribía desde la mañana de autos.

«Belén. ¿Por qué no nos vemos este fin de semana? Vamos a hacer una parrillada en el jardín. Espero que te encuentres bien. Víctor».

Aquel mensaje llegó en el momento oportuno. Como si adivinara mi situación, Víctor en su invitación no mencionaba para nada a mi padre. Yo no había sabido nada de él ni de Valeria en toda la semana y me pareció elegante contestar afirmativamente. Siempre podría desdecirme en el último minuto, inventar una excusa si las cosas se complicaban. ¿No se habían ellos excusado durante dieciséis años de darme las oportunas informaciones? Respondí a su mensaje con prontitud y con el lenguaje escueto que ya había aprendido de Sergio.

«Hola. Estoy bien. Gracias. Asistiré encantada a esa parrillada si vienes a buscarme».

«Fenomenal. El sábado a las once te recojo en tu casa. Todos tenemos ganas de verte», fue su bonita respuesta.

¿Tenía yo ganas de verlos? Más bien la corriente me llevaba a ellos, la inercia de las fichas de dominó me empujaba hacia delante a pasos agigantados. No podía negarme.

Así que el sábado, sin avisar a nadie, me arreglé imitando el estilo de vestir de mi madre entre campestre y *homeless*, y bajé al salón a la hora acordada a esperar a que llegara Víctor. Estar allí sentada en el sofá y vestida como Valeria fue mi forma de anunciar que me iba. Mi padre apareció enseguida, estaba al tanto de nuestra cita.

—Ya me ha dicho Víctor que vais a veros —dijo con indiferencia.

—Sí —contesté monosilábicamente.

—Qué bien, ¿no? Qué bien que te vayas a ver a mamá —repitió el muy cretino, con un retintín odioso.

Llevaba algo en su regazo, una especie de carpeta o dosier amarillo. Dio dos pasos atrás con su silla de ruedas y luego uno hacia delante como si bailara. Siempre hacía eso cuando intentaba enredarme. Lo veía venir.

—¿Y esa carpetita? —le pregunté.

—No, no pienses que te desheredo —sonrió él y agitó la carpetita delante de mis narices—, es por si puedes darle esto a Víctor, para que lo compulse. Cógelo, ¿no? ¿No querías despejar dudas? No quiero que ahora que voy a casarme con Leonardo tengáis la menor duda, ni Ricardo ni tú, de lo que es vuestro.

Cogí en mis manos temblorosas el documento. Podía habérselo estampado en la cara, pero no me pareció adecuado.

—Pues no pienso leerlo —le dije—, y no tienes que utilizarme de correveidile.

—Anda, sí. —Mi padre me empujó con la carpetita en la frente como siempre hacía cuando bromeaba—. Llévaselo a Víctor, porfa, de mi parte. Y pásatelo bien, eh. Aprovecha, que bastante tiempo habéis perdido. ¿No vas a llevarles nada de regalo, una botella de vino, una caja de bombones?

—¡Me llevo a mí misma, que ya es bastante!

—¡Bueno, mujer! Por supuesto que ya es bastante. Pero entrégales esto, ¿vale? Nunca está de más que lleves algo contigo.

13

Desde que hablaba con mi padre en estos términos tan tajantes me sentía la mar de bien. Aquello inauguraba una nueva relación entre nosotros. Cogí el cartapacio a modo de concesión y él me acompañó con su zepelín cortésmente hasta la entrada.

Enseguida vi frente al portalón de nuestro jardín un Jaguar. Víctor parecía sacarse de la manga cada día un coche nuevo. Había tocado el claxon ligeramente para avisar de que estaba allí, pero no se bajó ni accedió al jardín como solía hacer cuando nos visitaba, sino que me esperó en la calle, al volante. Mi padre se quedó clavado en el portalón y no se movió de allí un milímetro. Cuando me introduje en el coche, lo vi que me decía adiós desde el jardín.

Las idas y venidas a casa de Valeria se harían recurrentes a partir de entonces, pero aquella era mi primera visita oficial a la casita de muñecas. Mi padre la había compulsado con su mirada consentidora. Aunque yo supiera que aquel refrendo no venía de su corazón sino de una parte mucho más fría de su organismo, lo agradecí igualmente y me senté al lado de nuestro antiguo abogado con plena conciencia de lo que aquello significaba.

Todas mis amigas iban y venían a casa de sus padres divorciados. Vulgar no puedo decir que me sintiera, pero sí redicha, pagada de mí misma, cuando vi a Víctor que me recibía queriendo aparentar tanta normalidad que ni siquiera exhibió la llama de sus ojos, aquella llama que se encendía al verme y luego se extinguía. La eché de menos nada más sentarme. Víctor me pareció esa mañana un oficial del juzgado al que le habían encargado mi traslado al domicilio materno. Estaba demasiado serio, estirado, como si temiera que yo me lanzara a sus brazos en cualquier momento. ¿Y qué se supone que teníamos que hacer? ¿Eran aquello medidas cautelares?

—¿Qué? ¿Cómo ha ido la semana? —me preguntó de modo protocolario.

—Muy bien —le dije—. Me he mudado a las mansardas, como Cenicienta.

—Ya —se rio él—. Ya me lo ha dicho Sergio.

—Bueno, no es para tanto, estoy bien ahí arriba. Me gusta. ¿Y este Jaguar?

Víctor no se bajó del coche para abrirme la puerta ni para saludar a mi padre. Ni siquiera lo miró, y no hizo gesto alguno cuando le pregunté por el nuevo coche. Pensé que esa debía de ser la actitud habitual entre los padres custodios. Tenía que acostumbrarme a esa tirantez que se supone en los intercambios de menores.

—En realidad me encanta dormir ahí arriba —añadí—. Ellos se pasan el día viendo la tele y yo ahí arriba escribo, y tan contenta.

—¿Escribes? —preguntó él, de repente muy concernido.

—Sí, claro. ¿Qué voy a hacer si no?

Era una época aquella en la que yo disfrutaba sintiéndome desdichada. Él enseguida se apresuró a aliviarme.

—Pero no tienes que quedarte ahí encerrada, Belén. Tienes que llamarnos cada vez que te apetezca. Hemos estado toda la semana tu madre y yo pendientes de ti, aunque no te lo creas. Menos mal que Sergio nos ha ido contando cómo estabas. No queríamos ser intrusivos.

—De verdad que he estado bien, en serio. —Y entonces reparé en el cartapacio que llevaba conmigo—. Me ha dado papá esto para ti, antes de que se me olvide. Es para que lo compulses.

Víctor cogió el cartapacio y lo echó para atrás de un manotazo.

—Qué cosas tiene tu padre. Los documentos oficiales es mejor que me los entregue a mí. No te tiene que usar a ti de recadera.

—No. Si no me usa de recadera. Y tampoco me importa, ¿eh?

—Bueno, ¿y qué tal en el colegio, bien entonces?

—Bien, bien. Ayer me dieron dos suspensos.

Estábamos ya en el final de la evaluación. Esa semana yo había cambiado mi tiempo de estudio y se lo había entregado al diario.

—Bueno, no pasa nada por dos suspensos, ya recuperarás —dijo él—. No todas las semanas se conoce a una madre.

Aquella frase que había oído ya infinitas veces parecía resumir las explicaciones que se me debían. Ellos se las ahorraban y yo debía darme por satisfecha. Me quedé callada saboreando aquel privilegio. Víctor condujo en silencio durante varios kilómetros hasta que salimos de la ciudad y nos internamos por la carretera de la Arrabassada. Aún tenía la esperanza de que antes de llegar a la casita de muñecas se produjera un atisbo de acercamiento, pero el semblante de Víctor en aquella ocasión fue todo menos relajado. Recordaba que la primera vez, en nuestro trayecto a las Ramblas, él había querido hablarme y yo lo había frenado. Pero ahora al parecer alguien —supuse que Valeria— lo había aleccionado para no propasarse en ese sentido. La que tenía que darme explicaciones era ella. Era ella la que tenía que ganarse mi afecto y él no debía interferir. Eso supuse que se habían dicho en sus largas noches de insomnio. Sergio me lo había contado, que no habían pegado ojo esa semana. Mi incursión en la casita de muñecas estaba empezando a provocar ciertas polémicas. ¿Pero por qué no me habían llamado en toda la semana? Se lo pregunté a Víctor antes de llegar al camino donde torcimos hacia la casa. Y por el modo en que contestó, con evidente acritud, deduje que también en eso había habido diversidad de criterios.

—No queríamos abrumarte —dijo conforme nos adentrábamos por el camino de grava—. Valeria es muy impulsiva y tiene sus propios tiempos. No son los míos, pero es tu madre.

La tensión entre ellos no es que fuera asfixiante, luego lo comprobé, pero me bastó aquel comentario para entender que mi segunda visita tampoco era consensuada. Cómo debíamos proceder ahora, cuando bajáramos de aquel coche, y sobre todo por quién tenía yo que tomar partido eran todas incógnitas por resolver. Esa era la batalla que se libraba dentro del coche, yo obsesionada por no tomar partido y Víctor callado como un chófer.

Cuando llegamos, Sergio y mi madre estaban en el jardín haciendo la barbacoa. Los vi desde la ventanilla muy entretenidos en medio de la hoguera mientras el coche ascendía lentamente por el terreno hasta aparcar justo al lado del huerto, bajo el cobertizo. Ni siquiera miraron cuando me bajé del Jaguar.

—¡Hola! —dije toda fresca, a estos atolladeros se entra así—, ¿en qué puedo ayudar?

Valeria se giró y se asustó al verme. Estaba dándoles la vuelta a las butifarras en medio de un humo descomunal.

—Hola —dijo muy seca—, no te beso que esto se está quemando.

Y siguió a lo suyo como si tal cosa. Especialmente contenta no me pareció que estaba. Que yo llegara no era para echar cohetes, pero venía de la pelea con mi padre y nada me apetecía más que hacer amigos. Me dirigí a Sergio.

—¿Y qué tal la semana? —dije toda simpática.

—Bien, todo bien —respondió él circunspecto.

Al menos me dio un beso. Y toda la escena a partir de entonces transcurrió en silencio en medio del humo. A lo mejor yo tenía que acostumbrarme al humo. Estuve allí clavada, en aquel cúmulo de gases tóxicos, hasta que empecé a toser.

—Te lloran los ojos. —Sergio lo notó el primero—. ¿Quieres que subamos a mi habitación?

Valeria se giró con cara de mala leche. Víctor, sin saludarla, había entrado ya en la casa. Ella avivaba el fuego:

—Sí, subiros, claro, y yo os aviso cuando termine de hacerse la carne —dijo—. Con que me asfixie yo ya es bastante.

—¿De verdad no quieres que te ayudemos? —Me acerqué a ella.

—No, no, ¡no te acerques, que apesto!

La vi dar un mandoble en el aire con un tenedor gigante y me largué de allí. Las brasas chisporroteaban que daba gusto. Sergio ya me había cogido la delantera y me esperaba en su cuarto. Me senté a su lado en la cama y nos pusimos a charlar alegremente.

—¿Y qué? ¿Cómo te va en la mansarda?

—Bien. A mi hermano le ha tocado Villa Romana, se ha ido a vivir allí.

—Pero no es tu hermano del todo, o eso has dicho, ¿no?

Yo ya le había puesto en antecedentes.

—Bueno, mi medio hermano. Entre los dos hacéis uno —me reí.

—Ya, pero tendrían que habértelo dicho antes. No es justo —dijo él de repente muy afectado por todas aquellas novedades de las que yo lo había hecho partícipe.

—Bueno, no pasa nada, no importa —dije, muy dispuesta a ver solo lo positivo—. Si es mi medio hermano ya no tendré que ocuparme de él. Ha hecho bien en pirarse. Y entonces ¿qué? ¿Vemos esa película?

Él me había invitado a ver *Cowboy de medianoche*, pero quiero hacer aquí un inciso. Justo en ese momento, cuando Sergio se refirió a mi hermano como medio hermano, me di cuenta del error de compartir con él aquellos asuntos íntimos. Nuestra recién adquirida amistad no lo autorizaba a extralimitarse de ese modo. Pero él ya se había lanzado a aquel filón. Y aún tuve que escucharlo:

—Es que has vivido mucho tiempo en la inopia, Belén. Parece mentira que no te hayan dicho nada. ¿O sea que además hay *otra madre*?

Yo no tenía muchas ganas de escudriñar en eso, pero el solo hecho de que una voz distinta a la mía lo verbalizara me pareció fatal. ¿Es que no tenía derecho yo a vivir en la inopia?

—Y parece que te has vestido como mamá —dijo él mirando mis pantalones.

—Sí, bueno, ¿y qué? —me reí como una boba y me dispuse a emular un interés exagerado por el cine—. ¿Pero no íbamos a ver la película de Schlesinger? Ponla ya. Qué ganas de verla.

Yo parecía aquella mañana decidida a aprenderlo todo. ¿Me estaba fagocitando Sergio con sus gustos? Hasta hacía unos días odiaba todo lo que no fuera *Bad Games* y ahora solo quería tragarme aquel tostón.

—Por mí sí, claro, vemos la película —dijo él medio hastiado—, pero ¿seguro que no quieres antes charlar un rato?

—No, no, de verdad. Me apetece ver la película.

Qué efímero todo, qué evanescente e inaprensible. Hacía apenas unos días Sergio quería que yo visionara hasta el último resquicio de su videoteca y ahora parecía que lo único que le interesaban eran aquellos chismes.

—Bueno, vale, pero te pongo solo el principio. No vamos a verla entera. Nos llamarán para comer.

Entonces se levantó como si arrastrara un gran peso y rebuscó entre los DVD que se almacenaban en la pared. Noté, por su forma de moverse, que el entusiasmo con que me había hablado de su película favorita se transformaba ahora en una especie de desaliento. ¿Se habían cansado ya de mí? ¡Y yo que había dado aquel tremendo salto para ir a verlos! Es más, había corrido riesgos importantes. Supuse, malvadamente, que mi enfrentamiento con papá estaba desencadenado secuelas indeseadas en La Floresta. Quizás por eso estaban tan extraños y reticentes. Pensé, mientras Sergio se ocupaba de buscar la cinta, que el reducto de poder que Víctor aún ostentaba como abogado de papá estaría al borde de la extinción. No de otra manera se podía explicar aquel recibimiento tan frío. Pero por qué no podía yo bajar la guardia por una vez. Por qué tenía que estar ahora ocupándome de aquel asunto. Intenté relajarme, y quise experimentar una de las técnicas que Cintia me había enseñado para calmar la ansiedad. Se trataba de fijar mis ojos en un objeto cualquiera, remansarme en la superficie y los ángulos de un objeto y dejarme llevar por el sentido de la vista. Eso fue lo que hice. Seguí con los ojos a Sergio, él tan lento y desganado, con esa laxitud de un sábado de barbacoa introduciendo una cinta de vídeo en la boca de un aparato antiquísimo.

Aquel era un aparato del año de la pera. Yo no lo había visto en mi primera visita a La Floresta, y de pronto tuve la necesidad de acercarme a aquel trasto y tocarlo con mis propias manos. Estaba sobre una consola de juegos también muy vieja que reposaba a su vez sobre un monstruoso aparato de vídeo.

—Caramba, menuda torre —dije, acercándome a tocar aquel castillo de objetos *vintage*.

—Es un aparato reproductor de VHS —me informó Sergio el escueto—. Mi madre ha conservado todos sus equipos desde que dejó el cine. Los colecciona.

Pensé, sin poder remediarlo, que quizás se los había llevado de nuestra casa. Aquellos aparatos podían muy bien haber salido de nuestro piso noble. Conservarlos de aquella manera debía de ser una forma de detener el tiempo en que ella había sido nuestra madre. Yo misma de bebé quizás habría estado expuesta a los rayos catódicos de aquella pantalla medio abombada. Y de repente entre aquel televisor y yo misma se produjo una conexión asombrosa, la noté en la tripa, como cuando usábamos la sandwichera, una especie de calambre o calor intensísimo en el ombligo.

—Es una peli muy dura, prepárate —dijo Sergio, y me cogió la mano.

—¡Oye, quita!

Se la quité.

—¡Pero si somos hermanos!

—Medio hermanos. ¡No te confundas!

—Bueno. ¿Te puedo coger la mitad?

—¡Ni de coña!

Me solté de él cuando ya empezaban a descollar los títulos de crédito. Y lo siguiente que hizo Sergio, después de mi manotazo, fue quedarse frito con la cabeza babeante sobre mi hombro.

En estas circunstancias, con Sergio roncando sobre mi hombro, pasamos la primera parte de la película y nadie vino a llamarnos para comer. Aun así, rígida e incómoda como estaba, las primeras imágenes de la cinta consiguieron abstraerme. Apareció en la pantalla de pronto la cara de John Voight con su chaqueta vaquera y su nariz de patata. Yo no me atrevía a mirar de reojo a Sergio, que roncaba con la boca abierta. Pero cuánto se parecía a Ricardo, Dios mío. Y qué gran decepción imaginar que en otra casa nos espera otro hermano diferente al nuestro. Me la tragué yo sola, la película. Lo dejé durmiendo en mi hombro y me concentré en la mirada infantil y tarada de Voight. No sé si fueron los ojos de aquel actor, que viajaba en un autobús de tercera hacia Nueva York y echaba la vista atrás hacia su infancia, lo que hizo que de mis propios ojos empezaran a manar lágrimas sin contención alguna. Yo no sabía por qué lloraba, pero lloraba sin ser capaz de controlarme. Dónde estaba mi sangre de horchata ahora. Por qué no podía parar, y por qué no era capaz de enviar órdenes a los músculos de mi cara. Yo lloraba por primera vez en mi vida lágrimas incontenibles, y lloraba en silencio para no despertar a nadie. Me bastó con ver a aquel actor sentado en el autobús evocando imágenes desconcertantes y confusas de su infancia en Texas para empezar a derramar lágrimas. Lágrimas que yo no sé de dónde salían, y que me eran tan extrañas que deseé que alguien, Sergio o quien fuera, las grabara. Aquel era un llanto que pedía a gritos una cámara, que alguien dejara registro de lo que allí ocurría, en el sistema límbico de mi cerebro, mientras John Voight y Dustin Hoffman fluían ante la pantalla y empezaban a fundirse con mi padre y Leonardo. Los cuatro se solaparon de repente en mi cabeza como dos sosias. Y, al tiempo que aquellos dos actores caminaban tan felices y desvalidos en medio de Manhattan, a mi mente vino otra imagen, la de mi padre y nuestro tutor caminando de la mano por el pasillo antes de la terrible cena. En ese punto mis lágrimas se desbordaron. Tenía que sonarme los mocos y era complicado hacerlo sin que Sergio se despertara. Y así, experimentando por primera vez aquella invasión de emociones, tomé la decisión más difícil de mi vida. Me quedaría en la casita de muñecas para siempre. Me mudaría a vivir con Sergio y con sus padres y me vería todas las cintas de vídeo que acumulaban en sus paredes. Al menos allí una podía desahogarse a gusto. Mi padre había encontrado el amor y yo no quería que la película terminara. A mí me tocaba ahuecar de mi casa y encontrar un hogar nuevo. En aquel en el que me hallaba, tan frío y ajeno, me veía a mí misma rodeada de pósters de viejas películas y pensaba que era mi destino. Fue una decisión visceral, muy mía, mientras Voight y Hoffman tropezaban por la vida alegremente. No era agradable verlos fracasar sin freno, pero algo había en la pureza de aquellas almas que me atrapó al instante. Todo sucedía ante mis ojos con gran materialidad y sentí que por primera vez en mi vida comprendía algo. Cuánto hubiera dado yo porque las butifarras no acabaran de hacerse nunca. Por seguir allí inmersa en aquel lodazal de lágrimas mientras la cabeza de Sergio se incrustaba en mis costillas. ¿Pero no había vivido hasta entonces en una especie de limbo? La inopia era poco. Yo había vivido muerta. Pensaba en eso, en lo mucho que me costaría volver a mi casa ahora, cuando los personajes de la película se disponían a cumplir su sueño y subían a un autobús lleno de viejos camino de Florida. Yo era el mayor escollo en la vida de mi padre. Y tal vez también era la culpable de que afuera, en el merendero, empezaran a sonar aquellos gritos. Víctor y Valeria estaban discutiendo, los oí nada más sonarme. La película había transcurrido entera y nadie nos había llamado. Y, de pronto, oí un trote de caballo por las escaleras. Aquel remanso de paz se interrumpió entonces. Víctor entró en nuestro cuarto todo alterado, justo cuando Hoffman tendía su cabeza sobre el hombro de Voight.

—¡A ver! ¿Es que no pensáis salir de ahí nunca? —dijo—. Las butifarras ya están frías. Hace media hora que os estamos llamando.

Sergio despertó y volvió a la vida. Su padre llevaba las gafas de pasta caídas sobre la nariz. Me sequé las lágrimas y eché a correr escaleras abajo.

En el merendero Valeria estaba tiesa como un garrote. Víctor se sentó a su lado, sin mirarla. Habían aprovechado nuestra sesión de cine para pelearse. Pero en aquella riña que transcurrió en off se veía claramente que ella había vencido. Cruzaba los brazos delante de las butifarras con una sonrisa victoriosa.

—Se me han quemado un poco, pero no importa. Es mucho más importante ver esa película que atiborrarse de butifarras.

¿Y tú qué dices? —me preguntó a bocajarro—. ¿Te ha gustado la película?

Yo venía de derramar abundante llanto y no me atreví a comentar la jugada. Le hinqué el diente a una butifarra y dudé a quien mirar, en quien depositar mis ojos.

—No respondes, claro, qué vas a decir —siguió Valeria sin el menor rastro de acritud en su voz después de los gritos de hacía unos instantes—. Es una de esas películas que te dejan muda. Ahora solo veis basura, pero hay que ver todo el cine de los setenta. *Cowboy de medianoche* es de mis favoritas.

No parecía la Valeria perpleja e insegura del primer día. Ahora ella dominaba la situación, o eso me pareció, y siguió con su chapa, indemne a las miradas de Víctor:

—En lo que llevamos de siglo no hay nada que se le parezca, el buen cine ha claudicado, querida. No hay mejor cine que el de los setenta. ¿Conoces alguna de Bergman?

La vi expresarse con gran entusiasmo. La astenia con que me recibió se tornaba ahora vivacidad, pero Víctor la interrumpió de repente:

—Bueno, bueno, que esto no es un cineclub. A comer, que me muero de hambre. Es que nunca desayunamos en esta casa —dijo entre bromas—, aquí se practica el ayuno intermitente. Son cosas de tu madre. Tendrás que pensártelo si quieres venir a vivir aquí.

Yo también me reí, pero Valeria siguió a lo suyo como si aquel comentario no fuera con ella.

—... Y además, si te fijas —dijo—, el verdadero asunto de esa película es la soledad de esos dos perroflautas y cómo se cuidan el uno al otro. Es una enorme y tierna película. Y qué dos actorazos, ¿no?

Y lo que vino luego es algo que todavía recuerdo con escalofríos. Mi madre, la que estaba sentada frente a mí, la mujer de los *problemillas*, se lanzó a un discurso incontinente que adoptó la forma de una *master class*. No sé el tiempo que duró su alocución, pero todo lo que dijo desde el momento en que asentí compartiendo sus impresiones empezaron a ser frases inconexas, totalmente desordenadas, mientras Sergio y Víctor miraban para otro lado. El discurso de ella empezó a derrapar entonces por un territorio que me era ajeno, habló de mensajes en una botella, de Derrida y Foucault, luego pegó un salto mortal hacia las simas de la locura, se columpió en ellas, acudió a Leopoldo María Panero y de allí dio un brinco hacia las fábulas de Perrault. Acabó por fin hablando de Peter Pan. Miré a Sergio y vi que había desconectado hacía tiempo. Víctor se mantenía rígido como un palo mirando al horizonte. Yo intenté seguirla, pero no había modo. Y Valeria de pronto estableció una conexión entre la película de Schlesinger y mi padre, y dijo algo chocante e incomprensible:

—¿Y qué me dices de Peter Pan? ¿No hubiera sido mejor que tu padre se olvidara de Leonardo y se casara con Wendy?

Me miraba con ojos desorbitados. Parecía esperar una respuesta de mí y quizás me estaba poniendo a prueba. Me costó discernir si aquello era un delirio o una humorada.

—Sí —dije como una boba—, yo también he visto los parecidos entre el hombre de Texas y Leonardo. Y mi padre es clavadito a Dustin Hoffman. Pero no sé qué hace aquí Wendy. ¿Quién es Wendy?

—Wendy es la única que tiene sentido común, amiga —dijo Valeria, de repente serísima como calibrando mis frases—, pero en este mundo siempre ganan los Peter Pan, te lo advierto. Entonces ¿te ha parecido que Voight y Hoffman son sus *alter ego*? Es interesante, no creas. Nunca lo había pensado, a lo mejor tu padre y Leonardo tienen futuro. No hay que interponerse en el camino de nadie, nunca. Esa película es prodigiosa...

—Y se quedó callada hasta que preguntó, de nuevo a bocajarro—: Por cierto, ¿tú conoces la arteterapia? Es un método de sanación mental, te lo recomiendo. Si ves que las cosas en tu casa se complican, te puedo dar unas cuantas lecciones. Hay tantas cosas que tengo que enseñarte, Belén... —dijo, clavando sus ojos en mí, y luego, girándose bruscamente, se levantó y se volvió a sentar, agitada.

Miré a Víctor y Sergio, que con muy buen criterio aprovecharon aquel *impasse* para levantarse, y ya se largaban por la sombra. Ella volvió enajenada de su mutismo, y se dirigió a ellos:

—Eh, ¡¿pero a dónde vais?! ¡Volved! ¿Es que vosotros ya lo sabéis todo? Vaya par de idiotas, ¡no me vais a callar!, ¡No vais a devolverme al manicomio! Belén tiene que saber todavía mucho más. ¡Mucho más!

14

Pero nadie regresó a donde estábamos. Y allí me quedé yo, de rehén, mientras Valeria con los ojos echando chispas se disponía a iniciarme en los secretos de la arteterapia. Intenté seguirla, pero no era fácil. Era, no obstante, un delirio coherente el suyo, en el que solo derrapaba a veces. Mientras su hijo y Víctor se evaporaban dentro de la casa, ella volvió enseguida a retomar el hilo, dando saltos y quiebros incomprensibles de unos mitos a otros. Aquellas películas de las que hablaba parecían aportarle equilibrio y seguridad. Valeria tenía fe, una fe incombustible en el acto creativo. Víctor y su hijo se marcharon hartos de sus arengas, y cuando ella se sintió libre, ya sin testigos que pudieran censurarla, pasó de aquellas ficciones favoritas a contarme lo que había sido su vida con mi padre. Me habló de sus cuarenta días en coma tras el accidente, y cómo se había salvado de aquella muerte segura gracias a Víctor, que apareció en su vida como una bendición, o eso dijo. Del coche que conducía ella volviendo de Cannes no habían quedado más que los amasijos. Se habían estrellado contra un árbol, y el resultado para mi padre, con las piernas aprisionadas contra el chasis, fue de rotura de médula espinal, y ella acusaba lesiones por fractura de cráneo. Lo contaba sin amargura, como una película. Él no había aparecido por el hospital para verla y delegó en Víctor todas las diligencias y el proceso de separación que comenzó tras su alta médica. No me dijo que hubiera sido ella la culpable de los incendios en nuestra casa; en cambio culpó a Leonardo de las llamas y de que le retiraran nuestra custodia. Yo la oí sin pestañear, pero cuando parecía que estaba en sus cabales empezaba a derrapar otra vez cuesta abajo.

—¿Has visto *El diablo sobre ruedas*? —dijo—. Algo así nos pasó a nosotros. Nos estrellamos porque el loco de Leonardo venía siguiéndonos y pegando empellones contra nuestro coche... Nadie te va a contar lo que pasó en mi vida mejor que Spielberg —dijo complacida de pronto por semejante sincronicidad.

Mientras ella intentaba zafarse de la persecución del monstruo, todo Cannes ovacionaba su último corto, dijo. Desde entonces vivía aterrorizada, incapaz de escribir un solo guion y no hacía otra cosa que repetir cada vez la misma línea.

—Como Jack Nicholson en *El resplandor*. ¿La has visto?

Pero ya no era tiempo de reproches, eso se había terminado. Y en aquel transitorio trastorno de pronto se abrió un claro. Se disculpó por haber intentado insultar a mi padre en nuestro primer encuentro. Había tenido tiempo de meditarlo, dijo.

—Yo sé lo que pasa cuando el amor es más fuerte, y tu padre es frágil, Belén. Ahora que ese Leonardo ha vuelto, no permitas que su presencia te ciegue. Es lo único que me preocupa, porque Leonardo ha sido siempre su debilidad. Tienes que hacerle caso a Víctor, que de esto sabe un rato. Tenemos que hilar muy fino, Belén... ¿Me entiendes?

Y de pronto se calló, como emboscada en el más profundo de los pesares. Pensé que tenía que decirle algo, pero el motor de sus pensamientos se puso otra vez en marcha.

—No, no hice bien —me interrumpió antes de que yo dijera nada—. Víctor tiene toda la razón del mundo. Yo no tenía que haberme dejado llevar por los impulsos y presentarme en tu casa sin avisar a nadie. Pero de verdad que no pretendía secuestrarte, Belén, no revisto peligro alguno. Con la medicación que me dan y la arteterapia puedo controlarme. Incluso hago vida normal, no tienes que temer nada. Pero ¿vendrás a verme? Ya ves que no me como a los niños. ¿Cómo iba a hacerte daño a ti, siendo mi hija? ¿De verdad crees que sería capaz de hacerte algún mal a ti o a tu hermano?

Aquella mujer iba ya a extender su mano hacia la mía, haciéndome ojitos, cuando Víctor apareció en escena. Salió de la casa a grandes zancadas, y con humor renovado, como si allí no hubiera pasado nada, puso su mano sobre mi hombro. La de mi madre volvió a su dueña.

—Y entonces qué —dijo sonriente—, ¿vas a venirte a vivir con nosotros o todavía lo estás pensando? Ya ves que en esta casa el *entertainment* está asegurado.

Valeria lo cortó enseguida, otra vez desafiante.

—¿Pero vamos a tener ahora ese tipo de conversaciones? Es increíble, Víctor, lo grosero que eres.

Él, como si no la oyera, se sentó a mi lado. Era sorprendente ver cómo aireaban sus diferencias en público.

—Pues claro que vamos a tener estas conversaciones —dijo—. ¿O piensas pasar la tarde hablando de Dustin Hoffman? Hay cosas más importantes de las que hablar con tu hija. Aconsejarla, por ejemplo. Ella no debería hacer nada que la perjudique.

—Bueno, bueno, Belén hará lo que estime oportuno —dijo Valeria contradiciendo lo que acababa de sugerirme—. No creo que Belén necesite tus consejos ni los de nadie.

—Pues de alguien tendrá que fiarse, digo yo, a alguien tendrá que hacer caso.

—Sí. A ti, ¿no?

—Y a quién si no. ¿A ti?

Asistí sin aliento a aquel ping-pong entre Víctor y la pobre Valeria. En la disputa que se traían era evidente que él era el fuerte, pero había entre ellos una especie de juego o de competencia dirigida a hacerme creer que eran dignos contendientes. Y lo que me sorprendió más fue el motivo de la discusión. Mis inocentes wasaps desde la mansarda habían disparado todas sus alarmas, y parecía que se preparaban para mi desembarco en la Floresta. Habían tomado en serio mis amenazas.

—Escúchame, Belén. —Ella atrapó entonces mis manos entre las suyas—. No cedas a las presiones. No hay nada que nos impida estar juntas. Vente a casa con nosotros y dile a Víctor que se meta en sus asuntos.

¿Pero no me había dicho lo contrario antes? La vi levantarse con ánimo de abrazarme, pero logré zafarme inclinándome a recoger un trozo de pan que había caído al suelo.

—No te preocupes, tú no te preocupes —dijo ella volviendo a su sitio—, ya me las arreglaré, pero no pienso dejar de verte, te lo juro. Ya sabré yo cómo hacer para visitarte.

—Claro que sí —dije—. Tampoco yo voy a dejar de verte, te lo prometo.

No sé qué recorrido hizo aquella frase desde mi alma hasta mi boca. Víctor me miró como quien traga un sable.

—Quiero decir —continué lanzada por aquel precipicio—, aunque no me mude de casa ahora mismo, eso ya lo veremos, pero por mí puedes seguir hablando de Dustin Hoffman y la arteterapia el tiempo que te dé la gana, me encanta oírte. Y claro que tengo mucho que aprender de ti. Seguro que pasaremos buenos ratos juntas. Ah, y por supuesto he avisado a mi padre de que pienso matar a Leonardo cualquier día de estos. ¡Me importa una higa su boda y su testamento! ¡Que hagan lo que quieran!

—¡Esa es mi hija, sí señor! —Valeria se desternillaba. Y de pronto se puso seria—. Pero no hablarás en serio, ¿verdad? No tienes que matar a nadie, Belén. No permitiré yo eso.

—No, claro que no voy a degollar a nadie. No voy a clavar ningún cuchillo, pero habrá otras maneras de acabar con ese Leonardo, digo yo. Te prometo que lo haré, te lo juro, como que soy hija de mi padre.

Víctor escuchó todas mis bravatas con el rostro vuelto, y tampoco intentó frenar a Valeria, que pegó un puñetazo en la mesa y chasqueó los dedos en señal de victoria para luego refrenar su júbilo y serenarse, como un caballo al que atan corto.

—Y eso que conmigo has vivido poco, pero me basta con oír lo que acabo de oír para saber que eres hija mía. No te hace falta matar a nadie, Belén. Con que tengas sangre en las venas es suficiente, y no esa sangre de horchata de tu padre.

Lo supe en ese momento, que la famosa frase que mi padre me dedicaba procedía de ella. Todavía los unía algo, entre ellos había expresiones que se habrían contagiado y mi padre había incorporado las de ella hasta hacerlas suyas. Valeria en cambio en su manera de hablar no guardaba entre sus registros los de mi padre, quizás nunca le habían gustado, o es que sencillamente era impermeable. Con seguridad la locura se había cebado en el lateral izquierdo de su cerebro tras el accidente. Pero, y mi padre, ¿sería verdad que la había dejado tirada después de aquello? Al menos había hecho algo por ella, se la había transferido a su hombre de confianza.

Pero, y Víctor ¿la quería? Tenían un hijo y eso ya era algo. A mí me bastó aquella conversación caótica para quedar atrapada en su espiral inextinguible. Valeria tan pronto alababa a mi padre como lo denigraba, y cuando quería dejar atrás aquella etapa negra me hablaba de Fassbinder. Lo había conocido en el Festival de Venecia. Había tomado copas con John Cassavetes. Pero, por mucho que lo intentaba, sus derivas por su vida antes de mi padre acababan siempre en él. Mi padre era un antes y un después, como un árbol contra el que te estrellas. Víctor la dejó hablar, y me miró calibrando el impacto que sus palabras podían tener en mí.

—Y menos mal que ahora las cosas empiezan a revisarse —siguió ella—. Los de la Filmoteca quieren hacerme una retrospectiva. Pero ¿sabes? Me aburre ya todo eso, querida. Me gusta ver mis películas en casa. Te las enseñaré otro día. Las ha custodiado tu padre todo este tiempo y Víctor ha podido recuperarlas, hace poco. Al menos ese delincuente de Leonardo no podrá destruirlas.

De pronto se puso a escarbar en su pelo y me enseñó la cicatriz que atravesaba su frente.

—Mira, ¿lo ves? El accidente me dejó marcada para siempre, pero salí adelante. Y ¿sabes a quién me encontré cuando me dieron el alta y volví del hospital a casa? Al tarugo de Leonardo. Allí estaba. ¡Él fue quien me abrió la puerta! Por suerte Víctor se hizo cargo de mí. —Y miró a su marido, que seguía la deriva de Valeria sin inmutarse, como al hijo, que se había sumado a aquella interesante tertulia de sobremesa—. Bueno, no os quedéis ahí callados, ¿no? —les dijo, mirándolos—. No voy a ser yo la única que hable. ¿Es que no tenéis nada que decir?

Víctor la cogió del hombro y la arrimó contra sí, el primer gesto de cariño que les vi esa tarde.

—Pero si todo el pescado estaba ya vendido, Valeria —le dijo, con tono resignado.

—¿Ah, sí? ¿Todo estaba ya vendido? —preguntó ella y dijo, dirigiéndose de nuevo a mí—: Pues ya ves, Belén, esa es la última imagen que tengo de vosotros, tú apenas habías empezado a hablar y ya estabas en brazos de otros, nunca en los míos. Hasta tu hermano huía de mí, que lo traté como a un hijo. No he podido criarte, pero he intentado no cortar el vínculo. Os he llamado cada vez que he podido, pero no estaba en condiciones de verte. Lo entiendes, ¿verdad? Me ha costado años recuperarme de todo esto. Tú no lo recordarás, y eso es bueno. Eras entonces demasiado pequeña.

No imaginaba yo que aquella barbacoa fuera a dar para tanto. Y, a pesar de todo, Víctor seguía sin mover un dedo.

—Tu madre tendría que haberse esperado —dijo a continuación, cortando aquella deriva de emociones—. No es lo más conveniente que aparezca ahora en tu casa con semejantes pretensiones. Lo de Leonardo durará dos días. Ha sido una imprudencia reaccionar de ese modo. Un error completo el ir a buscarte.

—¡¿Que ha sido un error?! —Valeria se alborotó toda y empezó a alzar la voz—. ¡Qué es lo que tengo que hacer entonces para ayudar a mi hija! Ese Leonardo es capaz de cualquier cosa, ahora van a casarse y se quedará con todo lo que es suyo. ¿Y tú, qué? —le dijo a su marido—. ¿Es que no vas a hacer nada? ¡Estás ahí callado y me dejas hablar como a una loca!

Ella se levantó y volvió a sentarse, hundida en la confusión. Miré a Sergio, que desvió sus ojos para otro lado. Víctor la volvió a abrazar. Valeria se redujo en sus brazos a la mínima expresión. Entonces él, dirigiéndose a mí mientras le acariciaba el pelo, tomó la voz cantante. Sonaron sus palabras a sensatez y buenas intenciones, a seguridad jurídica. Introdujo incluso algunos vocablos del gremio.

—Es todo más fácil, Belén. Claro que tú no tenías por qué saberlo. Después de su accidente de coche, el arreglo al que llegaron tus padres para el divorcio fue que tú quedabas a cargo de tu padre y Valeria a cambio recibía Villa Romana. Eso fue todo lo que conseguí para ella, al menos no quedaría desprotegida y en una situación vulnerable. A cambio de eso, todos los encuentros que hubiera entre vosotros debían ser pactados. Pero tu madre ha decidido actuar por su cuenta y ahora estamos en estas.

Con su aparición, tú quedas supeditada a una cláusula que te impide moverte de la casa de tu padre si quieres heredar algún día. Siento ser tan explícito, eso es lo que dice el documento que tu padre te ha entregado esta mañana. Y tienes que saberlo. Los impulsos, cuando se trata de velar por nuestros intereses, se pagan.

Mientras contaba todo esto, Víctor arrullaba a Valeria, que se había quedado empequeñecida a su lado. Me pregunté si la amaba o si Valeria era, entre todas las cosas de mi padre por las que él velaba, la que mayores réditos le producía. Y, aunque solo fuera eso, quizás no había mejor expresión de su cariño que aquella imagen. Valeria estaba a su cargo, una mujer a la que él custodiaba y quizás también compadecía. Pero al mismo tiempo me parecía increíble que todo entre ellos fuera solo el producto de una mera transacción. Yo aún buscaba bajo aquellas caricias algún indicio de humanidad, alguna razón que fuera más allá de la estricta negociación de la que me hablaban. ¿Se había librado mi padre de ella por un puñado de euros?

—Pero os enamorasteis, ¿no? Y papá no puso impedimentos en que os casarais —dije, intentando aportar alguna pincelada de luz a aquella oscuridad.

—A ver... Belén. ¿Tú qué hubieras hecho en mi lugar? —dijo Víctor explicándose—. Erais muy pequeños, y yo no podía dejar a tu madre sola en aquel trance. Hice por ella y por vosotros todo lo que pude, lo que estaba en mi mano. A tu padre le pareció bien, y en esto siempre nos hemos entendido. Tu madre necesitaba a alguien a su lado y eso fue lo que hice. Estaba seguro de que llegaría el momento en que pudierais encontraros, tú crecerías y querrías verla, y ella estaría en condiciones de tener una relación sana. Aunque pasara algún tiempo yo estaría allí para asegurar que todo sucediera en la mejor de las circunstancias. Era solo cuestión de esperar un poco, pero no así, irrumpiendo como un huracán, sin avisar a nadie. Era una cuestión de *timing*.

Nada más oír aquello Valeria saltó de su silla como un resorte. Se puso en pie y empezó a proferir alaridos. Los pájaros que picoteaban las migas del pan entre nuestras piernas salieron huyendo. Las ascuas de la barbacoa se avivaron. Noté como el toldo atado a las ramas del árbol se removía. El universo entero crujió y Sergio también salió disparado de la mesa. Debía de estar más que acostumbrado a aquellos espectáculos porque no lo vi asustado sino que también él, como un pequeño y sorprendido pájaro, acudió a refugiarse a otro lugar más seguro.

—¿*Timing*? ¡¡¡*Timing*!!! ¡Dice que es solo cuestión de *timing*! ¡Qué más tengo que oír! ¡No lo voy a tolerar! ¡*Timing*! ¡¡¡Catorce años de *timing*!!!

Valeria seguía gritando en medio de La Floresta mientras Víctor y yo permanecíamos en nuestros asientos. Eran unas sillitas plegables de merendero de Ikea. Me fijé cuando vi la de mi madre volando por los aires hasta que la estampó en el suelo y luego, sin solución de continuidad, tras destrozar la silla ante nuestras narices, empezó a gemir tapándose la cara. Pero nadie allí se movió para auxiliarla. No dio tiempo a reaccionar y levantarse para calmarla, o es que ya no había reacción posible. Todo sucedió a gran velocidad. Después de aquel arranque de cólera, tras los gritos, los golpes y el llanto, lo que vino enseguida fue una inmovilidad total, una calma terrorífica. Digo que terrorífica porque aquella explosión de Valeria prometía una duración mayor, pero cesó de repente como había empezado, contraviniendo todos los *timings* y los procesos intermedios y dejándonos a los demás aturdidos y sin capacidad de reacción alguna.

—¿Pero qué hacéis ahí? ¿Es que no vais a hacer nada para ayudarme?

Valeria, de pronto, retiró sus huesudas manos de la cara y dejó al descubierto su nariz hinchada, sus ojos de topo y toda la frente y los rasgos faciales alterados.

—¿De verdad que sois capaces de quedaros ahí clavados como si nada...?

Y luego, como vio que era exactamente eso lo que ocurría, su rostro volvió otra vez a la normalidad hasta que miró al suelo, probó a poner la silla rota en pie, y, en una transición de nuevo inesperada ante nuestras caras atónitas, miró su reloj de pulsera y balbució, con signos evidentes de haber perdido las coordenadas espaciotemporales:

—Pero ¿qué horas son, me lo podéis decir? Es tardísimo. Y esto, ¿qué hace aquí? —dijo mirando con extrañeza la silla y, contestándose a sí misma, se dirigió a Víctor—: Creo que he perdido los estribos, otra vez. ¡Pero si es la hora de mi clase de yoga! ¿Víctor? ¿Por qué no me has avisado?

Y sin mirarme ni mirar atrás y se puso a caminar hacia la casa como alguien que en todo momento sabe hacia dónde va, y lo que hace y dice.

15

Tuvieron que pasar diez años para que todas las piezas de aquel ajedrez se recolocaran y yo empezara a asumir el lugar que me correspondía en aquel puzle. Hasta entonces lo que entendí fue que debía mantenerme aparte y tomar distancia. Aún estaba a tiempo de no implicarme y no dejarme arrastrar por los delirios de Valeria. Pero las cosas cambiaron en mi segunda visita a la casa de La Floresta.

Ese día, justo poco después de abandonar el merendero y marcharse, cuando la que era madre se levantó de la mesa dejándonos solos a Víctor y a mí, una corriente distinta empezó a fluir entre nosotros. Aunque lo nuestro no empezó entonces, ese día he de reconocer que dimos los primeros pasos. Él no fue tras su mujer como hubiera sido lo lógico, pues era evidente que necesitaba ayuda. La dejó marchar desorientada y sin rumbo hacia la casa y apenas unos segundos después, antes de que yo hiciera el amago de levantarme e ir tras ella, de pronto noté las manos de Víctor sobre las mías, evitando con el gesto que yo me levantara y siguiera a su mujer, pero no con palabras ni de modo explícito sino con su mirada, y con el silencio: si confiaba en él acabaría entendiéndolo todo, eso me pareció que quería decirme. Aunque jamás me reclamó adhesión alguna expresamente. Yo era libre de sacar conclusiones y de actuar por mi cuenta, dijo enseguida, y si me pedía paciencia y colaboración no era por él sino por mí. Y yo se la di de modo consciente y voluntario a lo largo de diez años en los que dejé de ser la hija de mi padre para convertirme en la sombra de Víctor. Él tampoco permitió ningún acercamiento de otro tipo durante aquellos días. No hubo jamás ningún ofrecimiento o invitación alguna a una intimidad que yo podría haber intuido en la casa de La Floresta aquella tarde, una vez que Valeria y su hijo se retiraron y Víctor y yo nos quedamos solos. Era demasiado pronto para lanzarse a la presa, pienso ahora. Aquel no era el *timing* ni el lugar. Y sus manos no tardaron en soltarme. Y yo recogí su guante y supe esperar. Y unas semanas después, apenas él recuperó sus funciones en la casa de mi padre, tras aquellos días de turbulencias, nuestras relaciones y nuestra situación volvió a ser la de siempre, como él había prometido: yo una niña con diecisiete, con veinte, con veinticinco, y él otra vez ostentando la confianza y los poderes que mi padre le había otorgado desde el principio.

Cuando me mudé a su casa hacía dos años que Valeria había muerto y cuatro que él y yo nos veíamos.

Ocurrió del siguiente modo:

En el entierro de papá, Víctor por primera vez se quedó a dormir en casa. No lo pidió ni lo preguntó. Estaba cansado después de toda una jornada de diligencias y papeleos; y recuerdo que luego entró conmigo en el salón y se sentó en el sofá. A continuación se descalzó y pidió su whisky de Malta. No le ofrecí quedarse. No hizo falta semejante invitación. Toda muerte entraña una especie de desahogo y el tiempo parece que se detiene, pero se acelera. El mundo queda liberado de una existencia menos, y quienes sobreviven al que se va experimentan una dosis extra de oxígeno, una ampliación de sus movimientos. En la casa de mi padre, una vez muerto él, todo fue ya de Víctor.

Durante cuatro años, los que mi madre sobrevivió a mi padre, mis encuentros con Víctor se repetían cada vez que Valeria pasaba una temporada en el sanatorio. A veces yo me encargaba de cuidarla cuando él viajaba. Y no voy a decir que la muerte de Valeria fuera estrictamente una liberación. Sé que él lo sintió y que de alguna manera la desaparición de mi madre modificó su mirada sobre mí. Llevábamos cuatro años viéndonos y los dos actuábamos con la misma tranquilidad que si lleváramos una vida entera juntos. Pero de pronto yo ya no era bastante para él, tal vez me sentaría bien una escapada con mis amigos a viajes en los que Víctor no participaba nunca, cuando era él probablemente quien necesitaba aire.

No esperaba otra cosa de él, y no sé si lo intuí ya en aquella segunda visita a la casa de La Floresta, después de los gritos y el llanto de Valeria, del alboroto y los pájaros, o fue algo que imaginé mientras Víctor me hablaba con aquella calma fría y me mostraba sus cartas sin ambigüedad alguna. El caso es que, del otro tiempo, del más reciente, apenas puedo contar nada. Todo lo que vino luego fue una consecuencia lógica de aquel día de barbacoa.

Lo recuerdo ahora y me pregunto si yo misma no estaba deseando que sucediera así, que Valeria, como mi padre, *faltara* lo antes posible.

De modo que hacía ya un rato que ella se había marchado como un soldadito hacia su esterilla de yoga cuando vi a Víctor coger su silla plegable y sentarse a mi lado. Lo recuerdo ahora con una especie de escalofrío. Él parecía el apuntador, el que me mostraría el camino.

—Tendrás que acostumbrarte —dijo—, si quieres tener una relación con ella. La gente se acostumbra a cosas peores. Hay que esperar a que se le pase, esto es solo una crisis, pero no tomes ahora ninguna decisión sobre tu vida. Con que yo la aguante de momento es suficiente —dijo, y no me pareció que hubiera en aquella frase desdén alguno sino la franca asunción de un hecho, y quizás amor, incluso amor—. Tú eres joven aún —siguió, sus manos otra vez sobre las mías, seguras, inmóviles—, y esta es una carga que no te corresponde. Son cosas que les ocurren a los adultos, y yo a tu madre la elegí libremente. Son ya muchos años de vivir juntos, en cambio tú, si te vienes aquí a vivir, te verías enzarzada en una historia que no te conviene. Tienes que seguir adelante con tu vida, dentro de unos años me lo agradecerás. Has tenido mucha suerte, Belén, aunque todo te parezca ahora un despropósito, pero no es el momento de ocupar el lugar de nadie. Ocupa el tuyo y confía en mí. Tu madre estaría encantada de que lo dejaras todo por ella, pero qué le importan a ella las consecuencias que esa decisión pueda acarrearte. No es egoísmo, ella no tiene esa capacidad. La avisé de que estaba jugando con fuego cuando apareció en tu casa, pero qué le importa a ella el fuego. Lo de tu padre y Leonardo es totalmente transitorio y no por eso vas a abandonar tu casa. Todo volverá a su cauce si no te obcecas. Tu padre tiene todo el derecho de vivir su vida, y Leonardo puede que dure un telediario. Pero tú eres su hija y él no va a hacer nada que te perjudique. Mantente fría, ¿me oyes?

Víctor había dejado de coger mis manos y me hablaba ahora pausadamente. Pero todo lo que dijo, y lo que calló, iba encaminado a hacerme entender que, si bien yo tenía por padres a dos idiotas, allí estaba él para compensarlo. Y quién sabe si no heredaría yo los genes de la locura. No era descartable que necesitase también sus cuidados. Solo una cosa quedó borrosa de cuanto dijo esa tarde, algo que no entendí del todo. ¿A qué se refería con las consecuencias que tendría para mí vivir con Valeria? ¿De verdad creía que iba a abandonar a mi padre por ella?

—¿Y por qué iba a acarrearme ningún problema venir a verla? Yo nunca he dicho que vaya a mudarme aquí.

—No importa, con que hayas amagado es suficiente —dijo él—. Con este mínimo paso que acabas de dar tu padre ya ha tomado sus precauciones. Ya lo ha hecho, Belén. Valeria se ha cargado el acuerdo que teníamos al aparecer en tu casa sin avisar, y tu padre ha actuado en consecuencia. Ha puesto a Leonardo a la cabeza de vuestro patrimonio y me ha apartado a mí. Y no solo eso, sino que además, de todo lo que era tuyo, hay una buena parte que se quedará Ricardo. Esa es la parte que habíamos acordado para tu madre. Lo que tu padre te ha dado esta mañana es una copia de sus nuevas voluntades.

—¿En serio que mi padre ha dejado eso por escrito?

No podía creérmelo, pero aquel sobre había estado en mis manos. Y si quería comprobar la veracidad de aquellas palabras no tenía más que abrirlo:

—El miedo es libre —siguió Víctor—, y lo que tu padre no puede hacer con su cuerpo lo hace con su mente. Date cuenta de que lleva catorce años atado a una silla y tiene mucho tiempo para volverse loco por cosas muy estúpidas.

Me parecieron horribles aquellas frases y lo que escondían. Yo derrapaba en aquella conversación y de mi boca solo salían cosas que no pensaba.

—¿Quieres decir que mi padre es un chantajista?

—En absoluto. —Víctor se rio y volvió a sentarse al otro lado de la mesa—. Quiero decir que está rodeado de muchos intereses que no son los tuyos, y él ejerce esa fuerza, la única que tiene, y no lo hace sobre ti, lo hace sobre mí y sobre tu madre. Pero alguien tendrá que pensar en las cosas prácticas. ¿Tú también piensas como Valeria que el dinero no importa? Ya me lo dirás dentro de unos años. Ahora no te preocupa, ya lo sé, y todo te parece increíble, pero no pierdas la cabeza, Belén. Tu padre no la ha perdido, te lo aseguro. Con los años te darás cuenta de lo importantes que eran sus consejos. Donde está Leonardo podría estar otro, eso también te lo puedo asegurar. A tu padre Leonardo le interesa tanto como le interesó en su día Valeria. Se cansará de él como lo hizo con ella. Lo único que a tu padre le interesa eres tú. Eso no lo dudes.

En ese punto los ojos de Víctor dejaron de brillar y se volvieron fríos. Parecía cansado de repetir una y otra vez los mismos argumentos, o tal vez yo, con mi cerebro de mosquito aún por desarrollar, no estaba en condiciones de procesarlos.

—A ver, no es todo tan feo —añadió—. Tu padre a su manera ha querido a tu madre, lo conozco mucho antes de conocerla a ella, pero el tutor legal de tu madre soy yo, ya ves que ella no es capaz de gobernarse por sí misma. Cuando tengas dieciocho años ya nada de esto será necesario, te ocuparás de Valeria si eso es lo que quieres, pero yo jamás le he fallado a tu padre, y le prometí que la cuidaría. Mi recomendación, que vuelvas a las mansardas. Tu padre no tiene motivos para desconfiar de mí si tú no se los das. He bajado la guardia, de acuerdo, y con Valeria no se puede. Cuando tu padre se vea seguro y sin amenazas las aguas volverán a su cauce. Lo que tiene que hacer Valeria es calmarse, está siendo una época difícil para ella. Cuando crees que todo está controlado y que se puede hablar, todo vuelve al mismo punto. Y a mí me cuesta, son ya muchos años, pero tendríamos que haber actuado antes, tendríamos que haberla internado. No me gusta hacerlo, ¿sabes? Yo a tu madre la quiero y sus internamientos para mí también son un fracaso.

Víctor hablaba con aquel lenguaje de frases hechas y todo el cielo parecía despejarse. Y de pronto, como quien se ha sacado un peso de encima, estiró su mano hacia la mía de nuevo pero no como antes sino como un cuchillo de cortar el pan, una mano rígida y vertical que partía en dos el aire. Lo hacía cuando era niña, como si fuéramos él y yo dos socios cerrando un trato. Pero no hubo ocasión de que yo se la estrechara. Su hijo Sergio, que salió de repente de la casa, apareció en escena. Se quedó a un metro de donde estábamos y susurró algo. Lo reclamaba.

—¡Papá! Es mamá, otra vez. ¿Puedes venir?

El tiempo que transcurrió entre el aviso de Sergio y la respuesta de Víctor me pareció infinito. Sergio allí congelado esperando a que su padre reaccionara, y este sacudiéndose las migas del pantalón. La cara de Sergio indicaba que no había sido buena idea dejar a la madre y al hijo solos. Él llevaba un buen rato dentro de la casa viendo un partido de fútbol mientras Valeria hacía sus ejercicios en el cuarto de al lado, pero algo estaba pasando que reclamaba nuestra presencia, o la de Víctor. El tiempo se paró entonces, cuando vi que el padre miraba al hijo con cara de fastidio y luego, sin alterar su gesto, se levantó lentamente.

—Perdona —me dijo—, es solo un segundo, voy a ver qué pasa ahí dentro.

La lentitud con que se levantó me recordó las veces que, en casa, después de tomar su whisky, acudía con mi padre al archivo a resolver algún asunto. Sergio lo siguió con pasos vacilantes. Yo también me levanté y fui tras ellos, aunque tal vez no debía. Mi reciente aparición en aquella casa no incluía el derecho a participar de ciertas intimidades, y menos aún la visita sin guía que emprendí poco después por todas las habitaciones mientras ellos atendían la urgencia de Valeria en su cuarto de yoga. ¿Qué había hecho ella *otra vez*? ¿Y cuantas veces habría hecho lo mismo? Aquella era una información que no me concernía. Debería haberme quedado en mi sillita del merendero y ser consecuente con el silencio y la pasividad de mis dieciséis años. No iba a cambiar nada porque yo interviniera, y quizás no estaba respetando el *timing*. Yo había retenido a Víctor con mis preguntas más tiempo del conveniente y por eso su hijo ahora se lo reprochaba. Por el modo en que caminaban delante, sin mirar hacia atrás y callados, eso fue lo que entendí, que mejor me habría sido ocuparme de mis asuntos, mantenerme lejos.

Cuando llegamos a la habitación, después de entrar Víctor, Sergio se quedó en la puerta interceptándome la visión. Apenas quedaba una rendija por la que pude ver lo poco que se adivinaba. Qué habría visto ella en nuestra casa por la hendidura que yo dejé abierta. Qué objetos o qué luz habría cotilleado en su primera visita a nuestra casa. Yo allí, en La Floresta, apenas pude ver una luz cegadora, aquel cuarto daba al sur, y por encima del hombro de Sergio poniéndome de puntillas llegué a vislumbrar un trozo de esterilla azul, todo lo demás permaneció oculto tras el cuerpo de Víctor que se volcaba a cuatro patas sobre el suelo. Supuse que ella estaba debajo, que se había desmayado o habría perdido el conocimiento, lo supuse o lo imaginé porque en realidad no me pareció que en aquel cuarto hubiese nadie más que él, pues nada de ella vi, ni una mano, ni un brazo, ni un pie. Ahora, cuando lo recuerdo, pienso que mis ojos debieron de ver más de lo que retuve. Solo recuerdo a Víctor saliendo al pasillo un rato después y pronunciando con acritud con el rostro ensombrecido una frase patética.

—Esta vez sí —dijo—. Esta vez lo ha hecho a conciencia. Se ha tragado un bote entero de váliums. Es mejor que te vayas, Belén. O espérate en la cocina.

Y, a continuación, llamaron sin alboroto alguno a los servicios de urgencias. Aquella escena debía de ser frecuente, se les veía entrenados en el manejo de los teléfonos, y en las frases que utilizaban. Lo de la ambulancia misma fue un trámite. El tiempo que tardaron en llegar los hombres que la reanimaron transcurrió de una forma curiosa. Víctor y Sergio se quedaron en la habitación con ella y yo bajé de modo automático a la cocina, como me pidieron. No me correspondía a mí hacer la guardia. Me fui a la cocina como una extraña que no quiere interferir en la intimidad ajena y ocupé el mismo asiento que en mi primera visita, junto a la nevera. En aquel reducto de la cocina miré por los cristales. Nadie me siguió ni me dijo que me fuera. Me serví un vaso de agua y abrí todos los cajones y las alacenas. No sabía qué buscaba, pero me entró de pronto la compulsión por inspeccionarlo todo, y mientras Valeria moría o vivía en el cuarto de arriba yo bebí un vaso de agua, comí un trozo de chocolate, revisé la ropa que estaba para lavar en una cesta junto a la lavadora, y luego circulé por las habitaciones del primer piso libremente. Cotilleé las películas en DVD que tenía Sergio en su cuarto, y escogí una. Luego fui a la habitación que había al lado, una especie de despacho que debía de ocupar Víctor, y vi el sobre que mi padre me había entregado por la mañana. Vi también la bolsa Adidas de Leonardo, estaba allí junto a la carpeta. Víctor apareció de repente cuando ya iba a abrirla.

—Oye, Belén, está aquí ya la ambulancia. Te llevará Sergio a tu casa —dijo, y luego se quedó mirándome y añadió—: ¿Te interesa saber lo que hay ahí? Si quieres una copia te la daré. Se trata de lo que ya sabes, lo que te he dicho antes. Lo otro, lo que hay en esa bolsa, son las películas de tu madre. Fui a recogerlas a vuestra casa la primera o la segunda noche que Leonardo durmió allí.

—¿Pero está mejor ella? —pregunté.

—Está mejor, sí. Mucho mejor. Ha sido solo un susto, pero prefiero que no la veas, por hoy.

—Vale, sí. Ya me voy.

No sé si Valeria llegó a preguntar por mí o si tenía fuerzas de hacer semejante cosa. En aquellos tránsitos de la vida a la muerte yo no quería ocupar el lugar de nadie. No quise ver su traslado a la ambulancia y ni siquiera recuerdo si me alegré de su despertar. Esperé en la cocina a Sergio y él no tardó en llegar con las llaves del coche en la mano.

—Te llevo a tu casa, ¿quieres?

—¿Pero no vas a irte con ellos? Yo puedo cogerme un taxi.

—Ya va mi padre en la ambulancia. Anda, súbete, que te llevo.

Me introduje en el costroso coche que mi madre había usado para venir a verme y descarté el iniciar conversación alguna. Sergio tampoco parecía interesado en darme ningún detalle de lo ocurrido. No era la primera vez que tal cosa pasaba, y su manera de conducir el coche retomando una actividad mecánica con las manos aferradas al volante me pareció que le permitía evadirse de lo sucedido. El hecho de llevarme a casa suponía una tarea que hacer, algo a lo que agarrarse. Pretender además que yo compartiera sus sentimientos hubiera implicado una confianza que entre nosotros no había, o es que no hay en esos casos confianza ni interlocutor posible. Pero ¿qué había hecho Valeria exactamente? No se lo pregunté, y él tampoco lo dijo. De hecho, lo primero que dijo cuando alcanzamos la carretera fue algo referente a la película que yo había escogido en su cuarto. La llevaba en mi regazo. No me había dado tiempo a devolverla a su sitio.

—Llevas ahí otra de Schlesinger —exclamó rompiendo su silencio.

—Sí, la he cogido al azar. ¿Es buena?

—Te gustará, sí —dijo él, y saltó al otro tema—. Pero no te preocupes por Valeria, está bien. Le harán un lavado de estómago. Me distraje cinco minutos en mi habitación cuando empecé a oírla, pero no es grave, se repondrá.

Y tal y como lo dijo me dio la impresión de que intentaba tranquilizarme a mí más que a sí mismo. Mantener con vida a Valeria, asistirla cuando se atiborraba de pastillas o se enfermaba era una mecánica conocida para él. Lo único nuevo aquel día era mi presencia.

—Quién iba a pensar que iba a hacer algo así contigo en casa, pero está visto que no hay que dejarla sola. Siento que te haya tocado, espero que no te impresione.

Mientras hablaba, no me pareció preocupado por la suerte que podía estar corriendo su madre en la ambulancia. También los que amagan, los que prueban pero fracasan, los que perseveran y jamás llegan a culminar nada, acaban aburriendo o cansando. La tensión nunca es fácilmente tolerable, o nunca por mucho tiempo, y enseguida se acostumbra uno a los sustos y más que temerlos los anticipa. Le aburriría contármelo, o es que había pasado tantas veces que todo aquello había perdido importancia ya para él.

—¿Pero no te preocupa? ¿No quieres ir con ellos?

163

—De verdad que no. No le va a pasar nada. Las primeras veces me preocupaba, ahora sé que es inútil. Si me preguntas si la quiero, claro que la quiero, y quiero que se salve —dijo.

No tenía que haberle preguntado nada. La carretera se estrechaba y yo no quería saber si amaba a su madre o no.

—Ya supongo que la quieres, claro.

—A veces lo dudo, no creas —dijo él—. ¿Hasta dónde se puede querer a alguien que solo quiere irse? No digo que vaya a ayudarla a desaparecer, pero he dejado de sentirme culpable. Es una enfermedad, Belén. Pero hablemos de otras cosas, ¿quieres? ¿Cuándo vamos a terminar *Cowboy de medianoche*?

—Es que estabas dormido, pero la película terminó. Te quedaste frito nada más empezar a verla.

—¿En serio? —Él se rio, y fue sorprendente aquella risa en sus circunstancias—. ¿Has visto entonces la muerte de Dustin Hoffman? Es de los mejores finales que he visto en mi vida.

—Y de pronto se quedó callado, para luego volver al tema de su madre, o de la mía—. Lo entiendo —dijo—, comprendo que estés perpleja, no has vivido con ella pero al fin y al cabo es tan madre tuya como mía. Estará bien, de verdad, hazme caso. Despreocúpate.

Cuando ya nos acercábamos a Pedralbes, de pronto sentí todos los errores de las semanas pasadas. No tenía que haberme movido de mi casa nunca. Tal vez lo que le estaba pasando a Valeria fuera culpa mía. Yo la había alterado. Antes de bajarme del coche creo que se lo dije a Sergio.

—Yo no tenía que haber aparecido ahora.

—¿Por qué dices eso?

—Porque lo que no fue no será ya nunca.

Aquel trabalenguas Sergio no lo registró, ni falta que hizo. Me miró con extrañeza, como si la misma Valeria me hubiera contagiado su desequilibrio, y antes de soltarme en el portalón de casa como a un fardo dijo:

—Todos nos creemos muy importantes, pero en esto no hay responsables. No te preocupes, que se pondrá bien. A ver cuándo vemos otra peli juntos, ¿vale? Te tendré al tanto.

Y así nos despedimos.

De mi casa yo había salido con el pijama en el bolso, por si alguien en La Floresta me daba cobijo. Pero mi padre, nada más verme entrar, puso cara de adivinarlo todo. Estaba en el salón con el móvil pegado a la oreja, llamando o recibiendo él mismo una llamada. Colgó inmediatamente.

—¡Menos mal que has vuelto, cariño! ¿No te has quedado con ellos?

—Valeria no se encontraba muy bien. Se la han llevado al hospital —dije, escuetamente.

Le oculté, por supuesto, que se había zampado un frasco entero de váliums. Aunque sin duda él estaba al cabo de la calle. Seguramente estaba también al tanto de la película que habíamos visto, y de la conversación que había tenido con Víctor. Poco importaba que yo fuera a comer a la casita de muñecas creyéndome que aquella extensión familiar quedaba fuera de su alcance.

—No te disgustes, Belén. Ojalá yo pudiera ahorrarte el susto —dijo.

—¿Qué susto? —pregunté.

Yo estaba sentada en el sofá verde; mi padre, enfrente. Me tapé la cara con las manos como había visto hacer a Valeria y estuve un buen rato inmersa en aquella oscuridad verde de mis ojos imaginando que mi padre en algún momento vendría a retirar con suavidad los dedos de mi cara. Pero él, congelado como un témpano, me abandonó a mi suerte, y solo oí su voz en off, que sonó agria: «Qué susto va a ser, la muerte». Enseguida oí el zumbido de su silla emprendiendo la retirada y, antes de que alcanzara el pasillo, abrí los ojos y sentí al mismo tiempo y con la misma intensidad la más profunda gratitud por estar allí de vuelta, y el mayor de los desengaños. Lo alcancé a lazo con mi voz.

—¡Pues que sepas que no se ha muerto! ¡No esta vez! Pero ¿cuánto le has pagado, si se puede saber? —le pregunté a gritos.

Fue una pregunta bestia, a corazón abierto. Mi padre había casado a Víctor con mi madre y este actuaba de dique de contención entre ellos. Eso fue lo que deduje, lo que vi clarísimo.

—¿Pero qué estás diciendo? ¿Pagar yo a quién? —preguntó él.

—¡A Víctor, a quién va a ser si no! ¡Lo has tenido a sueldo para frenar a mamá! ¿Piensas que soy idiota?

—Pero quién piensas tú que es tu padre, ¿un vulgar mafioso?

Yo venía de rozarme con las ondas expansivas de la locura y aquella perturbación por fuerza debió notárseme. Mi padre hizo una mueca de desagrado.

—Y también pensarás que Leonardo está aquí por mi dinero, claro. ¿Qué más tengo que oír? ¿Qué otra barbaridad te ha contado Valeria?

Me desarmó, como solía hacer siempre. Y enseguida, después de anteponer a cualquier otra motivación la de sus principios, volvió a mirarme:

—¿Lo piensas de verdad? ¿Piensas que soy capaz de comprar a la gente por un puñado de euros? Pues quién sabe —dijo—. A lo mejor tienes razón y todo. Qué duda cabe que estoy ilusionado con mi nueva vida, pero quiero que sepas, Belén, que si lo mío con Leonardo te angustia hasta ese punto no voy a dar ningún paso con él. ¡Nada de bodas! ¿Estás contenta ahora? Mañana mismo le digo a Leonardo que haga la maleta y se vuelva por donde ha venido. ¿Te parece bien eso? ¿Va a estar tu madre contenta ahora?

Mi padre me taladraba con la mirada y no supe qué decirle. Lo dijo todo él, de pronto muy sosegado:

—Sube a tu cuarto, anda, no es ahora el momento de hablar de idioteces. Ya sabía yo que te meterías en un lío. Me ha llamado Víctor y parece que tu madre ya se encuentra mejor. Te dije que no era una persona fiable. ¿Cómo tenía que decírtelo? Te avisaré si hay novedades, estaré pendiente.

Mi padre me dejó marchar a las mansardas y nada agradecí más que aquellos reproches suyos no se prolongaran. Yo me refugié esa tarde en el cuaderno donde escribía mis historias y no bajé hasta la hora de la cena. Mi excursión a la vida de mi madre empezaba a complicarse y a eso me dediqué durante aquellas horas, a pasar a limpio todo aquel cúmulo de disparates. Pero no sabía por dónde empezar, no era fácil. Ante mí el cuaderno tan blanco e inmaculado como mi mente solo me devolvía imágenes desastrosas y aunque me mataran no era capaz de sentir la menor compasión por aquella mujer que nos estaba nublando el horizonte. ¿Qué podía sacar en limpio de todo aquello? Enseguida, nada más comenzar a escribir, recibí un mensaje de Sergio, tan frío y blanco como mi mente: «Valeria está bien, se recupera».

Si me hubieran dicho que Valeria se había ido al otro barrio quizás estaría más contenta. Ahora aquella Valeria pendía de mí y yo me sentía en la obligación de alegrarme. «Me alegro», contesté y poco después recibí otro mensaje tan escueto e invasivo como el anterior: «Valeria mucho mejor. Fuera de peligro. Dice que quiere hablar contigo».

Aquel mensaje entró en mi móvil cuando ya estaba a punto de sentarme a la mesa. Había desistido de mis ensayos en el diario y por primera vez aquella semana bajé dispuesta a compartir la cena con mi padre y con Leonardo.

Parecían bastante contentos de que hubiera vuelto a casa. Incluso nuestro tutor se alegró de verme, y su jeta me pareció al verlo allí sentado un poco más aceptable, con signos evidentes de alguna humanidad en él. La media sonrisa de su cara no dejaba lugar a dudas, algo se había encendido en su interior, alguna neurona se había conectado con otra para transmitirme aquella especie de buen rollo. Era más que probable que mi padre lo hubiera reconvenido por su actitud conmigo el día que apareció Valeria, y que ahora se sintiera en la obligación de fingir aquella empatía. O quizás era al revés, tal vez mi padre le había hecho alguna ampliación de sus poderes. Es difícil decir de dónde nacen los buenos sentimientos y si la fuente es noble o espuria. Yo misma estaba confusa, hipervulnerable, con un estado de ánimo lábil hasta decir basta, cuando llegó a mi móvil, que estaba sobre la mesa, el segundo mensaje de Sergio.

—¿Qué pasa? ¿Hay novedades? —me preguntó mi padre, sobresaltado al oír el sonido del mensaje entrante.

—Nada. Es Valeria, creo que quiere hablar conmigo. Me dicen que ya está mejor.

—Pues llámala, ¿no? Por fin un mensaje tranquilizador —dijo mi padre.

—Sí, sí, la llamaré luego —dije.

Y nos pusimos a comer los tres en aquel ambiente increíblemente cálido. Todo era increíblemente enternecedor aquella noche. Nuestros cubiertos se deslizaban sobre los platos como delicadas antenas. Después del trance suicida de Valeria nuestras alarmas estaban desactivadas y nuestros sentimientos estaban a flor de piel. Si alguien hubiera querido entrar a robarnos mientras cenábamos y nos pasábamos la sal civilizadamente, nos hubiera encontrado superdispuestos a colaborar. Había allí un dispendio, una bonhomía tan completa que incluso llegaba hasta la cocina, de donde Amelia salía y entraba con una mueca de santidad innegable. Y puedo decir sin temor a equivocarme que allí había una sincera preocupación por el estado de la enferma.

—Llámala, ¿no? Qué te cuesta —insistió mi padre—. Seguro que le hace bien oírte. No la hagas esperar, Belén.

—¿Pero ahora? ¿La tengo que llamar ahora?

—¡Pues claro! —dijo mi padre, contraviniendo una norma que era sagrada en nuestra casa y que nos impedía interrumpir un almuerzo o una cena así bajara Dios de los cielos.

Así que eso hice: me quedé sin cena y salí al pasillo para llamar a Sergio, dispuesta a mantener la conversación más telegráfica de mi vida.

—Oye, soy Belén. ¿Me pasas entonces a tu madre?

Ya no era la mía, o no me lo pareció. Tenía que haberle preguntado al menos cómo estaba, pero debía de estar bien a juzgar por la rapidez con que Sergio, sin pronunciar palabra, le pasó el aparato a ella. Y de pronto la oí. Con su voz adormecedora, muy calmada, la de siempre. De pronto comprendí que todas sus llamadas las realizaba desde allí, desde aquella atmósfera de hospital.

—¡Belén! ¿Estás ya en casa de tu padre? Yo estoy bien, cariño. Me he salvado de esta, menuda tarde te he dado. Pero quiero que nos veamos, no quiero que te quedes preocupada por mí, ¿cuándo vas a venir? Aquí todavía tengo para 24 horas, pero me pasan a planta en breve.

—Es que ahora estoy cenando, Valeria. Mañana te llamo, te lo prometo, o esta noche, ¿vale?

Iba ya a colgar abochornada por mis palabras cuando al otro lado del teléfono oí un chillido largo y penetrante.

—¡¿Cenaaar?! ¡¿Dices que vas a cenaaar?! ¿Y si me muero antes?

Alguien debió de ponerle un bozal entonces porque el último berrido lo oí ya en sordina. Y luego oí que cortaban la comunicación.

En buena me había metido. Mi padre y Leonardo levantaron al unísono sus cabezas en el salón mientras yo volvía a la mesa.

—¿Y qué? ¿Mejora? —me preguntaron.

—Sí, sí. Ya está bien pero no quiero cansarla, van a darle el alta pronto.

—Pues perfecto —dijo mi padre—. ¿Ves lo poco que cuesta quedar bien con una madre?

16

Esa noche, cuando ya subía a mi mansarda, pensé que tenía que volver a llamarla. Calculé que a las once todavía estaría despierta. Amelia, más solícita que nunca, había aprovechado la hora de la cena para subir a arreglar mi cuarto. Y en aquella serenidad tan blanca que me recibió, con mi edredón impoluto sobre la cama, era difícil dejarse llevar por los impulsos. Toda la pieza olía a flores del campo y jazmín. Qué me importaba que el catre fuera de ochenta centímetros. El día había sido un mal sueño, y cerré los ojos y me olvidé de Valeria. Miré, antes de apagar la luz, una foto de mi hermano que había en mi mesilla, y cuando ya me disponía a entrar en el dulce dominio de la inconsciencia mi móvil empezó a vibrar bajo la almohada.

Era ella.

—¡¡Belén!! ¿Estás todavía despierta? —oí la voz agitada de Valeria. Me llamaba desde el teléfono de su hijo.

—Sí, aún estoy despierta —y le mentí descaradamente—: Justo ahora iba a llamarte. ¿No están Sergio o Víctor contigo?

—No, han bajado a tomar algo —ella hablaba entre dientes, como drogada—. Luego borraré la llamada, no te preocupes, ¿tienes ahora un momento para mí? Es que tengo que hablarte, Belén, no puedo dormir si no te lo cuento todo. Ahora que has descubierto que tu madre está loca de remate no querrás venir a verme. Tenemos que vernos cuando salga de aquí, ¿me oyes? Me han dado cuatro lorazepames y no me duermo. ¿Cuándo vas a venir? ¡Dijiste que me llamarías y no lo haces!

—En cuanto te pongas buena, Valeria. Iré en cuanto pueda, ahora es un poco tarde. Llamaré a Víctor para que no estés sola...

—¿Víctor? ¿Por qué tienes que llamar a Víctor? —Valeria elevó peligrosamente su tono de voz—. Somos madre e hija, Belén, no necesitas intermediarios para hablar conmigo.

—¡Pero es que no tengo tu teléfono! —dije.

Y era verdad. Valeria siempre que llamaba lo hacía desde números diferentes.

—¿Qué no tienes mi teléfono? Pues llama a Sergio, cuando quieras venir a verme. De Víctor no me fío ni un pelo, ¿me oyes? Me tiene aquí encerrada, pero mañana ya estaré en casa y si tú no vienes yo iré a buscarte. ¡Prometido!

—Claro. Claro que iré a verte...

—¿Vendrás? ¡No vendrás! Me mientes...

Aquel breve diálogo me dejó echa polvo. Al otro lado del teléfono tenía a una mujer asediada por la paranoia y entre ella y yo ya no había dique alguno que me protegiera. Me la figuré huyendo de Víctor por los pasillos del hospital, dando esquinazo a las enfermeras. Quién sabe si no era capaz de plantarse en mi casa o de cortarse las venas con el móvil. Eso fue lo que deduje, que Valeria no tenía móvil por prescripción médica. Opté por tratarla con un cariño inverso.

—Valeria, por favor, cuando te pongas bien iré a verte, pero ahora tienes que descansar y tomarte las medicinas. ¿Y a dónde dices que han ido Víctor y Sergio?

—¡Qué sé yo a dónde han ido! ¿Y por qué me llamas por mi nombre? ¿Es que ya no soy tu madre? Esos dos estarán en la cafetería atiborrándose de bollos. Pero tu padre, ¿se lo has dicho? ¿Le has dicho que vas a vivir con nosotros? ¡Tenemos que aprovechar el tiempo perdido, Belén!

—Es que no puedo, Valeria... Es que yo dependo... —intenté razonar con ella.

—¿Cómo que no puedes? ¿De qué dependes?

—Es que sería un suicidio, ¿no lo entiendes...?

Y fue mencionar la palabra maldita y un profundo silencio se coló en la línea del teléfono. Iba ya a colgar y a despedirme cuando ella con un entusiasmo loco emprendió un discurso que me dejó noqueada:

—¡Un suicidio...! ¡Claro que lo entiendo! Es muy sensato eso que dices, nena. Me llena de orgullo oírte hablar así. Mi vida ha sido un suicidio ininterrumpido desde que le dejé el terreno libre a Leonardo. No tenía que haberme dado por vencida. ¡Yo no tenía que haber dejado a tu padre! Qué importa si me dejó abandonada en la carretera. Es muy sensato eso que dices, nena. Tú mantente cerca de tu padre, no lo dejes nunca. Cuando me muera harán retrospectivas de toda mi obra, entonces y solo entonces quiero verte allí en primera línea. Ahora tengo que dejarte, pero me pondré buena, te lo prometo. Estas son cosas entre tú y yo. Volveré, no lo dudes. Tengo muchas cosas que contarte, a ti y a tu padre. Eres muy joven, Belén, y yo volveré y os rescataré de ahí. ¡Hasta la próxima!

Mi madre estaba como una regadera, de acuerdo. Pero mentiría si dijera que su delirio no penetró hasta la última célula de mi organismo. Todavía reverberaba dentro de mí su voz cuando apagué la luz y me escondí bajo el edredón. Aunque ya no había escondite que me salvara. Por debajo de mis párpados las imágenes de aquel día se sucedían, y tras ellas los pensamientos, a cada cual más atroz. Pensaba en la culpa por primera vez y en tantas otras cosas de las que mi padre muy convenientemente me había mantenido alejada. Pero Valeria, con aquel aparatoso intento de suicidio, había conseguido romper todos nuestros *timings*. Y había aprovechado mi segunda visita a La Floresta para hacerlo. Cómo iba yo a dormir ahora, y cómo dormirían su hijo y Víctor. Los imaginé en el bar de la clínica zampándose cuatro dónuts, mientras ella corría por los pasillos del hospital hasta darme alcance. No era en ningún caso concebible que aquel conato de atentado a su propia vida lo hubiera ejecutado con premeditación. Valeria lo había hecho a solas en su habitación, no ante nuestros ojos, pero sí con nosotros cerca o rondando. Uno no se suicida si sabe que lo vigilan; normalmente lo premedita, evita los testigos y sobre todo no involucra a nadie. Ella, en cambio, como una guionista nefasta, había querido bombardear nuestra barbacoa y lo había logrado, sin duda. Pero la pena o la lástima que hubiera querido transmitirme se había transmutado en rechazo y asco de mi parte, y eso era lo que me mantenía insomne.

Después de una hora o dos cansada de dar vueltas improductivas bajo el edredón, me levanté y encendí el ordenador. Por primera vez introduje su nombre en Google. Me había resistido durante años a buscar noticias suyas y a investigar su presencia en la red. Estaba casi convencida de que mis amigos en sus horas de aburrimiento lo habrían hecho en más de una ocasión. Mantenerme en la ignorancia de quién era mi madre me preservaba y al mismo tiempo dejaba abierta la puerta a otras posibilidades menos duras. Quizás había llegado el momento de hacerle frente a aquella pesadilla, y mientras lo pensaba deseé que la búsqueda en el ordenador fuera nula, un espejismo más. Con un poco de suerte, Valeria se lo habría inventado todo. Pero nada más teclear su nombre en Google enseguida aparecieron en la pantalla una serie de entradas en cascada, noticias diferentes, titulares de prensa, y alguna mención aislada en algún premio en Castelldefels. Allí estaba ella, en diferentes épocas y tomas. Una de las entradas era de 1998, el año de mi nacimiento. Se la veía en la foto con un bebé en brazos. ¿Era yo aquel bebé? Revisé la noticia con una mezcla de pudor y desapego. Valeria llevaba ya entonces el pelo naranja, con la cabeza rapada en una pose after punk. Me sorprendí a mí misma espiando aquel *outfit*. Corrí a buscar otra entrada por si esta mejoraba la primera. De repente vi una foto espléndida, de una Valeria más aburguesada, recibiendo un premio en Terrassa. Una sonrisa excesiva denotaba un escaso control de las emociones. Pensé, no sin cierta tristeza, que aquella alegría auguraba nuestro abandono. Ese año ella debía de estar soltando lastre. Y luego un vacío de diez años, con algunas entradas de blogs que mencionaban los cortos de una autora eclipsada prematuramente. Me ardía la cara de pensar en mis amigos. Había comentarios escabrosos sobre ella. Encontré una crítica de *Fotogramas* donde la ponían verde y la imaginé leyendo aquellas entradas todavía hoy. La imaginé haciendo aquellas búsquedas y recreándose en su pelo corto, en su apenas insinuada fama, recordándose lo que había sido, porque nada deja de ser si ha sido, aunque solo se haya anunciado y desaparecido siempre queda un rastro, una estela, y sobre aquel poso de cenizas frías yo caminaba ahora como sobre ascuas. Borré las búsquedas, las eliminé todas, pero en mi cama volví a sentir la náusea de su presencia. Aquellas fotos no habían conseguido tranquilizarme, y ahora me sentía culpable de ser el bebé de la foto. Cómo había tenido Valeria la desfachatez de exhibirme ante los fotógrafos. Y sus palabras tan conciliadoras al teléfono, tan de loca, en el fondo, volvieron a resonar con insistencia en mis oídos. ¿De qué nos iba a salvar Valeria? ¿Qué cosas quería contarme? Como un péndulo, mi cabeza osciló de su imagen actual a las fotografías de joven y pensé que al menos tenía a alguien a su lado que la cuidaba. Víctor y Sergio habían bajado a la cafetería y acabarían con las ensaimadas, pero ya no era asunto mío que ella aprovechara justo ese momento para sajarse las venas. No me tocaba a mí cuidarla.

Con esos pensamientos conseguí dormirme a las tantas, pero a la mañana siguiente mi despertar fue agitado. Bajé las escaleras deseando tener una conversación con mi padre, algo que nos devolviera a la normalidad. Pero nada más entrar en la cocina me encontré con el anormal de Leonardo.

—¿Qué, ya estás repuesta del susto? —me espetó nada más verme.

—Pues claro. Le van a dar el alta hoy mismo —contesté intentando sacarle hierro—. Valeria se pondrá bien, no es para tanto.

—¿Que no es para tanto? —se rio él—. Esa mujer es un peligro andante. No has querido hacerme caso y vas tú de cabeza y te metes en ese lío.

—Que no es ningún lío, Leonardo. Es solo el litio, que no le llega.

—¿Y vas tú a hacerle una transfusión de litio? Si piensas que vas a poder con eso, Belén, te equivocas. Os tengo muy caladas a ti y a tu madre.

¿Pero cómo se atrevía a hablarme así? Con seguridad habría tenido una larga conversación por la noche con mi padre y el resultado no debía ser muy halagüeño para él. De ahí sus malas pulgas. Leonardo parecía no haber dormido, a juzgar por sus ojeras. Quise distraerlo de aquellas preocupaciones y conducir nuestra charla a un lugar más amable, pero fue imposible. Aquella mañana todos mis intentos por suavizar nuestros choques acababan delatando mis ganas de chincharle.

—¿Pero no la ves que está enferma? Ocúpate de lo tuyo, ¿no? —Y aún quise arreglarlo y ser cordial—. Porque tendrás montones de cosas de las que ocuparte con la boda, digo yo. ¿Cuándo os casáis papá y tú? ¿Ya tenéis fecha?

Leonardo explotó con los ojos inyectados en ira.

—¿Y a ti qué te importa eso? ¿Qué te importa si me caso o no? No vas a camelarme con tus ñoñerías, Belén. Ya te vi anoche haciéndole la pelota a tu padre en la cena. ¡Pues ya has conseguido lo que querías! Ahora tu padre dice que tú eres lo primero y le ha entrado el vértigo. Ni boda ni hostias. Me estáis fastidiando tú y tu madre que no veas.

Aquel quiebro del guion me hizo sentir de verdad importante. Yo le importaba a mi padre hasta el punto de condenar su propia felicidad o postergarla, eso me pareció colegir de las frases un tanto crípticas de Leonardo, y sentí al mismo tiempo una punzada de compasión por el sujeto que tenía enfrente y un gozo indisimulable. Primero vi en los ojos de nuestro tutor el fuego de la rabia y luego, como desinflándose, enseguida se vino abajo ante mi cara atónita. Yo no esperaba que de buena mañana me recibiera aquel baño de emociones.

—Así es tu padre, desde que lo conozco —siguió Leonardo con resignación—, como si no supiera lo que me esperaba con él. Vete preparándote, Belén, hay que ser muy iluso para soportarlo y yo también me lo estoy pensando, qué quieres que te diga. Ahora dice que necesita tiempo. ¡El que necesita tiempo soy yo!

—Pues daos un tiempo, ¿no? —me dieron ganas de consolarlo.

—Ya —dijo él tomando un sorbo de su café—. Tú lo que quieres es tenerme de aliado ahora que le has visto la catadura a tu madre.

—¡Pero qué importa eso! Qué te importa lo que le pase a mi madre. Tienes que pensar en tus intereses y los de papá. ¿Es que ya no lo quieres?

Se me ocurrían aquellas frases, entre la condolencia y la adhesión incondicional. Y ahora me daba cuenta: de todos los males que nos rodeaban quizás Leonardo era el menor.

—No lo sé, Belén. —Él movía la cabeza a un lado y otro—. Uno sabe cuándo las cosas se tuercen. Ha sido aparecer tu madre y todo ha cambiado.

—Si es por mí, yo te apoyo, Leonardo.

—No, ya no es eso, preferiría tenerte en contra, en esta casa nunca se sabe...

—Pero ten paciencia, ¿no? Mi madre mejorará, y yo no voy a irme a vivir con ella. Ya la atiende Víctor, que es al que le toca.

—Tu padre ha cambiado el testamento, eso lo sabes, ¿no? —dijo él, volviéndose hacia mí, y encarando aquel tema crematístico donde los haya—. He venido aquí para poner un poco de orden, pero no veo los resultados, Belén, tu hermano en Villa Romana pegándose la gran vida, y tú y yo en medio de todo este huracán.

—Eso no importa, Leonardo. Lo único importante es que salves tu matrimonio.

—¡Pero si aún no me he casado!

—Bueno, pues tu pareja.

A pesar de mis ánimos él seguía sin levantar cabeza.

—¿De verdad crees que tu padre es mi pareja? Yo ya lo dudo. Se ha pasado la noche hablándome de tu madre ¡como si fuera la gran artista! Sus películas eran infumables. ¿Tú has visto alguna? Y lo peor es que quiere recuperarlas, le ha entrado de repente la nostalgia y quiere volver a verlas, ¡si la noche que llegué me pidió que se las devolviera a Víctor! Son execrables. ¡Todas! Y ese abogado con el que vive, menudo personaje, juega con ella y con vosotros a su antojo y al final se saldrá con la suya. El caso es que ya no puedo fiarme de nadie, lo entiendes, ¿verdad? Yo creo que me voy a ir, Belén. Creo que en esta casa ya no pinto nada.

Leonardo por primera vez se sinceraba conmigo, y yo ya no tenía interés alguno en contradecirle. Qué nos importa la verdad del que pierde. El que se va o desiste ya no tiene valor alguno de cambio. Me asombró que en apenas una semana las cosas hubieran cambiado tanto para él y que estuviera pensando en irse. Escuché sus diatribas contra Víctor y mi madre sin pestañear, pero no le di la oportunidad de justificarlas. Yo, en el fiel de la balanza, me convertía ahora en el más afinado instrumento de medición: veía ascender a Víctor y declinar a Leonardo. Con sus locuras mi madre y mi padre con su inoperancia, ambos habían cedido a otros su potestad y yo me encontraba en tierra de nadie.

Sin terminar su café, Leonardo se levantó y salió de la cocina. Era una persona abatida, ciertamente, alguien en horas bajas. Lo oí deambular por el pasillo y supuse que iba a despertar a mi padre. A aquellas horas empezaba la ceremonia de su higiene. Yo había podido presenciar el cariño y la meticulosidad con la que él se empleaba en el aseo de papá y no podía creer que aquello fuera a acabarse por mi culpa. Mi padre jamás había estado tan limpio, y si al menos ganábamos eso ya era más de lo que mi madre nos había dado nunca.

Por su parte ni Víctor ni Sergio llamaron o escribieron en toda la mañana, y nada supe de ellos. Debían de estar haciendo la digestión de los bollos, con Valeria pendiendo de un hilo entre la vida y la muerte.

17

Pasaron siete días y otros siete hasta que volví a tener noticias suyas. En mi cuaderno los anoté como días de lluvias torrenciales. El calor pegajoso de Barcelona, con su cielo gris y azul alternándose, anunciaba un verano tormentoso. Ahora lo recuerdo como un tiempo de dicha. Los acontecimientos tan atropellados de las últimas semanas reclamaban una pausa, y entre Pedralbes y La Floresta se abrió un hiato natural como si fuéramos electrones que se repelían. Todo estaba recolocándose y cada uno de nosotros pensaba en su próximo movimiento, mientras permanecíamos quietos, en modo de espera. Hablo en plural y me incluyo en aquel juego en el que entré sin pedirlo porque toda mi vida se contaminó desde entonces de aquel anuncio de tormenta.

Una mañana de junio, ya terminado el curso, estaba en mi habitación cuando sonó mi móvil:

—¡Belén! ¡Ya me han dado el alta! El médico dice que estoy en perfectas condiciones y me voy a vivir con tu padre. Lo he hablado con él. Quería decírtelo. ¡Vamos a pasar el verano juntos!

La tormenta no había hecho más que estallar. Valeria acababa de ver la luz en su cuartito del hospital y se disponía a enhebrar el presente con el pasado como una tejedora étnica. Yo percibía que la que hablaba a través del móvil era una voz delirante, pero incluso a mí consiguió arrancarme una sonrisa. ¿Y por qué no iban ellos dos, mi padre y mi madre, a veranear juntos? Tal vez así despejaríamos el camino de personajes indeseables. La confusión de Valeria amenazaba con contagiarme, y su locura me daba alas para escribir las más subidas páginas en mi cuaderno, mientras que mi padre por aquellos días había entrado en un proceso de autoanálisis. Nunca lo había visto tan ensimismado. Hablaba poco y se comunicaba con la mirada, pero, al tiempo que pedía socorro con aquellos ojos lánguidos, enseguida repudiaba todo acercamiento.

Nuestras relaciones con Leonardo también cambiaron por aquellos días. No se fue de la casa como amenazó, y en cambio empezó a tratarnos con gran esmero. Se ocupaba de lavar y planchar su propia ropa, evitando así que Amelia hiciera trabajos que no le correspondían; era una manera de autoexcluirse de la comunidad que había forjado con mi padre y colocarse así en el plano de los sirvientes. Todos, después del intento de suicidio de Valeria, empezábamos a virar hacia posiciones desconocidas. Leonardo tenía las pesas recogidas en su bolsa. Parecía preparado para irse en cualquier momento. Pero los obreros que habían entrado en casa y empezaban a tirar tabiques continuaban su actividad como estaba previsto. Habría sido lo lógico que nos trasladáramos a otro lugar, no tener que convivir con ellos en medio de los andamios. Pero Villa Romana estaba ocupada por mi hermano y mi padre no se atrevía a desalojarlo.

Un día, mientras comíamos, me pidió que fuera a visitar a Ricardo. No habíamos vuelto a verlo desde su mudanza.

—¿Y no sería bueno que fueras a ver a tu hermano? Vamos a necesitar la casa para el verano porque vendrá tu madre. Vamos a pasar las vacaciones con ella.

Yo me hice de nuevas. Me sorprendí sin gran alboroto.

—¿Ah, sí? ¿Vamos a pasar el verano con Valeria?

—Sí, claro, ¿con quién si no? —dijo él leyendo el periódico y pasando las páginas como si aquello fuera tan normal.

—¿Y Leonardo? ¿También viene?

—¿Leonardo? Ah, no lo sé, lo que él quiera —dijo como si aquel nombre fuera el de un criado en el que no se ha pensado hasta el último minuto—. No se lo he dicho aún, pero si él quiere venir hay mucho trabajo que hacer allí. A Valeria desde luego le vendrá bien el aire del Pirineo, es la mejor cura. Unas vacaciones en familia, eso es lo que le hace falta.

Yo veía que mi padre y Leonardo tenían largas conversaciones a puerta cerrada en el despacho aquellos días. Por la manera en que se comportaban, estaba claro que habían roto. Algunas veces en aquel despacho se hacía el silencio, que volvía a interrumpirse poco después con algunos gruñidos en medio de las excavadoras. Quizás necesitaban que yo ahuecase para romper del todo.

—Un fin de semana, vete solo un fin de semana. —Mi padre insistió en que fuera a ver a Ricardo—. No es bueno que tu hermano y tú os alejéis tanto. Vete y dile que vaya recogiendo sus cosas.

Una mañana muy temprano me levanté decidida a coger el tren. Aquel tren iba atestado de perroflautas. Me senté en el único asiento vacío que quedaba y en poco tiempo subió al tren un ciclista. Había perros en aquel vagón. Había gente con sacos de dormir. Fue una ruta muy larga hasta que llegamos al pueblo donde mi hermano me esperaba. Lo vi por la ventanilla sentado en el arcén, y no me pareció que se alegrara de verme. Llevaba pantalones de circo y una camiseta de Pikachu. Yo me había puesto unos pantalones de campana para sintonizar con él, pero eso no amortiguó el choque de nuestras miradas.

—¿A qué vienes? Te manda papá, ¿no? —me recibió así de amable.

—Creo que quiere quedarse a solas con Leonardo, me parece que quiere cortar con él.

—¡Pues vaya una idea! —contestó Ricardo—. A ver ahora quién lo aguanta. Yo no, desde luego. ¿Vamos a desayunar al pueblo?

Tomamos algo en una taberna que había junto al tren. Mi hermano pidió tres Phoskitos y una cerveza.

—Tengo amigos en casa. Tendrás que dormir con Flor y Constanza, espero que no te importe.

Qué me iba a importar. Me acomodaría en cualquier rincón.

—Me ha dicho papá que te diga que necesitamos Villa Romana para las vacaciones.

A Ricardo se le atragantó el Phoskitos.

—¿Para las vacaciones?

—Para pasar el verano con mamá —y enseguida rectifiqué—, con mi madre quiero decir. Es que se ha puesto mala, ¿sabes? Ha intentado suicidarse.

Solté aquellas frases de corrido, me las había aprendido en el tren. Aunque no sonaron mal, Ricardo se erizó todo. Del suicidio no dio acuse de recibo.

—¿Tu madre en Villa Romana? Y la mía qué, ¿eh? ¿Es que la mía no cuenta?

Por su cara de imbécil entendí que pretendía incluir a su madre en nuestro pack de vacaciones, y yo no estaba en condiciones de negárselo.

—Anda, come y vámonos —dijo Ricardo, despejando de un balonazo aquel pensamiento intruso—. He quedado con mis amigos para un partido de vóley, y ya puedes ir diciéndole a papá que tendrá que venir él a desalojarme. ¿Pero quién se ha creído?

Nos pusimos en marcha hacia la casa del Pirineo. Me subí en la parte de atrás de una moto desvencijada que mi hermano acababa de comprarse. Yo no recordaba haber estado en aquella casa, ni siquiera la reconocía, pero sabía que de niños habíamos pasado allí algunos veranos. Con la moto casi ahogándose, ascendimos por una pendiente de la montaña y enseguida ante nosotros se abrió un panorama de lomas y campos salvajes. Allí se habría podido rodar *Cumbres borrascosas*. Quizás mi padre tenía nostalgia de aquel paisaje. Me agarré a la cintura de mi hermano y sentí en la tripa su calor. A pesar de sus desaires, aquel cuerpo me abrigaba.

—¿Y se ha intentado suicidar? Qué poca vergüenza —dijo—. Todo para dar lástima.

—No. Pero ya está bien —le saqué importancia a la cosa.

Enseguida, como dos kilómetros montaña adentro, vislumbré los picos de un tejado verde en medio de los árboles. Era una ruina fastuosa. Allí se habrían podido hacer grandes cosas si aquel ruinoso palacio no estuviera en manos de Ricardo y su *troupe*. Eran todos chicos y chicas de su edad con los pelos de greñas. Iban y venían con sus legañas por el laberíntico palacio como una población de insectos alrededor de un cadáver. Algo podrido gemía allí dentro, no solo la comida que aquella tropa dejaba tirada en el suelo, ni las heces que rodeaban el jardín. Había algo en el interior de Villa Romana que exhalaba el último aliento.

Ricardo me presentó enseguida a sus colegas, dos chicas risueñas con las que compartiría habitación. Estaban dándoles de comer a unas vacas. Las vacas, con sus cuernos puntiagudos y retorcidos, me miraban y se preguntaban qué hacía allí. Vi a mi hermano, que corría en dirección contraria hacia un grupo de chavales que libraban un partido en medio de la pradera. Sus amigas me miraron con simpatía.

—Entonces ¿tú eres la hermana de Ricardo?

Asentí, sonriendo. Una vaca vino hacia mí.

—Eh, no te asustes —me rescató la muchacha rubia—. No hay que tenerles miedo, si te quedas quieta se olvidan de ti.

Eso hice, siguiendo las instrucciones de la pastora urbana, y, cuando aquellas vacas emprendieron la retirada con sus tremendas campanas emitiendo un bonito estruendo, las dos chicas que estaban conmigo quisieron enseñarme la casa. Las seguí sin rechistar a través de unas galerías de cristales rotos. Llegamos por fin a la habitación donde dormían ellas. Había dos o tres colchones tirados por el suelo. Me acomodé en una colchoneta con mi mochila, que dejé a la cabecera a modo de almohada, imitando lo que veía hacer. Luego me invitaron a una cerveza que decliné educadamente. Estaban todas ansiosas de fábulas.

—Oye, ¿y sabes quién ha vivido aquí antes?

—Ni idea.

—Tu hermano dice que aquí vivía su madre hasta que tu padre se casó con la tuya —dijo la chica de pelo negro.

Me di cuenta de que mi hermano empezaba a legitimarse en su apropiación de Villa Romana.

—Pues ni idea, primera noticia —dije.

—Pues su espíritu vive ahí abajo, en el sótano. ¿Quieres verlo? Ella sigue gimiendo en el corazón de la casa —dijo con gran estilo literario—. La hemos oído sollozar toda la noche. ¿Que no te lo crees? ¡Ven!

Aquellas dos chicas me cogieron de la mano y nos embarcamos en una expedición al centro de la casa. Yo iba en volandas hacia aquel cuento de fantasmas y pensaba que mi incursión en el mundo de los espíritus no quedaría nada mal en mi diario. Me sentía adoptada, transportada, y un poco rígida en aquel mundo infantilizado. Pero intenté seguirlas con ligereza mientras bajábamos a las mazmorras, así llamaron Flor y Constanza a las bodegas. En aquellas cavidades oscuras y subterráneas que atravesábamos, había departamentos cerrados con rejas corroídas por el óxido. Dentro solo había tierra y un insoportable olor a humedad.

—¿Qué te parece? Está ahí, ¿no la ves?

—¿El qué? ¿Dónde?

Nos quedamos las tres pegadas a las rejas. Yo no veía nada, pero dije que sí, que veía una sombra, el perfil de una mujer. Las amigas de mi hermano empezaron a dar alaridos y a subir escopetadas las escaleras. Llegamos al rellano de la primera planta y enseguida vi la luz, con las montañas del Pirineo recortadas tras los cristales rotos. Afuera, unos quince jugadores se arracimaban en torno a una red de vóley. Flor y Constanza me preguntaron si quería ir a bañarme con ellas al río. Me quedé viendo a mi hermano mientras jugaba al vóley. Él no me miró en todo lo que duró el partido, y solo a la hora de comer, cuando empezaron a rugirme las tripas, se acercó a mí.

—¿Te vienes a tomar una pizza?

—Sí, claro, estoy hambrienta.

Me levanté y salí corriendo tras él. ¿De dónde salían aquellas historias de Flor y Constanza? Estaba ya a punto de preguntarle a mi hermano por el fantasma de Villa Romana cuando él, como si lo intuyera, echó a correr y no tardó en dejarme atrás. Bajó por una pendiente del monte siguiendo al grupo de sus amigos, y, sin saber cómo, a los pocos segundos los perdí de vista. Me habían dado esquinazo. Grité y caminé un buen rato, pero no encontré a nadie. Y allí, en medio de la pradera y cagada de miedo, me senté a esperar.

Pero nadie volvió a por mí, ni las chicas. Solo un pequeño grupo de vacas de cuernos puntiagudos me contemplaban. Así pasé la mañana en las inmediaciones de Villa Romana viendo correr las horas hasta que se me ocurrió pedir ayuda. Pero ¿a quién llamar? Mi universo estaba poblado de seres inútiles e inoperantes y mi agenda telefónica era inservible. Me quedé mirando las vacas. Mi padre me había encomendado la tarea de desalojar a mi hermano de Villa Romana. ¿Por qué no lo hacía él? Desde hacía un mes yo iba de aquí para allá como un tren atestado de gente enloquecida. ¿Valeria iba a recuperarse pasando unas vacaciones allí? Yo no veía en aquel caserón más que oportunidades para quitarse la vida. Por todos lados había cristales rotos y vigas descolgadas. Ni siquiera habría que esforzarse mucho. Pero qué idea era aquella de traer a mi madre al Pirineo. Qué vida era la nuestra. Los resortes que movían a toda aquella gente que pululaba a mi alrededor me eran desconocidos, indescifrables. Estaba ya descendiendo a los infiernos de la despersonalización total, en medio de la pradera, cuando vi llegar por la cuesta a un ser humano con brazos y piernas.

Era una mujer que recogía a las vacas. Supuse que era la encargada del ganado. Ella no se fijó en mí, o prefirió no verme, habida cuenta de la invasión de jóvenes que alteraban aquella mañana la paz de sus pastos. La mujer ató a las vacas y estas se dejaron conducir renuentes hacia las cuadras que había en los bajos. Debía de ser la masovera, y puede que fuera miope porque cuando me acerqué a ella se llevó un susto.

—¡Ah! ¿Y tú? —dijo la mujer de mofletes rojos—. ¿Dónde están los otros? ¿Por qué no estás con ellos?

—¿Es usted la masovera?

Se lo pregunté con educación, pero la pregunta era superflua a todas luces. Antes de responderme, ella se puso morada, y luego azul. Iba ya a resguardarse en las cuadras sin darme respuesta alguna cuando de pronto me entró aquel afán fiscalizador.

—¡Oiga! ¿Son estas vacas de mi padre?

La mujer se quedó mirándome con sus ojos torpes, y se volvió hacia la luz escudriñándome. Echó sus dedos gordos como butifarras a la frente, a modo de visera contra los haces del sol, y a una distancia de dos palmos vi que me identificaba. Con mis pantalones de campana, yo había cambiado mucho desde bebé, pero a sus ojos le resulté conocida.

—¿Y tú no serás la hija de Valeria? —dijo sin dar lugar a que yo confirmara nada—. Sí, claro. Claro que eres la hija de Valeria, no puedes engañar a nadie, *et sembles*. ¿Y cómo está tu madre? Hace tiempo que no la veo.

—Mi madre bien, gracias —dije, y luego precisé, para qué ocultarlo—: Bueno..., está así así. Vamos a pasar el verano en Villa Romana. Le vendrá bien el aire del Pirineo.

—¿Ah, sí? ¿Vuelve a estar enferma? —dijo la mujer alejándose con las vacas—. Siempre ha tenido problemas esa mujer... Claro que con tu padre no debe de ser fácil. ¡Dímelo a mí...! —Y enarcó una ceja penetrándome con aquellos ojos de pronto inyectados en una agresividad que no reparaba en mi flaqueza—. ¡Pero jamás se me ha ocurrido reclamarle nada, eh! Si en lo que está maquinando tu padre es en echarme de aquí y te ha mandado para decírmelo con tus pantaloncitos y tu melena al viento, le dices de mi parte que pierde el tiempo. ¡Que venga él si se atreve! ¡Villa Romana es mía y de Ricardo!

Me quedé sin habla. Vi la vara que llevaba en la mano blandirse como un látigo delante de mis narices. Menos mal que en los últimos tiempos había adquirido cierta resiliencia ante las acometidas de los extraños. La apacentadora del ganado emprendió la retirada dejando el aire silbando y no me dio tiempo a preguntarle nada, pero sí pude ver su perfil inconfundible, al girarse. Era el mismo perfil de mi hermano, pero en versión pirenaica. Sus labios prominentes, un poco colgante el de abajo, la nariz abombada en el centro como de boniato, y lo que me confirmó el parentesco entre ellos dos fueron los andares de la masovera, que también eran los de Ricardo, y sus maneras, esfumándose en los establos con absoluta tranquilidad mientras les daba toquecitos a las vacas en los cuartos traseros.

¿De modo que aquello era lo que ocultaba Villa Romana? Los árboles que nos rodeaban no se inmutaron, toda la montaña permaneció impasible ante semejante revelación. Mi padre como una verdadera caja de sorpresas iba abriéndome sus estancias. Fuera aquella mujer la madre de Ricardo o no, se estaba preparando un plan sin pies ni cabeza. Y yo, si no quería perder la mía, tenía que huir por patas.

Pero ¿a dónde ir? Tampoco Villa Romana era un sitio para esconderse. Me quedé un buen rato mirando la puerta del establo por donde había desaparecido la mujer. Luego me giré y contemplé la vista a lo lejos. El calor de la montaña apretaba, mi hermano me había dejado en la estacada y lo último que deseaba era que volviera. Entré en la casa a buscar mi mochila y me puse a caminar a ciegas montaña abajo, desandando a pie el tramo hasta el pueblo. Antes de que Villa Romana desapareciese de mi vista, vi a la masovera que había salido de las cuadras y me llamaba a lo lejos, agitando sus brazos.

—¡Eh! ¿Qué haces? ¡Vuelve aquí! ¿A dónde vas?

Pero ya no estaba segura si era una alucinación. Escapé a todo correr para que no me alcanzara aquel espectro, y conseguí llegar medio asfixiada a la carretera. Di con la estación de tren sin preguntar a nadie y cuando ya volvía a la civilización y empezó a haber cobertura mi hermano llamó a mi móvil. Yo ya estaba a buen recaudo en mi vagón.

—¿Pero por qué te has ido? Te dije que me siguieras.

—Me has dado esquinazo. ¡Eres un cabrón!

—Papá va a pensar que te he echado. ¡Vuelve!

—¡Me importáis una mierda tú y papá!

Piii, piii, piii...

Colgué *ipso facto*.

En Pedralbes esa tarde también hubo movimientos. Nadie me esperaba cuando llegué a casa. El portalón del jardín estaba abierto y la moto de Víctor aparcada junto a la farola. En el recibidor vi la bolsa de deporte de Leonardo. Dentro, mi padre departía en el salón con Víctor, ambos ante un montón de documentos. Se volvieron hacia mí cuando me vieron entrar, pero no hicieron el menor gesto de sorpresa. Comprendí, como tantas veces en el pasado, que estaban hablando de algo que requería de una total discreción y que tal vez por eso mi padre me había enviado a pasar el fin de semana fuera. Yo había vuelto antes de tiempo y los había pillado con las manos en la masa. Pero, si necesitaban esconderse, por qué se habían ubicado en un lugar de paso en medio de todo el mundo. Amelia danzaba de aquí para allá quitando el polvo de las obras. Leonardo se había marchado y de él solo quedaban aquellas dos pesas metidas en la bolsa. Eso fue lo que entendí cuando me asomé a su cuarto y vi la cama tan blanca y escuálida como siempre, con el colchón en cueros y lleno de lamparones. Aquel cuarto que en los últimos tiempos se había llenado de cremas, chándales y toallas volvía a ser el cuarto de la plancha y Amelia volvía a reinar en él. Nada más asomarme allí, la vi que se lanzó a la puerta, temiendo que yo descolocara el orden que ella había vuelto a implantar.

—¿No irás a instalarte tú aquí ahora?

—¿Y qué pasa si lo hago?

—Primero habrá que tirar esta basura de colchón —dijo toda irritada y luego noté que se entristecía—. Leonardo se ha ido, ya lo sabes, ¿no?

—Ya. Ya lo veo —dije—. ¿Pero se ha marchado él solito o le han mandado a la policía?

—Qué policía ni qué niño muerto. No ha hecho falta.

—¿Y las pesas? ¿No se las piensa llevar?

—Se las ha dejado a tu hermano. Si en el fondo no era mala gente. Sois terribles, en serio. A ver quién nos viene ahora...

Debo decir que tampoco yo estaba contenta con la huida de nuestro tutor. Pero, cuando quise volver atrás para tender con mi padre y Víctor alguna clase de puente, nuestro abogado ya no estaba en el salón. Al pasar por allí vi a mi padre aturdido frente a un montón de papeles.

—¿Has visto a tu hermano? —me preguntó.

—Claro que lo he visto, y a su madre también —dije—. Porque es su madre esa mujer que vive en Villa Romana, ¿no? La tenías bien escondida, sí señor. Ha dado para mucho este viaje.

—¿Ah, sí? ¿Has conocido a Delfina? —dijo el muy cínico, como si tal cosa. Y volvió a su duelo mirando a las pesas que había en el recibidor—. Es una buena mujer, Delfina. También era bueno Leonardo. Todos son buenos, pero nos dejan, Belén. ¿Qué tendremos? Algo tendremos que no les gusta.

—Ya. ¡Ja! *Que nos dejan*. Bonita manera de decirlo. Lo has echado de casa, ¿no?

Yo seguía retándolo con aquel ademán chulesco que había aprendido de su Leonardo y de su Delfina, precisamente. Yo venía inyectada en sucesivas olas de ira que se encabalgaban y que encontraban en mí el terreno bien abonado.

—¡Y también dirás de mí que te dejo! —añadí, dispuesta como estaba a romper con todo y dejarlo también yo con un palmo de narices.

Pero mi padre no entró en provocación alguna. Me miró con estupor sin prestarle atención a mi tono acechante. Por encima de todas las estampidas y las amenazas había en él una suma queja, dolorosa e incuestionable como una enfermedad que se propagaba por la casa cada vez que movía su zepelín.

—Pues sí, Leonardo se ha ido, qué le vamos a hacer. Me temo que también él tenía pretensiones —dijo poniéndole nombre a aquella lacra que aquejaba a todos cuantos se acercaban a él, y siguió—: Quién lo hubiera dicho, menos mal que Víctor para estas cosas es un lince. Leonardo me pedía nada menos que un sueldo por estar al frente de vuestros asuntos y por supuesto que le he dicho que no. ¡Y pretendía venirse con nosotros de vacaciones a Villa Romana! Menos mal que todo vuelve a su sitio, menos mi corazón, que no se recupera. No pienses que estos tragos a mí no me pasan factura. Pero al menos he conseguido enderezar las cosas. Mira. ¿Lo ves? Hay que mantenerse frío.

Y me enseñó muy ufano los documentos que acababan de firmar con Víctor. Todo volvía a su sitio. Nuestro abogado, después de unas semanas apartado y mordiendo freno, volvía a ponerse al volante de sus asuntos.

—Entonces qué, ¿vuelve a ser él nuestro tutor?

—Pues claro. Quién mejor que Víctor —dijo—. Solo que el plan de las vacaciones con tu madre se nos va al traste. No es bueno ahora que mezclemos las cosas, cariño. Los temas económicos requieren de frialdad, ya vivirás con ella el día que yo falte. Y ahora déjame un rato, necesito estar solo, necesito un poco de tiempo para mí. Lo entiendes, ¿verdad?

Desde luego no era el momento de insistir con la masovera. Mi padre estaba triste como pocas veces lo había visto. Había perdido la chaveta por Leonardo y al final había tenido que abrir los ojos a la realidad, pero aquellos ojos estaban tan tapiados que al volver a abrirlos de allí solo manaba sangre. También él, como mi madre, estaba perdiendo las ganas de vivir.

—¿Pero cómo se puede ser tan villano? —repitió—. La pobre Valeria suicidándose por las esquinas y Leonardo robándome a mansalva. ¿Te lo puedes creer?

Lo dejé allí lamiéndose sus heridas. Solo por la noche, cuando volvió a salir de su cuarto, me atreví a acercarme a él. Mi padre hizo un esfuerzo por mirarme a la cara.

—¿Y qué tal con tu hermano entonces? ¿Lo habéis pasado bien?

—Muy bien, sí. Estaba con unos amigos bastante graciosos —dije tratando de animarlo.

—Pues nada, que se divierta. ¿Y tú? ¿No vas a invitar a tus amigas?

No era viernes sino domingo, pero mi padre parecía añorar nuestras fiestas. Era el momento de restañar la herida.

—Y la madre de Ricardo..., esa Delfina, qué gordita, ¿no, papá? —pregunté del modo más frívolo posible, también yo intentando alegrarle la vida a mi padre.

—¿Delfina? Ji, ji, ji —dijo y se rio como cuando Leonardo le contaba algún chisme—. ¡Delfina gasta más en carne que la leche que produce! Pero jamás me ha dado un problema, ¿eh? No te tienes que preocupar por ella, mejor que Ricardo y ella sigan en Villa Romana y a ti te dejaré esta casa. Total, para lo que me falta no merece la pena entrar en conflictos. Lo que sí te aconsejo es que te lleves bien con Víctor, él cuida de tu madre y a cambio tú y yo vivimos tranquilos. Me he mareado tanto con esta historia de la herencia que ya no sé lo que hago. Me ha tenido aquí Víctor haciendo cuentas y lotes desde que te has ido. Sangre de horchata, cariño. Solo te pido eso. Pase lo que pase hay que tener sangre fría. ¿Me harás caso?

18

A cada uno le toca su vida, la suya y la que hereda. Aunque uno llegue al mundo como por ensalmo, sin padre y sin madre reconocidos, aun en esa circunstancia heredará algo, y con ese algo tendrá que vivir. Una mirada de los otros, un juicio propicio o adverso de quien lo mira llegar al mundo, tal vez una indiferencia o un asco, un gesto de estupor o una mirada de compasión sesgada. El que nace puede nacer incluso a la misma nada, pero nunca será la nada de los otros sino la suya propia, la de esa noche o esa madrugada sin otro testigo ni otra respiración que la de una mujer o un hombre entre aliviado y confuso.

Yo no lloré al nacer. Eso significaba, según los ojos de quien lo vio, que mi pequeño cuerpo estaba ocupado en captarlo todo, observarlo todo y no perder detalle del escenario que me recibía. La inteligencia que mi padre me atribuyó nada más abrir los ojos estribaba en una natural propensión a la calma. Mientras los ojos que me veían se admiraban de aquel silencio, mi cuerpo registraba con sus antenas la temperatura del suyo, el olor de sus manos, y con ese bagaje de confianza debió de intuir que me enfrentaría al mundo.

No debí de decepcionarlo mucho. A pesar de las sorpresas que precedieron a su muerte creo que en el momento crucial permanecí todo lo tranquila que él esperaba de mí. El día de autos amanecí, de hecho, con una sensación de ligereza y bienestar increíbles, tal y como siempre él nos había pronosticado.

Aunque el modo en que mi padre me despachó la noche antes del día de autos, no me dejó tranquila. Su frase, tan escuchada y tan nueva cada vez, en esa ocasión me sonó a despedida definitiva. Si lo pienso un poco él llevaba despidiéndose desde el día en que Leonardo entró en casa. La agitación de los acontecimientos, su anuncio de boda, la aparición de mi madre, todo tenía un aspecto de traca y de fin de fiesta que alguien había premeditado con escrupulosa precisión.

Pero no lo pensé al subir a las mansardas sino durante mi sueño. Al ver a mi padre girar su silla y perderse por el pasillo, cuando me recordó mi sangre de horchata y nos dimos las buenas noches, lo que pensé fue que algo iba a cambiar entre nosotros, aunque todo volviera a su sitio. Los acontecimientos de aquellos días, aquel mes y medio que precedió a su muerte, lo proclamaban. Aquella manera de correr en todas direcciones dando quiebros y esprintando, deteniéndose y abalanzándose, obedecía sin duda al mecanismo autónomo de las angustias de su corazón.

Yo subí aquella noche a mi cuarto entre los cascotes de las obras del ascensor, inmersa en la nube de polvo y en el fondo agradecida. Mi madre no iba a pasar el verano con nosotros y no se me ocurrió volver a preguntar por ella. Si me había mantenido en la inopia durante catorce años no iba ahora a perder el tiempo rescatando informaciones que iban a alterar en adelante nuestras vidas. Mi curiosidad o rabia, o frustración o engaño, todos aquellos sentimientos que habían salido a flote y habían estallado como una lava con la aparición de Valeria, eran ahora solo cenizas y lo que había debajo, nuestra vida de siempre, emergía con obstinación.

Quizás mi padre quería hacernos ese regalo antes de irse, abrir para nosotros sus habitaciones calcinadas, pero nada tenía importancia ya. Ni siquiera la situación de Valeria, a la que yo, por mucho que me empeñase, no iba a devolver la cordura. También a ella preferí olvidarla, qué tenía yo que ver con aquella madre siempre en la cuerda floja. Tal vez mi padre, barroco como él era, había tenido la ilusión de devolvérmela haciendo comparecer a Leonardo en nuestro presente y convocándola así en toda su dimensión de fantasma. Y Víctor. Víctor siempre entre nosotros, y él, entre ella y mi padre, a veces como un embrague, otras veces como un freno. Víctor como un rodamiento evitándonos todo desgaste, toda fricción con la realidad.

Honestamente, yo no tenía derecho a poner en solfa a nadie. Ni siquiera a Leonardo, que dejó sus pesas en la entrada y no volvió jamás a por ellas. Quizás las dejó en trueque por lo que pudo llevarse, pero era demasiado tarde para ocupar un lugar en nuestras vidas, y si tenía pretensiones o no tampoco puedo afirmarlo. Lo único que desapareció tras él, y que a mí me consta, lo único que eché de menos y que pude comprobar a la mañana siguiente, cuando me desperté y bajé a desayunar, fue nuestra sandwichera, la querida sandwichera de mamá.

La eché en falta nada más entrar en la cocina. Amelia estaba allí, como siempre, apoyada en los fogones y de brazos cruzados. Ni siquiera se había ocupado de despertar a mi padre. Le pregunté por la sandwichera con cierta saña. El hueco que había aquella mañana en la repisa del fregadero delataba ya una ausencia irreparable.

—¿Qué ha pasado con la sandwichera? ¿No la habrás tirado otra vez?

—Y por qué iba a tirarla. Se la habrá llevado Leonardo —contestó ella, más hosca que nunca.

—¿Y para qué iba a quererla Leonardo?

—¡Y a mí qué me preguntas! —contestó con rabia.

Pero algo me decía que había sido ella. Nadie iba ya a llamarla a capítulo. Nadie iba a meter sus narices entre los restos de la basura.

—¿Y papá? ¿No está despierto aún? —pregunté con aprensión.

—Qué sé yo dónde está tu padre. ¡Qué sé yo!

—¡Cómo que no sabes!

No llegué a gritarle, no tuve arrojos. Su cuerpo pequeñísimo, más pequeño aún que el llanto que emprendió entonces, frenó todos mis impulsos. Era aquel llanto de Amelia un llanto mezquino casi.

—¡No! No vayas a despertarlo, Belén, que está descansando...

—Pero cómo que no vaya... ¡Quién eres para impedirlo!

Corrí como loca al cuarto de mi padre. No sé por qué algo me indicaba que nos haría falta ayuda en su habitación. Ya no estaría Leonardo para moverlo y era muy posible que papá no quisiera ni levantarse. Pero poco antes de entrar supe que ya era tarde.

—¿Papá? ¿Estás ahí?

Nadie contestó. Empujé la puerta, que estaba entornada. La pierna que le faltaba nadie se la había tapado, la tenía de fuera, como si al arroparle la noche antes Amelia lo hubiera dejado a medio tapar. Él yacía con la boca abierta. No tuve que acercarme para darme cuenta de que ya ni el pijama, que llevaba mal abrochado, le correspondía. Eran todo cosas ajenas las que lo rodeaban. Pertenecían a otro que ya no estaba allí y que sin previo aviso nos había dejado. En su lugar, aquel impostor con cara de cemento que hacía las veces de mi padre, yacía como un maniquí sobre su cama, como si hubiera querido darnos el cambiazo. Aun así, me detuve a abrochar los botones del pijama en el ojal correcto. Todavía olía su piel a los ungüentos que Leonardo le había aplicado en las últimas semanas. Desde el fondo de la casa oí que uno de los obreros que empezaban a aquella hora a trabajar le preguntó a Amelia por *el señor*. Entraban con sus palas dispuestos a continuar las obras interrumpidas. Ella no nos molestó, no entró en la habitación, la oí decirles a aquellos hombres que *el señor no está*, y luego un silencio atropellado, tumultuoso como el de aquellos días en los que mi padre había querido protegerme y exponerme, repudiarme y bendecirme, se apoderó de la casa y lo invadió todo. El día antes, al anochecer, mi padre me había despedido con aquella frase, y yo la recordé al instante. Mi sangre. Mi sangre de horchata. La suya todavía estaba tibia. Toqué sus manos y su tacto era aún el de siempre. Pero enseguida estuvieron frías como el mismo hielo. Sus músculos rígidos tiraban de su carne y se fruncían en el entrecejo como si alguien hubiera querido besarlo en medio de la noche y él le hubiera hecho la cobra. Exactamente, aquel era el mismo gesto que Víctor me hacía cuando era una niña y yo me lanzaba a abrazarlo.

Papá estaba ya frío como un témpano cuando llegó el que nos iba a salvar a todos. Lo vi aparecer por la puerta y no me miró, o no le pareció oportuno reparar en mí. Me levanté buscando un abrazo, alguien a quien estrechar que estuviera vivo y caliente, pero Víctor, nuestro salvador, pasó de largo como si también yo perteneciera al reino de la muerte. Observó luego a mi padre a una distancia de médico y salió al pasillo. Enseguida lo oí llamar a la funeraria.

—Habrá que avisar a Ricardo, ¿no? —dije—. Antes tiene que venir mi hermano. Lo tiene que ver.

Víctor no lo escuchó, o si lo escuchó no le pareció la mejor idea. Luego lo vi con Amelia rebuscando papeles y documentos en el archivo. Mi presencia era tan superflua aquella mañana en nuestra casa que salí al jardín. Hice el mismo recorrido que veía hacer algunas veces a mi padre. Todo lo que él veía al despertarse cada mañana seguía allí, bajo el celeste rosado del cielo de Barcelona. Era una forma de distanciamiento la mía, muy estilo Tarkovski. Me autoexcluí del espectáculo que desplegaron entonces Amelia y Víctor a la busca de registros y balances económicos, tan libres y diligentes ellos, tan seguros y silenciosos, convertidos de pronto en figuras autónomas que circulaban por nuestros cuartos sin pedir permiso.

Cuando llegó Ricardo, anochecía. Habían trasladado a papá al tanatorio de Les Corts y la cremación se llevó a cabo al día siguiente. Ni Leonardo ni mi madre ni la masovera del Pirineo pasaron por el tanatorio a despedirse. En cambio, sí estuvieron en aquel último adiós personas a las que ni mi hermano ni yo conocíamos. Eran nombres ostentosos, los Domènech, los Pericay... Todas aquellas familias de las que él se mofaba en la intimidad y cuyas tarjetas de visita coleccioné como si fueran objetos preciosos. Por la noche, después de que mis amigas se fueran a sus casas —porque también Cintia y Fanny estuvieron en el funeral con mi profesor de Filosofía— por primera vez me senté con Víctor en el sofá del salón, los dos juntos contra el respaldo, medio extenuados, como quien descansa después de una dura tarea.

—¿Quieres que me quede contigo? —me preguntó—. Puedo dormir en el cuarto de Ricardo, no quiero que te quedes sola hoy.

Amelia había hecho las maletas. Víctor le había dado un finiquito y ni siquiera vino al entierro. Ricardo había pasado un rato por allí y se había llevado su colchoneta a los Pirineos.

—¿Y dónde vas a dormir? ¿En el suelo?

—Pues no sé, puedo dormir en el cuarto de tu padre, si no te importa.

—Ahí no, todavía no.

—¿Y en el de Amelia?

—¿Y si vuelve?

—No lo creo.

Por la noche lo oí deslizarse bajo las sábanas y acurrucarse junto a mí haciendo la cuchara. Noté la presión de su cuerpo contra el mío y encajé mi culo entre sus muslos y su abdomen. Había llegado al parecer el momento de que su misión en nuestra familia se cumpliera. Yo no quedaría huérfana, tendría siempre alguien que me respaldara, que seguiría velando por mí una vez papá faltase. Víctor me había acompañado toda la noche sin otra pretensión y lo que sentí, al despertar al día siguiente y ver su hueco vacío en mi cama, fue exactamente lo mismo que mi padre me había anunciado tantas veces: «Vais a quedar en la gloria. Vais a quedar muy bien».

Y en aquella gloriosa mañana sin mi padre me dirigí al *hall*. Quería comprobar si la chaqueta del traje de Víctor seguía allí. La chaqueta no estaba. Aquello nubló por unos instantes mi dicha y reparé en las pesas que Leonardo había dejado junto al paragüero. No las recogí para dárselas a mi hermano, a quien iban destinadas, sino que las guardé en mi cuarto en el fondo del ropero por si en un futuro nos podían servir.

La gente se queda con cosas de los muertos. Se aferra a una joya o a un mechón de pelo. Algunos hacen inventario de los efectos personales y se los reparten, sellando así alguna clase de alianza entre los deudos. Yo no me quedé con nada de mi padre salvo aquellas pesas que ni siquiera eran suyas. Y si las guardé no fue porque representaran ninguna clase de talismán para mí, nada que ver con atesorar el último intento de felicidad de mi padre que yo me había encargado de boicotear a conciencia, por otra parte. Pensé de una forma mucho más pragmática en ellas. Tal vez algún día me fueran útiles. Y no dudo que tras ese pensamiento no estuviera oculto el tarugo de Leonardo. Algo de él había quedado en mi interior, algo me había enseñado. No solo no se había llevado la sandwichera de mamá, sino que me había servido el arma homicida.

Pero, como todo lo que uno guarda con el mayor de los celos, me olvidé de las pesas con el correr de los días. Ahora ya podría visitar a mi madre sin que el miedo me acongojara y a eso me dediqué. Con Ricardo y la masovera las relaciones se distanciaron, pero no sucumbieron. Fui a verlos, comí con ellos alguna vez. Aquella madre salida de la chistera hizo *mel i mató* en los almuerzos que compartimos y mi hermano, si puedo decirlo así, mejoró bastante con ella. Yo intentaba no cortar el vínculo más que nada por mi padre, pero lo que un muerto considera esencial en vida acaba siendo la última de las prioridades de los que le suceden, así que cuando los postres en Villa Romana empezaron a escasear me agarré a las invitaciones de Víctor.

Él llamaba cada día. Venía los viernes, siempre con su botella de horchata. Durante la semana yo me dedicaba a mis clases y cuando llegaba a casa le daba puntual informe de mis actividades. No se trasladó a vivir a nuestra casa a pesar de que todo había quedado a su nombre, y tampoco me instó a mudarme. Aquella nueva situación, viviendo yo sola en el palacio chamuscado, no parecía preocupar a nadie. Las obras del ascensor se detuvieron y de la última ilusión de mi padre quedó como único rastro aquel hueco en las escaleras. Y yo me mudé de las mansardas a mi habitación y reanudé mis fiestas del fin de semana. Víctor, esos viernes, después de ponerme al día de los avances de la salud de mi madre, se iba por donde había venido y me entregaba la paga semanal, cincuenta euros.

No estaba nada mal. Mi vida era envidiable para cualquier joven de mi edad, una libertad total que empleé en ponerme al día de las películas que no había visto aún y que Valeria, a través de su hijo, me recomendaba. Sergio vino a hacerme compañía algunas veces. Vimos juntos todas las de Ingmar Bergman, Carl

Theodor Dreyer y Lars von Trier. Era extraño, de todas maneras, que Valeria no quisiera verme después de la muerte de papá. No volví a hablar con ella ni a saber nada más que lo que su hijo o Víctor me contaban. Al morir papá, ella regresó a la invisibilidad total y el furor por aprovechar el tiempo que habíamos perdido se le olvidó de repente. Asumí que tenía por madre a una desequilibrada y que bastante suerte era que la aguantaran otros. No obstante, me interesé por sus pelis y Víctor volvió enseguida, dos viernes después de la muerte de papá, con la bolsa de VHS que se había llevado de casa.

—No las pierdas —me dijo—. Hay otras copias, pero estas son las originales.

Me dispuse a ver la primera, titulada *El repositor*, con la nueva asistenta dándome escobazos entre las piernas. Siempre que me veía enfrascada en aquellas cintas acudía a pasar la mopa.

En *El repositor*, el personaje central era un hombre que rellenaba estantes de supermercado infinitas veces. Toda la película, de unos veinte minutos, consistía en la incesante reposición de productos de belleza. No había otra acción allí. Al principio resultaba hipnotizante, yo esperaba que alguna situación alterase aquella actividad monótona, pero nada sucedía. Un día y otro a la misma hora se veían mujeres con sus carritos de la compra parándose a buscar el producto que necesitaban, y mientras tanto el repositor se hacía a un lado para seguir luego su tarea. A los cinco minutos observé que las mujeres eran siempre las mismas vestidas de diferentes formas, solo el repositor llevaba el mismo uniforme. Supuse que aquello era una crítica a la tiranía que el capitalismo ejerce sobre las mujeres. Cada vez ellas iban más guapas, sin duda por alguna clase de competencia o pugna por seducir al repositor. Lo interesante de la película era que todos aquellos vestidos te llevaban a imaginar qué clase de vida hacían ellas y qué las mantenía con la ilusión intacta a la búsqueda de un nuevo esmalte de uñas o un color de tinte. Aquella película me dio para una reflexión de muy hondo calado. Lo que aprendí de *El repositor* lo puse en práctica a partir de ese viernes. Cada vez que Víctor venía a verme yo me acicalaba con la ropa de mi madre. Había descubierto aquel arsenal de *outfits* en un baúl en las mansardas. Allí estaban los trajes que ella usaba en sus buenos tiempos, los había olvidado al irse y mi padre lo había conservado todo. Eran modelos de los años noventa, intactos, que me sentaban la mar de bien. Se llevaban las hombreras, y así descubrí la manera de franquear el muro de frialdad en que se convirtió Víctor desde la muerte de papá.

Él, con una aparente humanidad, había empezado a tratarme con cariño. Cuando llegaba de visita, nos dábamos dos afectuosos besos, como nunca había ocurrido antes, y solía entretenerse conmigo en conversaciones del todo absurdas, cosas del colegio, novios y demás, como queriendo bajar a la arena de mis dieciséis años. Pero yo sabía que aquella nueva faceta suya era solo fachada, un papel que él interpretaba con evidentes esfuerzos. Ante aquel Víctor cariñoso que llegaba con la horchata, yo echaba de menos al Víctor gélido, profesional. Era el que me había fascinado siempre y aquel descenso a los infiernos del amor lo viví con desagrado.

Así que fui yo la que empecé con el juego. Lo recibía con los trajes de mi madre y veía cómo él se ponía colorado. Él, como *el repositor*, seguía su guion de pasar revista a mis necesidades y encontraba cada viernes un obstáculo nuevo. El tercer viernes de mi pase de modelos Víctor claudicó. Yo me había enfundado en un vestido de escamas doradas como de sirena.

—Qué guapa te veo —dijo y tuvo que aceptar que estaba despampanante.

—Es que vienen mis amigas. Pasa, que aún no han llegado.

Él caminó tieso como un palo hacia el salón. No se quitó la chaqueta.

—Pues si vienen tus amigas no voy a entretenerte. ¿Qué, cómo ha ido la semana?

Estábamos sentados en el sofá, los dos frente a la mesita donde por primera vez lo había visto desplegar el currículum de Leonardo. Me había puesto el rímel de las fiestas, pero él se resistió a mirarme.

—No creo que lleguen hasta las once —dije—. Antes irán al cine. Quédate un poquito, ¿no? ¿Tomas un whisky?

—Cuánto me alegro —me dijo él— de que hayas podido pasar página de lo de tu padre. No creas que no pienso en ti, pero no me puedo escapar siempre que quiero. Ojalá pudiera dedicarte más tiempo, pero ya veo que no estás sola.

—Bueno, claro, sola no estoy. Pero cuando vienes estoy mejor, voy a por ese whisky.

Eso no había cambiado, ni mi alegría al verlo.

—Y Lili, ¿no está? —me preguntó por la nueva asistenta.

—Le he dado la tarde libre —dije moviendo mi cola de sirena y dirigiéndome a la cocina—. Nos hemos pasado las últimas semanas haciendo una buena limpia, he rescatado este traje del baúl de mamá, ¿qué te parece?

—Es precioso, estás preciosa —dijo él atragantándose.

—¿Sí? ¿Te lo parece?

Me puse de pie y di unas cuantas vueltas por el salón.

—Desde luego que me lo parece —dijo mientras aclaraba su garganta—. ¿Y van a venir chicos a casa?

Me sorprendió la pregunta. ¿Tenía que habérselo dicho antes?

—Sí, claro, vienen siempre, cada viernes, ya lo sabes.

—Ay, Belén. ¿Y cómo te digo yo esto ahora? —lo vi dudar, sudar, y luego me preguntó a bocajarro—: ¿Tú tomas anticonceptivos?

—Sí, claro, desde hace dos años.

—Y... ¿tienes relaciones? —Aquello era mucha intimidad, demasiada—. Bueno, quiero decir..., no estoy pidiéndote detalles, ¿eh?, a tu edad..., y tus amigas... No sé si habrás ido a un ginecólogo o si ellas van, te habrán hablado de eso en el colegio, ¿no?

—Sí, claro. Por supuesto que tomo mis precauciones. Ven.

Me levanté y sacudí mi cola de sirena hasta la habitación. Enseguida volví con mi pastillero con diferentes apartados para las píldoras de la ansiedad, las de la depresión y las azulitas del anticonceptivo. Víctor se quedó mirando aquel estuche de cobre como si fuera a naufragar en él.

—Bueno, pues menos mal —dijo—. Pero de todas maneras no es buena idea que dejes a Lili salir los viernes. Al menos ella puede ayudarte si algún listo se propasa, no te quedes sola en casa con nadie, ¿me oyes?

—Pero si voy a cumplir diecisiete años, Víctor. ¿De verdad que tengo que darte la nómina de mis novios? —Y me reí a lo loco.

Víctor se levantó muy digno, atusó sus pantalones grises y se dirigió a la puerta. Aquel fue mi primer amago de rebelión, que precedió a lo que luego resultó ser un entrañable abrazo de despedida.

—Pues nada, ya veo que te manejas sola. Me voy —dijo entre ofendido y cogido en falso, y luego retrocedió hasta ponerse a mi altura—. Pero dame un abrazo, ¿no? No nos hemos abrazado desde que murió tu padre.

Aquel abrazo que yo había estado esperando durante días duró más de la cuenta. Yo sentía sus manos frías en mi espalda mientras pensaba cuál era el *timing*. Pero hay cosas que no obedecen a ningún *timing*. Hay cosas que no se dicen. Se hacen. Y Víctor, como si lo oyera, obedeció al instante. Buscó mis labios. Entendí que aquel beso sellaba un compromiso anterior a todos los documentos que nos ataban. Llamé a mis amigas para decirles que la fiesta se cancelaba. Bastante fiesta tenía yo con Víctor aquella noche y con mi vestido de escamas, que sucumbió como él en mi cuarto, ambos enzarzados en el suelo, él y mi vestido, mi vestido y él.

Y yo a salvo, siempre a salvo.

19

Aquella cabaña que empezamos a construir con mi vestido de escamas fue creciendo los siguientes viernes. A Cintia, a mi amiga Cintia, se lo conté a las dos semanas de que sucediera.

—¿Te estás tirando al marido de tu madre? Qué fuerte, Belén. ¿Y cómo es? ¿Qué hacéis?

—Qué sé yo, Cintia. ¡Es genial todo! ¡Hasta le estoy cogiendo cariño!

Ella quería saber los detalles de nuestros encuentros, pero entendió perfectamente que me reservara. Empezaba así mi vida adulta, con una seguridad total en mis capacidades de conquista. Jamás tuve tantos novios como cuando Víctor venía a verme. Jugábamos a veces a calcular el tiempo que nos faltaba para casarnos. Porque una cosa teníamos clara, antes de dar aquel paso de vivir juntos había que esperar a que Valeria *faltase*. Cuántas personas más tenían que *faltar* para que él y yo fuéramos felices. La verdad es que me agradaba imaginar un futuro sin obstáculos. Pero de momento éramos amantes.

Cómo iba a desaparecer Valeria no me lo planteé nunca, y jamás pensé que yo tuviera parte activa en ello. Quedaba en el saco de las suposiciones que no duraría mucho y Víctor no parecía impaciente. Pensar en su muerte, desearla incluso, no era algo que comprometiese a nadie, y, si alguna vez yo lo vislumbraba o lo soñaba, aquellas imágenes eran volcadas de inmediato en mi diario.

Fue una época estimulante, sin duda, y duró tres años. Yo tenía diecinueve y ya era una estudiante de la ESCAC cuando aquel secreto tan bien guardado entre nosotros le estalló en la cara a Valeria.

No había vuelto a saber nada de ella cuando de repente un viernes oí que sonaba el teléfono en el pasillo. Las vibraciones retumbaron en las estancias vacías con reverberaciones siniestras. Víctor estaba a punto de llegar, pero él y yo jamás utilizábamos el fijo. Habíamos hablado de desconectar la línea y aún no lo habíamos hecho. Los timbrazos de aquella tarde, poderosos como pedradas, me recordaron los días en que mi madre llamaba y nadie se molestaba en descolgar. Lo dejé sonar, una, dos, hasta siete veces. Pero la metralla de aquel taladro no se agotaba. Tenía que haberlo obviado, no prestar oídos a la voz de mi padre, que resucitó esa tarde desde las catacumbas con sus órdenes de antaño, *¡Cogedle, es vuestra madre!*, y me abalancé, como antiguamente, antes de que el teléfono enmudeciera.

Quizás yo nunca había sabido imponerme. Él me consideraba muy lista, pero también aquella vez hice lo que me pidió, y lo que oí esa tarde, cuando corrí a descolgar el teléfono aún sobresaltada, lo que llegó a mis oídos antes de que mi voz pudiera articular palabra, fue una especie de murmullo lejano, como una conversación en curso. Al fondo percibí la voz de una mujer que apenas susurraba. Aquellos gemidos casi sin fuerza se debatían por hacerse con el teléfono mientras un hombre de voz también susurrante pero más calmada intentaba quitárselo y la convencía para que colgase. Eso me pareció, que el aparato volaba de una mano a otra en un forcejeo tenue, mitigado, como una bronca en off. Los extraños contendientes, sin violencia alguna, se disputaban el auricular con suavidad incluso, y hasta con amor, el uno para colgar y la otra para llamar, mientras él le rogaba a ella «que por favor no lo hiciera, que no llamara a nadie».

Me quedé hechizada escuchando aquella dulce bronca. Eran esas voces demasiado lejanas, y no pude identificarlas pero, fueran sus propietarios quienes fuesen, me pareció que la sangre no llegaría al río. Las ondas sonoras habían errado el tiro y aquellas voces frágiles y casi rotas se habían colado por azar en mi salón. Eso quise pensar, y colgué, un poco perturbada por mi intromisión involuntaria en la intimidad ajena. Yo estaba en mi casa con un modelito de Armani y esa bronca no iba conmigo.

Pero Víctor no apareció ni ese viernes ni el siguiente. No lo llamé ni se me ocurrió comentarle el incidente del teléfono. En los tres años que llevábamos viéndonos él se había ausentado otras veces, pero, como suele pasar cuando la realidad discurre en una pista paralela, sus ausencias yo las asumía como la normalidad y sus llegadas eran lo extraordinario. Así que no pedí explicaciones ni las di, me limité a alegrarme cuando apareció a la tercera semana por la puerta.

Estaba blanco como la cal de la pared. Parecía enfermo, o desmejorado.

—Tu madre. Esta vez ha ido en serio —dijo.

Ni siquiera se fijó en mi chaqueta de Modesto y Lomba. ¿Qué había hecho mi madre esta vez? Le hice pasar y él fue directo a las carpetas de los archivos. Desde que yo tenía barra libre para fisgonear allí jamás lo hacía. Lo vi enfrascado sudando entre los papeles y pasando las hojas cada vez más nervioso.

—Se enteró de lo nuestro. Esa amiga tuya, ¿cómo se llama? Cintia, ¿no? Te dije que esto era solo cosa nuestra. ¡Tarde o temprano tenía que pasar!

—Pero qué le ha pasado. ¡Qué ha hecho!

Sabía que hablaba de mi madre, pero no sabía por qué mencionaba a Cintia.

—¿Que qué ha pasado? ¡Que ha cumplido sus amenazas! Estarás contenta ahora. ¡Ni madre ni padre! ¿No es lo que querías?

Cómo se enteró Valeria de lo nuestro no quise saberlo y tampoco Víctor precisó nada más. Estaba fuera de sí, urgido por algo más grave que lo que mi madre había hecho. Nada hecho puede deshacerse y lo que hubiera hecho Valeria, hecho estaba. Pero Víctor buscaba como deshacerlo entre las cuentas de papá.

—Todas vienen juntas —dijo—, lo de tu madre y esto. ¿Es que no lo entiendes? Vamos a tener que embargar la casa.

Pignorar, embargar. Toda mi mente se llenó en ese momento de palabras incomprensibles.

—¿Pero cómo está ella? ¿Qué ha hecho?

—¿Qué iba a hacer? Que me ha robado el coche y se ha estrellado contra un pino en el paso de Perpiñán. Y tu padre encima ha dejado la mitad de esta casa hecha polvo. Todo esto pierde valor a ojos vista —dijo mirando el hueco del ascensor—. No van a quedar ni las telarañas cuando consiga entregar lo que me piden.

—¿Pero qué es lo que te piden? ¿Quién?

Ya comprendí que nuestros sueños románticos se torcían. Víctor se sumergió entre legajos polvorientos en los cajones del archivo y esa es la última imagen que tengo de él, con el culo en pompa y la cabeza hundida buceando en las procelosas aguas de nuestro patrimonio. Por supuesto que no respondió a mis preguntas, ni a las inmediatas ni a las que vinieron luego, y el suicidio o el accidente provocado de Valeria, lejos de acercarnos, nos distanció definitivamente. Había otras urgencias en aquel momento, y lo primero era zafarse de la cárcel. A Víctor lo acababan de condenar a dos años de prisión y una multa por cohecho, pero de eso me enteré al día siguiente leyendo el periódico en el bar de la ESCAC. Y la verdad es que lo sentí al ver allí su nombre en negritas como testaferro de una trama de corrupción que salpicaba a la mitad de los padres de mis amigas. Solo se salvaba el padre de Cintia, que llevaba varios años pisándoles los talones. En buena me había metido contando mi vida a quien no le importa. Y juro que no pensé en nuestra casa, no pensé en lo que perdíamos. En lo único que pensé fue en salvar de la quema las pesas de Leonardo.

A eso me dediqué esa tarde, a hacer acopio de mis preciados tesoros mientras él se zambullía en documentos ya del todo inútiles, como se comprobó enseguida. Lo que dieran por nuestra casa, si es que daban algo, no le llegaría ni para pagar la fianza.

Los que vinieron a comprar nuestro palacio chamuscado, unas semanas después, tuvieron que pasar mi filtro. Quise estar en la transacción al menos, fue lo único que pedí, permanecer allí como el último residuo de una vida que se clausuraba. Mientras aquellos dos buitres se paseaban por nuestras estancias y afeaban las obras del ascensor, yo me dediqué a observarles. Eran un hombre y una mujer que iban con blocs de notas apuntando todos los detalles que pudieran devaluar el precio. Es triste ver como todo lo que ha sido el escenario de tu vida se vuelve a ojos de unos extraños en objeto de derribo, cada pared más endeble que la anterior, y los suelos tan gastados, todo tan asqueroso que no merecía la pena según ellos más que el solar.

Yo iba detrás de aquella comparsa con las pesas de Leonardo en una mano y en la otra las películas de mi madre. Mi escaso interés por su obra cinematográfica no me había permitido ver aún su ópera magna, pero no quería dejarlas allí a la vista de todos. Cuando llegamos a las mansardas los futuros moradores de la casa tuvieron por fin un *coup d'oeil* que los hizo decidirse. Fue tan repentino e inesperado aquel *coup d'oeil* que yo misma pegué un salto cuando oí a la mujer emitir algo parecido al graznido de una oca. Su tono de voz cambió súbitamente y semejante vuelco en su corazón al entrar en mi antiguo cuarto alteró de repente los términos de la compraventa. Aquel cuarto emanaba no sé qué clase de «buenas vibras», según ella. La vi atravesar el umbral desmarcándose de su marido y avanzar lentamente, entre graznidos, hasta quedarse sola en el centro de la habitación, y luego, girando su cabeza como el cuello de un ganso, de repente me puso en su punto de mira.

—Qué ámbito este tan misterioso... —dijo—. Se nota que aquí se ha creado algo. ¿Pero quién lo ha ocupado antes? ¿Quién ha dormido aquí?

Y a continuación, sin darme tiempo a reaccionar, la vi lanzarse como una arpía sobre mi diario que yacía abierto sobre la mesa frente al ojo de buey.

—¿Y esto qué es? Pero qué maravilla, ¿no? Parece un diario...

—Debe de ser de la antigua *minyona*, se lo habrá olvidado —dije, sacándole todo valor al repentino hallazgo.

—¡Una *minyona* con diario! —dijo ella de pronto enfrascada en aquellas páginas y pasándolas absorbida—. La casa costará un congo, pero una *minyona* con diario no se encuentra todos los días. —Y miró a su marido con ojos de colibrí—. ¿Podríamos quedárnosla, Marc? Dime que sí, ¿o no?

Nuestro dispendioso Víctor cazó al vuelo la ocasión.

—Pues la *minyona* estaría encantada de seguir trabajando aquí, puedo darte su contacto si lo quieres, y tampoco creo que el diario le importe mucho. Te lo puedes quedar —y me miró a mí, como pidiendo permiso—, ¿tú qué opinas, Belén?

—Pues claro. Claro que puede quedárselo —respondí rauda. Y entregué el diario a su futura dueña. Quién mejor que aquella desconocida para pignorarme.

—¿De verdad? —Ella no cabía en sí de gozo—. ¿De verdad puedo quedármelo? Me encanta, me encanta el mundo de los diarios. Y la casa. ¡Nos la quedamos!

Pagaron lo que pedíamos y a tocateja, y, a pesar de que colaboré hasta el último día en todo, la mañana que me trasladé a la casita de muñecas mi medio hermano me esperaba con cara de perro en La Floresta. Ahora también tendría que ganarme a Sergio, que me culpaba de la muerte de su madre. Entré con mis pesas y con las películas de Valeria hecha un corderito en aquel angosto pasillo. Estaba dispuesta a alojarme en el garaje si hacía falta. Tan malacostumbrada como venía a los espacios sobrantes de mi casa, no estaría mal adaptarse a aquella vida de habitaciones de metro y medio.

Sergio se limitó a indicarme la que me correspondía, una especie de sala para todo que habían acondicionado «solo para mí», y en la que a veces visionábamos películas juntos. No sé si él también llegó a enterarse de mi comercio carnal con su padre. Imagino que lo sabía y que se hacía el loco. Pero tampoco hizo comentario alguno. Debía de tener indicaciones muy claras al respecto, y ahora que no había ya ninguna otra cosa de la que apropiarse tampoco yo representaba amenaza alguna. Era una especie de pieza sobrante, algo que habían heredado en la transacción.

Empecé a temer por mi vida, en aquel mundo gélido de La Floresta, poco tiempo después de mudarme. Al principio ellos lo disimulaban bastante bien. Me daban de comer, siempre en segundo lugar y un poquito menos que a Sergio, por aquello de que los chicos tienen mayor masa ósea. Yo reía las bromas y me encargaba de lavar los platos, mientras calculaba la masa craneoencefálica de Sergio y lo que me costaría hundir allí una de mis pesas. La forma de conseguirlo era ejercitarme primero con los músculos. Lo hacía cuando ellos no estaban, atiborrándome de carbohidratos, y, cuando volvían y me encontraban repantigada en el sofá, nada más verme se ponían tensos. Yo corría a mi habitación como una rata, se acostumbra una a vivir así. Cuánto me acordé durante aquellos días de Leonardo, Dios mío. Y de Valeria. Incluso empecé a drogarme con sus pastillas. Pero si pretendía sobrevivir a mis veinte años tenía que mantenerme íntegra.

El primer signo notorio de que querían liquidarme lo percibí claramente una noche. Yo dormía como siempre en mi sofá cama, delante del televisor de ver las pelis, y había conseguido hacer de aquel cubículo un hogar. Cada vez que llegaba la noche, a pesar de la hostilidad reinante o quizás por ello, había desarrollado una técnica de relajación que consistía en imaginar que mi colchón —aquellos dos pedazos de sofá florido— era una especie de lecho de plumas. En aquella oscuridad que me arropaba y a la que yo me entregaba con gratitud porque al menos en aquellas horas nadie vendría a molestarme, mi principal evasión consistía en proyectarme como la estrella de un videoclip de uno de los discos de C. Tangana. Yo era la novia y C. Tangana me cubría de regalos y de zumos en una isla del Caribe, y a la tercera toma solía quedarme dormida. Una noche, sin que me diera tiempo a beberme el zumo caribeño, el hermano en quien yo al principio de esta historia había puesto todas mis esperanzas entró en mi habitación. Lo vi abrir los cajones de mi cómoda, en la sombra, como buscando algo. Luego sentí su presencia como un hálito en el sofá. Permanecí inmóvil, dispuesta para el sacrificio. En esos momentos de peligro total yo había leído que solo la inmovilidad disuade. Pero él, ni corto ni perezoso, se abalanzó hacia mí y con un rápido quiebro de su cuerpo atrapó un cojín y presionó con toda su fuerza contra mi boca. Tuvimos un pequeño forcejeo. Estaba visto que mi medio hermano no tenía la suficiente insania. Noté enseguida que aflojaba.

—¿Pero qué haces? ¿Quieres dejarme en paz?

Encendí la luz. Sergio lloriqueaba en un rincón. No me dio explicación alguna y tampoco se la pedí. No es plato de buen gusto verse en la tesitura de tener que ahogar a nadie.

—Te lo ha pedido tu padre, ¿no? ¡No me creo que quieras matarme tú!

—¡Déjame, imbécil! ¡A ti qué te importa!

Se largó de mi habitación como un alma en pena y aún tuve que soportar, al día siguiente, sus morros en el desayuno. Por supuesto que no me chivé, ya sabía yo a qué me conducía el chivarme. Lo interpreté como un signo de debilidad y a partir de aquel día dormía siempre con la puerta abierta. Cuando lo oía acercarse, me anticipaba a levantarme y me apostaba en el pasillo. Las pesas, en esas ocasiones, eran disuasorias. La primera vez que lo amenacé con ellas retrocedió. La segunda vez intentó quitármelas, pero tampoco me ganó el pulso. A la tercera, los dos rodamos por las escaleras y el estruendo de las pesas acabó despertando a Víctor.

—¿Pero se puede saber qué hacéis? ¡A la cama, los dos! Que sea la última vez que montáis este escándalo.

Pero ya no éramos dos chicos que se pelean, en absoluto. Sergio estaba a punto de graduarse y a mí me faltaban unos meses para los veintidós. Víctor tomó cartas en el asunto y me requisó las pesas. Luego me enteré, sibilinos como eran, de que habían puesto una denuncia en la policía. Tuve que vivir en aquella situación, enajenante donde las haya, en la que mi padrastro era mi tutor legal y al mismo tiempo mi carcelero. Pero Víctor, a cuenta de los negocios de papá, había conseguido reflotar su carrera y los jueces consideraron que mi capacidad para autolesionarme, comprobada en diferentes ocasiones, era motivo suficiente para la incapacitación.

No se lo reproché, ni a los jueces ni a Víctor. Aquello me daba manga ancha para matarlo y eso fue lo que hice o intenté hacer el día de autos. Qué me detuvo, y por qué no fui capaz de consumarlo, es algo que todavía hoy me embarga de emoción. Estábamos viendo él y yo en la cama una película romántica. El hecho de matar a alguien entraña tal violencia que una tiene que recurrir a alguna clase de sugestión, y no es fácil. Yo lo había premeditado todo y ahora tenía que encontrar mi fuerza. Y lo que me inspiró fue verlo allí tan confiado y seguro y recordar los momentos en que, de niña, cada vez que nos encontrábamos, él se alegraba como un tonto al verme y cómo aquella sonrisa se helaba de pronto y me hacía caer desde la más alta de las nubes. Aquel hueco, aquel vacío en el que yo caía cuando Víctor giraba la cara, solo podía tener un freno. Me lo dijo luego la psicóloga de terapia conductual, que ese hueco era precisamente lo que yo tenía que rellenar. No dijo que se tratara de falta de cariño, no dijo que fuera ausencia de amor, y también evitó la palabra maldita. La inteligencia no tiene nombres para lo cierto y en cambio los tiene, y muchos, para lo borroso. Mi agresividad, tan propia de asesinos pusilánimes, tal vez solo podía contrarrestarse con palabras. Que lo escribiera, me dijo, que intentara reconstruir el diario perdido. Tal vez así, contándolo todo desde la primera línea, dejaría de ser una amenaza para mí misma y para mis congéneres. Y terminaría de una vez el martirio que Platón describió tan bien en su *República* y que yo me tatué en el brazo en cuanto salí de aquel piso de delincuentes: «Donde reina el amor, sobran las leyes».

Este libro se terminó
de imprimir en
Móstoles, Madrid,
en el mes de
marzo de 2023

«Para viajar lejos no hay mejor nave que un libro».

Emily Dickinson

Gracias por tu lectura de este libro.

En **penguinlibros.club** encontrarás las mejores
recomendaciones de lectura.

Únete a nuestra comunidad y viaja con nosotros.

penguinlibros.club

 penguinlibros